U0549613

青色之花

解謎～三人の娘～

一青妙 Hitoto Tae——著

葉小燕——譯

目次

II

III

序幕
一九四七年　來自神戶

如果世界無色　什麼都無味
如果世界無形　什麼都無依
如果世界無情　什麼都無畏
如果世界無明　什麼都無常

下不完的雨總算停了。

這場雨，從出了神戶港之後一直下到現在。究竟連續下了幾天？冰冷的雨讓船客的腦子也凍僵了。

太陽汲取甲板各處殘留的雨水為養分，黃金般耀眼的光芒瞬時增色不少。

「阿爸，這邊這邊。」

「終於放晴了。」

「細膩（小心）！不可以跑太遠喔。」

為沐浴在這久違的陽光下，船艙內的乘客紛紛來到甲板上，日、台語交雜聊著天。不顧父母叮囑，精力充沛嬉鬧奔跑的孩子；一板一眼擺動著手腳做體操的老人；忙著清理甲板的船員。為了讓蜷伏僵硬的身子舒展開來，每個人都忙著活動筋骨。

「這馬當時？」（現在幾點了？）

拄著拐杖的老人用台語問了旁人。

「我去幫你問那個哥哥！」

經過老人身邊的男孩一臉天真無邪的表情，他從容不迫舉起右手，元氣十足地以日語回應。男孩因為有藉口可以躲掉鬼抓人遊戲裡要扮鬼的倒楣事，眼睛都亮了起來。向前跑去的那頭站著一個年輕人，胸口處露出一截懷錶的錶鏈。

瘦瘦高高的年輕人穿著一身深藍色學生制服，他閉上雙眼，手中緊握著一本書，倚靠在綁了救生圈的欄杆上。

彷彿與那些為天氣放晴而歡欣喧鬧的人劃清界線似的，年輕人的四周沉寂到有點陰森可怕。即使船隻搖晃，他也不為所動。踩在絲毫沒有乾涸跡象的一攤汙水上的腳跟處，散發出任何人都難以靠近的一股凝重而潮濕的氣息。

露出學生制服外的手還有脖子十分蒼白。是血液不流通、宛如蠟像般沒有生命與活力的肌膚。他還有呼吸嗎？在他身上完全感受不到對生命的意念，看起來彷彿只剩一副軀殼在那裡。

仰望天空的目光孱弱無力，上衣的立領兩側繡有金銅色櫻花徽章，鮮活耀眼。

男孩晒成棕色的小手，有如劃破異次元世界般向前伸出。年輕人聳起肩膀深深吸了口氣，若有似無地開了口。

「我……什……人。」

年輕人的喉結生硬笨拙地蠕動著，擠出幾個不完整的字。

他說話的聲音，男孩並沒有聽見。

「哥哥，現在幾點？」

男孩踮起腳尖，伸手想摸年輕人胸口那條晃動的鏈子。

年輕人撐起靠在欄杆處的上半身，嘴巴張得大大的，喉結上下滑動用日語大聲喊道。

「我是啥人！」（我是什麼人！）

男孩嚇一大跳，不由得一把揪住年輕人胸口的鏈子，只是身子無法支撐就那麼一屁股跌坐在地上。骨碌碌……懷錶脫離了鏈條，從年輕人胸口飛出去在地板上滾動。

男孩追上懷錶，撿了起來。

秒針不動。長針與短針交疊在錶面的羅馬數字XII上面。男孩拿著懷錶一會兒貼近耳朵，一會兒上下晃動，年輕人慢慢向他走近。

男孩與年輕人頭一次四目相交。

「呀……」

男孩輕聲尖叫，扔下特地撿起的懷錶，拔腿逃開。

年輕人的臉上，有眼睛、有鼻子，也有嘴巴。不過，空蕩蕩的彷彿少了些什麼重要的東西——是眉毛和睫毛。看不出到底是生氣？開心？還是困惑或悲傷？就像個臉上光溜溜的怪物。

他毫不在意眾人的目光，緩慢拾起懷錶隨手丟進上衣口袋。

「我是啥人！」（我是什麼人！）

年輕人刻意再回到積了一攤汙水的欄杆旁，翻開封面寫著《青色之花》的那本書，不斷喃喃自語。

戰爭結束兩年了，全日本還處於憂心物資匱乏、死命探索活路的階段。

穿著學生制服的年輕人看不出年紀。深藍色制服的上衣袖口與口袋滾了黑邊，褲子上臀部和膝蓋的位置並沒有磨到發亮的痕跡，也沒有變形。仔細上過鞋油的黑皮鞋在那攤積水上顯得極不相襯，散發出耀眼的光澤。

一名穿著白皮鞋的男子避開地上積水，在年輕人面前停下腳步。表面凹凸不平的牛津鞋，鞋面到鞋尖部分是切割式翼紋設計，鞋尖處裝飾有經典雕花紋。

純白的波浪雕花紋緩緩移動方向，逐漸占據年輕人的視野。是個眼熟的圖案。年輕人一抬起頭，耳邊傳來低沉和緩的嗓音。

「迴世界無青色的花佮青鳥仔（全世界哪裡也找不到青色之花與青鳥）……要早點醒悟，青色之花與青鳥哪裡都不存在。」

站立在年輕人身旁的男子，做了一個雙手輕輕闔上書本的手勢。精心剪裁的白西裝搭配胭脂色領帶，純白色巴拿馬帽壓低帽簷遮住了雙眼。

儘管被帽子遮擋見不到臉，卻有種熟悉懷念的感覺。想不起究竟是誰。不，或許是不願想起也說不定。

若問敷島大和心，輝映朝陽山櫻花

男子在年輕人身旁，以一種與方才低沉嗓音成對比的輕柔有節奏的高昂聲調吟唱起和歌。受這熟悉的歌曲牽動，年輕人的意念轉向頸部立領處盛開綻放的徽章。那是為皇室與貴族子弟創立的教育機構「學習院」的標幟。

「要被這假象禁錮到何時？忘了那些國學什麼的吧。我們在日本不過就是華僑而已，當不了日本人的。緊精神（趕快醒來）。」

男子低沉和緩的聲音再次響起。

「大和心、天皇、萬歲、大日本帝國、我是日本人……」

年輕人的喉結不斷上下滑動，說到一半卻停頓下來。一陣沉默之後，像是忘了那名男子的存在似的將視線移回到書上，然而無關乎書上的內容，他的意識裡就只是一再重複著同樣一句話——

我是佗一國的人？（我到底是哪一國人？）

「與美國交戰，你能夠以日本人的身分去應戰嗎？」

彷彿看穿年輕人內心一般，男子如此問道。他叼著口袋裡掏出來的菸，拿火柴點燃後，深吸了一口。

自稱陳舜臣的男子比年輕人大四歲，生長在日本並擁有日本國籍，但據他表示，他現在成了「中國人」。

「陳先生是哪一邊？」

「雖然很想說臺灣人就是臺灣人，但終究哪邊都不是。被殖民者……說不定是最恰當的說法。所以我對於同為殖民地的印度很感興趣。」

陳舜臣這番出人意表的回答，讓年輕人內心大受打擊。

儘管身處日本，陳舜臣依然被灌輸了身為中國人的文化誦讀等素養，他也和年輕人一樣經歷了失去國家的考驗，但他以堅苦卓絕的意念讓自己接受一切，搭上了這艘船。

「我在大學學過印度語。順便也學了阿拉伯語和波斯語。藉由語言，可以見識到形形色色的處境。『局外人』到處都有。任誰都害怕成為被排除在外的人，然而那樣的狀況無關乎個人意願，就是會突然來個措手不及。」

戰爭中，不太確定是什麼時候了，陳舜臣曾計畫要去中國甘肅。由於甘肅那邊住了很多說阿拉伯語的回教徒，當時他心中設想，或許能為戰事助一臂之力，試圖要動員那些回教徒。

「……那或許就是我的『青色之花』。」

才不過是幾年前的想法，他略顯羞愧地對年輕人吐露，自己竟然曾經對荒誕無稽的異想天開那麼認真。

聽到這種荒唐離奇的事，年輕人萌發好奇心，回復了生氣。

兩人不僅從內地的義務勞動服務、皇國史觀開始談論起，還聊到從小在不明所以的狀況下被灌輸的《詩經》、中國漢文古籍以及日本文學等等。從陳舜臣那兒，年輕人還聽說了魯迅、郁達夫等等近代文學家的名字。

海風漸強，陳舜臣掀起巴拿馬帽重新戴好，一直遮蓋在帽子下的那張臉，轉向了年輕人。雙方聊了好一會兒，這卻是頭一次清清楚楚見到彼此的樣貌。陳舜臣有張童顏，看起來遠比年輕人所想像的還年輕；而年輕人的模樣，則比陳舜臣所料想的更加委頓滄桑。

年輕人才剛開始要面對的苦惱恐怕沒那麼容易化解吧。只不過，希望能激勵這個與過去的自己有幾分相似的年輕人，他遞了一本小記事本過來。

「……這是阿拉伯文？」

「是波斯文。」

是以墨水書寫，像摩斯密碼般由一些點和曲線組合成的特殊文字，同時並列著有稜有角的日文。

奮起吧，莫厭人世流轉無常
且安坐，樂由此生隨波逐流
世事自然倘若不變
自無一物沾染汝身

「我對臺灣一無所知。所以是為了解臺灣而前去。任何時刻，希望你……迷惑、苦惱的時候能回想起這一段就好。後會有期了。」

太陽隱身雲朵背後，陳舜臣嘴角微揚，對即將重返現實回復原本樣貌的年輕人展露燦爛笑容後離去。

一九四五年八月十五日，曾為日本殖民地的臺灣被戰勝國中華民國接收了。

直到戰爭結束前，人們搭乘連結日本與臺灣的內台航路船往返兩地。鼎盛時期，據說一年有十萬名以上的乘客浮盪太平洋上，在兩個島之間自由來去。如今這艘船上，卻全都是手持單程票從神戶返回臺灣的人。

雖然不是像高砂丸、高千穗丸或富士丸那種設備豪華的船，但其實船名早已無關緊要。更別說連有沒有票都不具意義了。

只要可以平安無事抵達臺灣就好。

因為這艘船，搭載自願返回故鄉臺灣的臺灣人，不過就是一艘回歸的船而已。

渴望返回臺灣那群人的殷切期盼，與被逐出日本而不得不上船的另一群人的心灰意冷摻雜交錯。船隻在太平洋上肅穆前行，浪濤洶湧奔騰不息。

十六世紀大航海時代，葡萄牙人發現了蓊鬱的島嶼並稱之為「美麗島」（Ilha Formosa）

的臺灣。這雨，像是為大家宣告臺灣已經近在眼前，終於停歇。

海上望見一座小島浮現，那是臺灣最北邊的島——彭佳嶼。正中央有座白色燈塔聳立。由於小島地形平坦，這突起物顯得格外醒目。幾個鐘頭後，出現一個比 Agincourt（日治時期對彭佳嶼的稱呼）還要大上好幾倍的島，就像隻巨大的綠色鯨魚似的。然而在年輕人眼中，又像是橫臥的綠色女神。起初還只是若隱若現，不久，那輪廓便清晰地映入聚集在甲板上的人群眼中。

「祖国だ」（是祖國）、「阿母」、「台湾に戻ったぞ」（回到臺灣嘍）、「万歳」（萬歲）、「お父さん」（爸爸）……

船開進基隆港，日語和台語此起彼落。

船隻靠岸帶來一陣劇烈晃動，船身就此與臺灣的土地合而為一。人們的雙頰全都紅通通，情緒高亢。不過，年輕人獨自被孤立在歡欣鼓舞的群眾之外，仍是一臉宛如蠟像般的神情，目光茫然望向天空。

過去，年輕人曾經以一個懷抱不安與期待的十歲少年身分從臺灣去到日本。為的是要在內地學習。

從麴町的租屋處，在共住的女管家目送下，前往步行幾分鐘外的番町小學上課。不久後，便進入了四谷的學習院。

寒涼依舊、殘雪未融的一九四五年二月，B－29轟炸機在小學前方投下了炸彈。住家遭火焰吞噬，後來便寄宿同學家中。

戰爭之下，少年成長為青年，在迎來戰爭結束的同時也失去了身分認同。在日本建立家庭、經商的臺灣人選擇歸化並留在日本，然而年輕人的家人在臺灣。年輕人在百般不捨的心情下，毅然決定離開日本。

從正在進行搶修工程的東京車站一抵達大阪車站，便看到卡車和吉普車來回穿梭，一些鼻梁高挺、髮色不同的人在路上走著。自一九四五年秋天起，GHQ（駐日盟軍總司令）開始進駐日本各地，神戶市區內也有許多美軍。

一些沒被燒毀的牢固建築物，掛上寫了拉丁字母的招牌，三宮車站南側往海邊那一片燒焦的曠野，屋頂呈半圓形、有如長條魚板似的兵營整齊排列。

即使在這裡，孤獨疏離的感覺依然向年輕人襲來。

作為日本最大的貿易港口，神戶港繁華興盛，從茶葉到黑死病通通照單全收，為何自己卻非得被驅逐出境不可。再怎麼樣不講理也該有個分寸，一肚子不管是誰都想對他破口大罵的怨氣，就這麼在遣返船上搖搖晃晃好幾天。走近那落在故鄉大地上的舷梯，後方一擁而上的人潮打消了他折返的念頭，於是重重踏在這著實令人不快且滿是泥濘的基隆土地上。

港口迎接的人群擁擠紛亂，沒看到年輕人雙親的身影。連弟妹、嬸嬸或堂兄弟都沒出現。

碼頭上，負責核對身分的警官臭著一張臉四處打量。瞟了下船的人一眼，不是和同事低聲交談，就是高舉警棍在頭上揮舞以示恫嚇。破舊的制服更加凸顯出他們的冷漠無情。

儘管經過長途的旅程，年輕人依然一身深藍色學生制服搭著光澤明亮的皮鞋，直挺挺的背脊，看起來相當有教養。他那泰然自若的態度在人群中格外顯眼，警官簡直像發現敵人似的靠了過來，死纏著向他放話。

「哪來的制服？」「以後再也不能用日語。」「去哪兒？」

不是日語也不是台語，是一串沾黏混濁骯髒的聲音。聽不懂在說些什麼。

啊——這群傢伙一定就是傳聞中的中國國民黨了。

不知該如何回答的年輕人將臉一湊近，也不曉得警官們是不是因為那張沒有眉毛和睫毛的臉才嚇一大跳，全都一副僵硬的表情悻悻地走開了。

基隆，是以港口為中心將街道打造成棋盤狀的城市。港口之外的三面有山環抱，從車站、學校、神社、市場、商店到住宅，全部聚集在港口周圍的平地上。所有地點集中在步行三十分鐘內的範圍，是一個走著走著差不多都會遇見熟人的大小。

年輕人背對港口，與趕往西邊火車站的人群方向相反，朝著位在東邊的老家邁出步伐。

是隔了三年嗎？完全適應在日本的生活之後，想家的頻率與戰爭的嚴重程度成反比，也就斷了聯絡。雖然聽說臺灣的空襲並不嚴重，但自己曾經生長的基隆卻完全變了個樣子。岸田和服店、吾妻美容院、有馬助產士、丸長商店、Tsukasaya 文具……曾經由日本人經營的那條活力旺盛的商店街已經空蕩蕩的。走得再久，也不見記憶中的景象。

漸漸開始擔心起家人來了。

走了大約二十分鐘吧。被削去一大塊的地面上裂了一個大窟窿。這是原來老家的位置。積在窟窿裡的雨水散發著惡臭。年輕人不以為意並探頭張望，盯著自己映照在有如漆黑深淵般黑亮水面上的模樣。

原本裝飾在家中梁柱上和庭院裡的燈籠慘兮兮落了一地，像是不值一文錢的破碎玩具。家裡倒塌崩落一大半的門窗已經被拆除，日常用品或家具全都清空，一樣也不剩。

不見人影，年輕人在水窪旁一屁股坐了下來。比日本燒了個精光的景象還淒慘，只剩絕望的氣息在空中飄散。無依無靠的感覺油然而生，一手緊握住懷錶，抬頭望天。

曾經盛開繚亂的杜鵑花、池中拍了手就會靠過來的鯉魚、有著氣派迎客松的日式庭園，全都化為灰燼。所有一切面目全非，唯有種在玄關旁的那株櫻花依然綻放。一陣風吹落了花瓣，他怔怔地看著花兒隨風漫舞飄揚。

年輕人從口袋裡掏出一支棕色的細長物，叼在嘴上。

這是來東京車站送行的同班同學給的臨別贈禮。被對方摟了摟肩，又離情依依似的拉拉雜雜說了一些話，然而年輕人就只是保持沉默一語不發。正當年輕人轉身要離開，同學硬是把一支手捲菸塞進他制服褲子的口袋裡。從東京到神戶，因為在口袋長時間擠壓而彎曲，菸葉露了出來，樣子十分難看。一湊近鼻子，有股淡淡的甜香。對於身上沒帶火柴的他來說，不過就是個沒用的東西，但相較於眼前這虛幻不可靠的現實來說，反倒讓人強烈感覺更加值得依靠。

年輕人與家人對話用夾雜著臺灣話的日語，他是接受日語教育的世代。那個年代，人們以「臺灣」、「內地」來稱呼臺灣和日本。是臺灣人、也是日本人的年輕人，在內地的學校與日本同學並肩學習，用同樣的課本，說同樣的語言。在戰爭期間這樣的背景和學習院的環境之下，他與同學們一起拚命為了天皇陛下、為了國家而認真思考日本的未來。

朕深鑑世界之大勢與帝國之現狀，欲以非常之措置收拾時局，茲告爾忠良臣民。

一九四五年八月十五日正午。年輕人與老師、同學們以學徒隊身分在深山裡靜靜迎接這一刻。當時他十七歲。

他們不是在最前線戰鬥，而是為增加糧食生產，放下課本，將鉛筆換成了鋤頭，天天在田裡耕作而已。即便如此，有些日子還是會配發三八式步槍，要他們進行操作演練。四公斤的重量對手臂來說很吃重，但每每見到刻在上面的菊花紋，就會意識到自己保管的是來自天皇陛下的物品而感到自豪。心中早已做好應戰的準備。

「因為你是臺灣人，可真是好呢。」

今後將會如何？還想不出個所以然的狀況下，同學的這句話聽來刺耳。羨慕的話語化身為毫不留情的暴力，狠狠擊中他的心。

年輕人確認了一下手中緊握的懷錶時間。

懷錶的時間指向十七歲那年夏天、那個日子的「XII」點。他的時間從那年夏天的那個日子、那個時間起就靜止不動了。為了曾經當成好友的同學與自己想法分歧而感到悲傷，他想，自己是什麼人？向來自認為是日本人，如今不被接納的事實卻擺在眼前。

拿著家裡給的生活費，每天就只是在睡覺，沒有食慾而且面無血色。眉毛脫落、睫毛掉了，情感和表情也消失不見，最後變成一個呆滯而臉上光溜溜的怪物。同學們因為他容貌上的改變感到吃驚。

戰爭結束兩年了，沒有理由繼續留在日本。於是年輕人決定要離開。

回臺灣是正確的嗎？

當初應該要歸化為日本人嗎？

回臺灣要做什麼才好？

是否該揮別日本和臺灣，前往新天地？

沒有其他選擇了嗎？

航行中，無數個疑問浮上心頭，但依舊找不到任何答案。

積了一攤的雨水裡，發現一隻豉甲。究竟從哪兒來的？牠不停繞圈圈游動著，看起來像是為了不被漩渦吞噬而死命掙扎。

感覺自己若是這樣像豉甲在同一個地方不停打轉直到筋疲力竭，似乎也不壞。

嗚——嗚——嗚——

從船舶靠岸的港口傳來汽笛聲響。

年輕人勉強站起身來，順著聲音一走出去，路旁一群婦人聚集，彎著腰在洗衣服。有的將衣服往石頭上甩，有的拿棍棒在敲打。

「lang-ge……」、「……nugu」、「伊是藍……」（他是藍）、「很像……藍家……」。

夾雜了韓語或像台語的對話，還聽到了日語。

她們認識我嗎？——年輕人望向那群婦人，有一個老嫗站了起來。

「藍瑞山少爺。」

毫不遲疑上前握住他雙手的老嫗，是曾在年輕人家中當過幫傭的阿梅。年輕人從小就受她照顧。日治時期的臺灣為方便起見，有許多臺灣人被叫作「阿梅」或「阿櫻」這種通俗的名字。在他到內地留學期間，阿梅不只代替年輕人的雙親陪同前往，還照顧他直到進入學習院為止，只是年輕人始終不知道她的本名。老舊的洋裝、忘了打理而失去光澤的頭髮。一段時間不見，阿梅變得極為蒼老。

「歡迎您回來。少爺您……一定也吃了很多苦。」

阿梅輕輕將手伸向年輕人的臉龐。

她用烏黑骯髒的食指尖，從年輕人右邊原本眉頭的位置開始緩慢地畫向眉尾，但抑制不住手臂的顫抖，又將手掌移向自己嘴邊，發出嗚咽的聲音。

依據阿梅的說法，戰爭即將結束之前，年輕人老家那一帶連日遭到空襲，包括商家在內，許多人都離開了當地。年輕人一家子也都遷往臺北的另一個住所，不過他父親因為遭到幾個月前的事件波及，正在逃亡中。

「我擔心老爺會有生命危險。」

熱淚由年輕人眼眶滑落，曾經模糊淡去的家人與在臺灣的那些記憶清晰地浮現眼前。想起來了。

告別阿梅後，年輕人急忙返回港口。

黃昏即將到來的港口，比起幾個鐘頭前年輕人剛抵達時安靜許多。耳邊聽見有人小聲說著日語。那是正要撤離臺灣的日本人在低聲說話。年輕人擠在這群日本人之中，硬是克制了自己想再上船的衝動。

螢之光　窗之雪

為日本人送行的臺灣人，一面依依不捨又略顯羞怯地唱著歌；朝船隻前進的日本人也有些拘束地一面揮舞手帕，帶著哽咽的聲音唱道。身為戰敗國的國民而即將遠離熟悉的臺灣，那些日本人臉上的神情與搭上遣返船從日本返國的臺灣人樣貌實在對比太過強烈，讓年輕人的心扭曲糾結。

他想找個依靠，伸入口袋摸索剛才那支捲菸的指尖似乎碰觸到什麼粗糙的東西。是在船上拿到的記事本。當時在船上沒有注意到，封底頁面上小小的字跡寫著「魯拜集　陳舜臣」。

啊——心靈呀　未能知曉世界真相
何故使悲傷籠罩心生陰霾
且將此身託付命運拋棄煩惱
筆鋒已走　不復歸來

最後一頁的詩，正呼應了年輕人的心境。

離開岸邊的船舶，朝向夜幕捲起的白色浪花，彷彿遭暗夜吞噬般不見了蹤影。年輕人腦海裡的神戶港燈火也已熄滅，終於再次領悟到已無法重返日本。

懷抱著一絲決心，年輕人跑著逃離了那裡。

I

第1章

二〇一四年　臺北　鄭燕雪的自制

「阿爸滿臉鬍鬚、個子很高，手非常非常大。雖然他總是說日語，但是會大聲用國語叫我是乖乖。為了要當阿爸的乖乖，我凡事都乖乖聽話。因為我最喜歡阿爸了。」

剛上小學的鄭燕雪，雙手捧著剛寫好的作文稿紙，直挺挺站著，面對坐在椅子上的阿爸朗讀。

「乖乖！」

臉上堆滿笑容的阿爸，「好孩子、好孩子」連說了好幾聲燕雪愛聽的稱讚，一邊對她招招手，再將朝自己飛奔而來的女兒抱到大腿上坐著。

「那個，阿爸。我跑步跑第一，我想去遊樂園！」

「妳乖乖。我下星期帶妳去。」

「欸，那個，阿爸。我考試一百分唷。」

「妳乖乖。只要用功讀書，就什麼都不必擔心了。」

燕雪靠在阿爸身上，感覺到背後溫暖的同時，為了不讓環抱胸前那隻冰冷的大手察覺自己小小心臟的跳動，刻意控制呼吸，小心翼翼地提出請求。

「那個……在班上跟我變成好朋友的翠華，可以請她來家裡玩嗎？」

「袂使！」

阿爸只丟出一句意思是「不行」的台語，那冰冷的大手在燕雪的胸口交握，將她摟得更緊了。燕雪的心也跟著揪成一團。

身為獨生女的燕雪開始想要交朋友，對外面的世界感興趣。

身為獨生女的燕雪變得好奇心旺盛，她想要知道更多阿爸的事。

不過，阿爸每次只會說：「袂使！」

不知道為什麼。也不知道他在想什麼。臉上表情僵硬得像一張面具似的阿爸，看起來就像要離開自己去到很遠的地方，令她感到害怕。

燕雪意識到：她不可以跨出阿爸打造的這個世界。

阿爸很溫柔。阿爸很強大。阿爸能為自己實現所有的事。想要成為像阿爸一樣的大人。

乖乖的燕雪，不知不覺中從阿爸那裡學會了察言觀色。

去追逐燕子吧
任由笹（竹葉）的聲響引你前行
事物的真相只有一個
青色之花就在那裡

夢中見到的阿爸，不論是什麼模樣，最後一定反覆說著同樣的話並緩緩消失在海的那一端。反覆說著同樣的話。一遍、又一遍……反覆。

沙沙沙　沙沙沙　沙沙沙
沙沙沙　沙沙沙　沙沙沙

燕雪又夢見了。即使畫面消失，阿爸的腳步聲依然在腦中縈繞。是神經過敏吧。每到那樣的時刻，阿爸一定會出現，然後在夢裡像念咒似的重複同樣的話。很想在被窩裡待久一點跟阿爸說說話，但根本沒那個時間。

住在臺北車站附近的燕雪，正要開始忙碌的一天。

燕雪身邊有個善解人意、願意與丈母娘同住的先生，還有四個正處於發育期的孩子。燕雪的工作是中、日文翻譯。由於一天二十四小時除了睡覺之外，腦子不停在打轉，希望至少睡覺的時候可以放空一下。

然而，心中所願不盡如人意才是世間常態。

最近只要一入睡，常會夢見三年前過世的阿爸。自己最喜歡的阿爸。在虛無縹緲的夢中難以溝通，刺眼的朝陽將她喚醒。

頭頂上方清楚傳來吸塵器和拖動椅子的聲音。隨著三樓住戶暗示一天活動的開始，燕雪的「開關」也自動跟著開啟。

他們住在一棟五層樓高的臺灣傳統公寓二樓。這種建築物以鋼筋水泥建造，比起日本一般的矮公寓氣派，但又比公寓大廈簡樸，正好介於兩者之間。自一九五〇到六〇年間興建了許多這樣的公寓，一家四口通常以三房兩廳為標準配置，六層樓以下的建築不需要裝設電梯。對比現在，不知是否建築法規寬鬆了，許多住戶爭相發揮創意，設法在有限的空間內做最大限度的擴建。像是貫通上下樓層、陽台改建、額外隔出一間房，或是在頂樓加蓋一層鐵皮屋等等，完全易如反掌。

燕雪家的公寓一層兩戶，連同頂樓加蓋，總共住了十一戶人家。每一戶都已經由第二代接手，忙於養育子女和照顧老人。在這裡，不會把鄰里之間發出來的聲響當成噪音，而是視為生活的一部分，燕雪喜歡這樣的生活。即使沒有管理員或自動門鎖之類的新型管理與設施，住戶之間像家人一般相處融洽、舒坦，絲毫沒有不方便的感覺。

將五個人的衣物丟入那臺勉強塞進狹小陽台的滾筒式洗衣機，一邊用晚餐的剩菜裝便當，還一口氣煎好早餐的蛋。

「趕快起床！」

一面拖地，叫醒了孩子和先生。

「我會先去醫院。然後下午要出去開會，這裡放了五個便當，不要再拿錯嘍。」

燕雪做任何事都乾淨俐落。由於從很小就開始積極幫忙家務事，身邊的人都認為她是一個天生孝順又乖巧的孩子。然而實際上卻有那麼一點出入。

燕雪一心想要聽到阿爸的那句「乖乖」，拚命努力到現在。

「好，還剩一點！」

環顧家中，打扮整齊做好準備的她，著手進行最後一項重大任務。

「阿母，掠予好勢，莫放。」（媽，抓緊了，別放手。）

燕雪將體重比孩子都輕的阿母從照護床挪到輪椅上。

即將邁入八十歲的阿母原本就體型瘦小，隨著年紀增長，個子又再縮了點水，最近食慾也變差，體重跌破三十五公斤。臉部和手上的皮膚因為缺水，像紙張一樣疊在一起，形成一堆數不清也回不去的皺紋。

阿母的腳腫得很厲害。眼看著已經腫到緊繃的狀態，奇怪的是皮膚竟然沒破。硬是將她的腳塞進類似小學生穿的那種運動鞋，再用魔鬼氈牢牢固定好。原本擔心她會不會不舒服，但是看看臉上並沒有任何表情。阿母從六十八歲就開始洗腎。曾經有一段時間能夠自己去醫院，不過大約十年前開始走路變得不太穩，就需要燕雪攙扶了。

去年年底她從床上跌落，造成大腿根部一個名稱聽起來似乎很重要的部位「股骨轉子間」骨折。手術後必須依靠輪椅，除了體力之外，就連精神也眼看著一天天衰退。

即使必須臥床，洗腎也不能中斷。洗腎時間每週四次，從早上八點半開始，需要四個鐘頭。燕雪讓阿母坐上輪椅，送她到附近的台大醫院。台大醫院是臺灣大學醫學院的附設醫院。不可否認，建築物已經老舊，但由於歷史悠久，聚集了眾多優秀人才，評價很高。只不過對燕雪而言，醫院的評價在其次，離家近、方便就醫才是最重要的。

因為光是要從家裡出去到公寓外面，已經是個大工程。

或許是為了配合臺灣濕熱的天氣，大抵來說，公寓的地板很多都是鋪上磁磚或人工大理石。尤其是五十年以上的老公寓，不會有高低落差的玄關臺階來區隔內外，往往大門一打開就是客廳。儘管不能不說是超越時代尖端的無障礙設計，卻沒有地方可以脫鞋。於是自然而然，家家戶戶都在大門外的公共區域鋪上地墊、擺設鞋櫃，就在那裡穿、脫鞋子。

家中人口一多，大門外簡直就像鞋店一樣熱鬧。燕雪家門口除了家中七人的鞋子之外，還擺了一整箱礦泉水、可口可樂、金魚缸、花盆、吸塵器、孩子們的獎盃和腳踏車等等。屋子裡擺不下的東西就那樣滿滿地擠成一堆。對門鄰居也毫不遜色。即使順利將輪椅推出大門，在到達電梯前的短短三公尺內，必須沿路撿拾散落一地的障礙物才進得了電梯。

電梯是兩年前才裝設的。由於各住戶家中長輩大多腰膝無力，經常發生在樓梯跌倒的事故，於是住戶合資增設了電梯。雖然這種後來才增建的部分不是那麼美觀，但對比過去揹著阿母在樓梯上上下下的那些日子，簡直是天壤之別。

有了電梯是舒適很多，但是要鎖上兩道大門這件事實在很麻煩。新建的大廈由於安全設計確實，幾乎很少這樣的情形，不過大多數公寓都是裡面一扇木門，外面再一道格柵式鐵門。關上裡面的門、上好兩道鎖，再關上外面的門、又上兩道鎖。雖然防盜措施完善，卻非得經過好幾個步驟不可。讓人不由得想像如果只有一扇門不知有多麼輕鬆。

「勢早。」（早安）

總算將輪椅推到電梯門口，門一打開，一陣白麝香撲鼻而來。二十多歲的男同志情侶檔一大早就手牽手，露出親切的笑容打招呼。這對情侶住在最頂樓，也就是第十一戶的主人們。最頂樓，其實就是頂樓加蓋，是那種類似組合屋、很輕易就能蓋好的住宅。通常是住戶為了可以多一間房間，或是以收租為目的而增建的。當然這是違章建築。之所以沒有被下令拆除，恐怕也是因為實在太普遍，以至於政府處理不完吧。

由於無法使用太重的建材，屋頂就是採用白鐵皮的預鑄建築工法，夏天很熱，冬天很冷。情侶檔差不多是五年前搬來的。因為是違章建築，沒有正式的住址，還經常要擔心地震或火災的問題。在這種種不利條件下仍選擇繼續住在這裡，一大部分的原因來自於臺北房地產價格過高的現狀。

最多搭載五人的電梯，現在因為四個大人和一張輪椅而擠得滿滿的。

抵達一樓，他們說要去附近豆漿店吃早餐，揮了揮手。

臺灣有不少人家裡不開伙，三餐都在外面吃。外食會造成卡路里和鹽分攝取過量的問題，臺灣洗腎人口比例全球第一，還被冠上「洗腎王國」這種不名譽的稱號。燕雪身邊也有很多人在洗腎。到了像阿母這樣一週要洗四次的情況，不論對接受治療還是陪同就醫的人來說，都是沉重的負擔。

「阿母，今仔日較寒。」（媽，今天比較冷）

一邊呵出白色的氣一邊推著輪椅的燕雪，視線落在阿母頭髮上。前幾年還只是花白的頭髮已經全白了。是心理作用嗎？感覺頭頂上的毛髮也稀疏了。就像個老太太。突然間，一陣煩悶的感覺向燕雪襲來。

到醫院的路途大約十分鐘。抵達後，阿母就在那間機器聲嗶嗶作響的病房中一直躺著。對阿母來說是漫長而艱辛的四個鐘頭，但是對燕雪而言，卻是不受旁人干擾，專屬於自己的時間。

擔任國中老師的丈夫就像柴犬一樣聽話，任何事都順著燕雪。雖然有一段時間也曾經因為他太過老實無趣而感覺寂寞，但後來有了孩子，而且他從不亂來，自己對這段婚姻生活也就沒什麼好抱怨的了。

不，問題出在哪兒？說不定自己只是從來沒想過而已。

雖然丈夫是只要向他開口一定會幫忙的個性，但天生不習慣也沒辦法仰賴他人的燕雪，還是工作家事全都一手包辦。

輪椅上的阿母不太說話。

依照平常的程序報到完畢，將阿母交代給護理師，她在醫院對面一家小型獨立書店「青鳥」附設的咖啡館內坐了下來。

「美式咖啡和……」

「……三顆巧克力對吧。」

櫃檯裡的老闆，頭也不抬回應了燕雪。

咖啡館位在這個樓層的最後方。店內陳設單調，沒有菜單也沒有店名，幾乎沒什麼客人。

老闆坐在櫃檯後方，老是一手拿本書、啜著咖啡，表情冷漠，是讓客人卻步的一個原因。

CAMA COFFEE、坐坐咖啡、Woolloomooloo、富錦樹353咖啡、儲房咖啡館、RuinsCoffeeRoasters、RUFOUS COFFEE……

街上滿滿的咖啡館。臺灣人是從什麼時候開始變得這麼愛喝咖啡的？

最近除了連鎖店之外，個人經營的店鋪也四處林立，但是不管去到哪裡都客滿，沒辦法悠閒地坐著。至於這家咖啡館，老闆不太理人，四周有書本環繞，是個能夠一邊享用咖啡又無拘無束停留的空間。對她來說是十分難得而且不可或缺的地方。

店內書籍大多是國外的原文書。尤其是日文書刊品項豐富，讓燕雪視如珍寶。不只是女性時尚雜誌，連《BRUTUS》或《STUDIO VOICE》等跨領域的刊物都有。當然，也有日本暢銷作家的作品、漫畫，小小一間書店裡濃濃的日本味。

燕雪及腰的長髮綁成一束，她起身離開座位打算去瞧瞧新出版的書刊。

老闆正好端了咖啡過來，彼此擦肩而過。他用眼神示意將咖啡放在桌上，燕雪輕輕點了頭回應。桌上還擺著一個小盤，裝了三顆杏仁大小的巧克力。

燕雪的父母是臺灣人，由於都出生在日治時期，很自然便以日語交談。阿爸在四十八歲結婚，兩年後，引頸期盼的女兒誕生。有張圓臉和大眼睛的女嬰被取名為「燕雪」，集阿爸的寵愛於一身，在良好的照顧與保護下成長。

她自出生以來都住在臺北，進入幼稚園、小學、國中、高中，大學畢業於「世界新聞傳播學院」。這所學校現在改名為「世新大學」，是新聞人才輩出的知名私校。

她與阿爸一向用摻雜了日語的臺灣話交談。希望女兒會說日語——儘管阿爸絕不開口要求，但察覺阿爸心思的她選擇了日語為第二外國語。雖然沒有出國留學，卻將日語能力增進到可以在工作上運用自如的程度。

畢業後，在阿爸推薦的旅行社擔任日語導遊，再藉著翻譯旅遊書籍的機會變身為自由接案的譯者。從小說、散文，慢慢擴展翻譯的領域，案子源源不斷。她持續努力增進日語能力，如今終於足以勝任全球暢銷著作的翻譯工作。

一開始，這個重要的大型翻譯案件找上門時，她還為了要不要接案而煩惱，連續失眠好幾個晚上。

「我、做得到嗎？……」

「當然做得到。妳乖乖。」

被宣告只剩三個月，癌症末期臥病在床的阿爸鼓勵她。

乖乖——她在心裡不斷反覆想著阿爸說的話，著手進行翻譯工作。

燕雪從小學開始就是那種會被選為班長的資優生類型，是父母引以為傲的「乖乖」。沒經歷過所謂的叛逆期，順利成長並開始就業，成為一名獨立的譯者，然後與阿爸賞識的男性結婚。

即使在鄰里間，也是個人人稱頌的孝順女兒，是毫無疑問的人生勝利組。而她也深信，自己將看著孩子成長、迎接孫兒到來，繼續過著平穩的日子。

不過，自從二〇一一年一月阿爸過世後，「燕雪＝乖乖」這件事開始隱約出現裂痕。

外洩的蒸氣

變化的徵兆從阿母身上開始。

阿爸對燕雪總是態度溫和，但是對阿母偶爾會有一百八十度的轉變。不知道是什麼原因引起的，有時候他會突然變得聲音粗暴、態度強硬，甚至作勢要動手。

對於阿爸一再出現的躁動行為，阿母就只是一個勁兒地退縮，儘量不動聲色，靜靜等待風暴停歇。

阿母已經到了極限。如果像壓力鍋那樣，每隔一段時間可以將積壓在內部的蒸氣宣洩出來就好，但是阿母的體內並沒有減壓閥。長期隱忍蓄積的那股蒸氣，隨著阿爸過世一口氣向外噴發。

「無愛（不要）、不想看！」「哭枵。」（囉嗦）「三八（不正經）！你走開。」「殺了你喔。」「很煩啦！」「落漆。」（丟臉）「氣死。」

葬禮結束的第二天，燕雪被淒厲的哀號聲驚醒。

屋子裡一連串汙穢的字眼飛散。彷彿發情的貓、還是死到臨頭的豬隻，痛苦掙扎般的叫聲在屋內迴盪。膽怯地一拉開拉門，一股寒氣有如龍捲風狂暴地往燕雪襲來。

「阿母……」

勉強擠出一聲，那一頭，是阿母正從二樓窗戶將阿爸的衣物、書本接連往下丟的景象。披頭散髮的阿母像個戴了夜叉面具的怪物。燕雪看著阿母失去理智破口大罵的模樣，兩腿不聽使喚，呆立一旁。由於事發突然，雖然喚醒了丈夫和孩子，卻為時已晚。

已經有鄰居報警，引發一場騷動。也許是氣力用盡了吧。警察來的時候，阿母雖然還繼續叫喊著，最後卻像個孩子似的坐在客廳裡啜泣，恍恍惚惚低垂著頭。

已經有這麼老了嗎？將阿母抱上床，燕雪撫摸那深深刻畫在臉上眉間的皺紋，流下淚來。

不知過了多久，累到癱在一旁的燕雪醒來一張開眼，阿母就探頭過來。

「食飽未？」（吃飯了嗎？）

是阿母平時說話的語氣。

阿母表現得彷彿什麼事也沒發生過似的，燕雪和丈夫、孩子也就不再多問。

某天早上，阿母房內的垃圾桶塞滿了被撕碎的阿爸相片。又有一天，梳妝臺鏡面上那張結婚照裡的阿爸，臉上被塗得烏漆麻黑。來自於阿母的這場「杯葛阿爸」的行動，持續了半年以上。最後除了一張相片之外，其他與阿爸有關的東西全都從家裡消失不見。

僅存的那一張，是與兩位年輕人以山林為背景所拍的黑白相片。差不多是大學時代的阿爸。背面寫了「青色之花　與瑞山、明月在能高山」。雖然問過阿母，為何只留下這張相片沒丟，她卻什麼也不肯說。不過，燕雪很喜歡阿爸緊閉雙唇，彷彿下了什麼重大決心般堅定凜然的神情。

燕雪目睹阿母宣洩的模樣，察覺到自己心中也積壓了蒸氣。這些蒸氣的原貌究竟是憤怒還是悲傷，她還不明白。只知道從自己心中的那道裂縫，確實已經開始有一些蒸氣慢慢外洩。

乖乖是輕鬆的事。只要讓自己順應父母的想法就什麼事也沒有。而且一旦習慣了這樣的角色扮演，會變成不知道除了乖乖之外還有什麼選擇。所以，要不是乖乖的話就無法保護自己。

已經厭倦當一個乖乖了。

我也想要像阿母一樣高聲大喊。

「……為自己的人生……」

一邊在電腦鍵盤上打出中文譯稿，反覆思索一直暗藏內心深處的字句。

溫熱的液體滑落雙頰，螢幕上的字體變得扭曲模糊。

違和感

燕雪家是極平常的中產階級。只不過，自她懂事以來便察覺到自己家和其他家庭比起來似乎有哪裡不一樣。

比方說，直到燕雪國中畢業之前，每個月一定會出現的那位阿爸的「朋友」。

由於他每次來都會帶糖果，燕雪稱呼他是「糖果叔叔」並感覺很親切。糖果叔叔不會進來家裡，但一定站在後門，像是朝屋內探頭張望似的跟阿母聊個十分鐘左右就會迅速離開。

拿到了糖果，燕雪便一溜煙跑到阿爸那裡通報說糖果叔叔來了，從來也沒注意過阿母和糖果叔叔的對話內容。阿爸坐在電視機前，燕雪去他腿上坐著，讓甜甜的糖果在舌頭上滾動。等糖果差不多融化到像手掌心上的雪花，幾乎要消失不見的時候，阿爸會維持背對的姿勢跟糖果叔叔說聲：「順行。」（慢走）來送客。

阿母絕不邀請他進屋裡、阿爸也絕對不會主動與他攀談的那位糖果叔叔，自從燕雪進了高中之後，突然就不再出現。

除了糖果叔叔之外，還有其他人消失不見。

那就是「筆記本阿姨」。

從小學高年級開始到高中畢業為止，這個人每個月都會來學校一次。上課中，燕雪獨自被副校長叫了出去，一起到校長室。那位校長是出了名的可怕。自己又沒做什麼壞事，為什麼會被叫去？她不由得緊張到全身緊繃。

不過，坐在校長室沙發上的是一位漂亮女士。對方很溫柔地問：「妳有什麼煩惱？或家裡有些什麼奇怪的狀況嗎？」

聽說是針對用功讀書的學生特別安排的面談後，燕雪才放心地回答。

漂亮女士對於家中的日常生活問得格外仔細。

星期天早上阿爸出了門，直到傍晚才回來的事。和阿母去市場買東西的事。同班同學美英和秀柱來家裡玩的事。阿爸在家裡看書的事。把所有自己想得到的事都說完之後，「加油，繼續努力用功。」一定都會拿到一本全新的筆記本。

拿到筆記本很開心，所以很期待每個月被叫去校長室一次。只不過隨著進入大學，筆記本阿姨也突然不再出現。

她很遺憾，沒能好好地向對方道謝。

糖果叔叔是什麼人？

筆記本阿姨又是誰？

曾經感覺很奇妙的這些過往，就這樣由記憶中淡去，完全消失。

父母親雙方的親戚都很少，朋友也是寥寥可數。可是只要和阿爸或阿母走在街上，幾乎可以說一定都會在某處遇上那種把帽簷壓得低低的、點個頭就匆匆離去的大人。

燕雪身邊有許多這種來歷不明的「陌生人」。

父母親與陌生人互動時，臉上的神情氣氛與平時截然不同。儘管沉默不語，卻瀰漫著一種不可貿然碰觸的緊張感。這樣的緊張感，孩子可以很敏銳地察覺到。燕雪藉由一如往常的言行舉止，潛意識裡將偶爾感受到的不尋常融入日常生活中，刻意不放在心上。

阿爸很喜歡《論語》。尤其常將「非禮勿視、非禮勿聽、非禮勿言、非禮勿動」掛在嘴邊，最後還一定會告訴燕雪：「要積德。絕對不要做出異於常人的事。」

為何一再反覆說著「非禮勿視、非禮勿聽、非禮勿言、非禮勿動」？

為何有那麼多「陌生人」出現？

燕雪進入大學後，掌握了想要知道的事跡線索。自一九八七年起，過去在戒嚴令下的禁書終於開放閱讀。取得葛超智（George Henry Kerr）的《被出賣的臺灣》和蔡憲崇的《望春風》等書刊，了解到臺灣戰後一些來自於國民黨對反體制的政治迫害真相，瓦解了她向來的認知與常識。

對於在威權主義體制下受教育的燕雪來說，這一切全都是新知。雖然在臺灣生長，但是那個從自己被包覆的外部所描繪的臺灣與實際生活中的臺灣，比遠離地球的銀河系還要偏離。從那些被懷疑是共產主義人士或海外人權運動者的記述當中，燕雪在他們的「日常」與自己家裡不尋常的「日常」之中找到了共鳴。

阿爸說不定曾經是那群人當中的一分子。

阿爸或許也遭受過政治迫害。

阿爸可能是……政治犯。

即使燕雪心中無數個疑問已經轉為確信，依然未能聽聞真相。

欲望的門扉

燕雪花費近一年時間完成的翻譯作品，在臺灣成為十年難得一見的暢銷書，長踞書店暢銷書排行榜第一名。沒能讓阿爸看見是唯一的遺憾，不過身為一名譯者，這是頭一次得到滿足感。

近來也翻譯繪本或詩集，享受藝術的樂趣。

燕雪將巧克力一口塞進嘴裡，喝了口咖啡。

這陣子喜歡的是臺灣巧克力。這是用臺灣最南端的屏東縣栽種的可可所製成。含在嘴裡微微融化時，再啜一口咖啡。恰到好處的酸味與清新的茉莉花香由鼻腔飄散出來，巧克力濃郁的甜味停留在喉嚨深處。苦苦的咖啡配上濃濃的巧克力，這種混搭方式是阿爸日常的風格。起初只是有樣學樣，不知不覺竟也上了癮，完全成為她的習慣。

打開編輯部轉來的一封郵件。

鄭燕雪小姐：

Hi！初次見面，妳好。

雖然有些唐突，但希望不會嚇妳一跳。

我叫高妙玲。我爸爸高明月與令尊曾經是臺灣大學地質系同學。

前些日子我看到出版社譯者頁面上刊載的相片，就是拍了三位年輕人在能高山山頂的那張相片。

Actually，我也有一張完全一樣的。

那是過世的爸爸一直都很珍惜的相片。想必這幾位爸爸過去的感情一定很好吧，right？

身為女兒的我，想了解爸爸在學生時代的那些事。不知是否能與燕雪小姐還有令尊見個面，請教一下？

靜候回覆。

Love，高妙玲

燕雪在出版社的個人簡介頁面上沒有用自己的個人照，而是用唯一留下來的那張——阿爸與兩位年輕人在山上拍的相片。通常大家都用個人照，而燕雪之所以這麼做，也是因為不想忘記阿爸過去一直在背後支持鼓勵身為譯者的自己。至於說明欄，則寫了相片背面的那些字——「青色之花　與瑞山、明月在能高山」。

我也許是……政治犯的女兒。說不定這也是為了警惕自己。

出生在一個與眾不同的家庭裡，燕雪決定過著不與他人密切往來的生活。

然而現在卻靜不下來。腦子裡的想像不斷擴大。

明月是姓「高」，那瑞山姓什麼？高妙玲是個怎麼樣的人？為什麼登上能高山？阿爸度過了什麼樣的青春年少呢？或許有機會知道自己最想要了解的那件重要的事——阿爸是政治犯嗎？

其實那張相片讓她非常在意，甚至已經到無法釋懷的地步。一切疑問都與阿爸有關，想和高妙玲見面的那扇欲望之門就這樣被推開。

心裡亂哄哄開始動搖，積壓在燕雪心中的蒸氣流洩到家人以外的世界。拚命壓抑的那些情感再也無法克制。

嗶嗶嗶、嗶嗶嗶、嗶嗶嗶——

燕雪的手錶鬧鈴聲響起，通知她阿母的洗腎已經快結束了。

第2章
二〇一四年　臺北　高妙玲的自卑感

「妙玲！要說幾次妳才懂？」

「為什麼只針對我？你都不會凶哥哥他們，不是嗎？」

「那是因為妳不像哥哥他們一樣聽話。」

爸爸的怒罵聲讓女兒的心變得更頑強。

「爸要是沒回來就好了！」

「妳這孩子什麼都不懂，不要亂說。」

「都是因為爸，害媽一直在哭。」

女兒的怒吼讓爸爸的心跳異常加速，然而七歲的女兒感受不到那股焦躁。

啪！

「我最討厭爸了！」

爸爸因為掌心上的辣燙才回過神來。

留在女兒臉頰與心裡的傷痛，讓爸爸一直後悔不已。

迪化街之城

妙玲受不了自己生長的臺北空氣太糟，半年前搬去蓋在基隆市區山邊的透天厝。

在炎熱的南國臺灣，比起朝南，住家朝東或朝北會更受歡迎。朝南的話，光線太強，會晒傷家具或其他物品。妙玲挑的是朝東的房子，一大早，陽光照進露台，令人身心舒暢。眼前盡是綠意盎然。由睡眠中甦醒的林木挺拔伸展枝椏，潮濕的空氣在太陽光下逐漸升溫。只見遠方海面，依然是半夢半醒風平浪靜。

「太棒了！」

妙玲天天都期待起床這一刻，後悔當初為什麼沒有早一點採取行動。

三年前離婚，也藉機辭掉了原本設計公司的工作。在擁有自己房子的同時，還計畫開間自己的店。臺北市區尋尋覓覓找了好幾處招租的店面，正打算放棄的最後關頭，在迪化街上遇見理想中的那一間。

儘管新家與店面相距三十公里，依然心甘情願用時間來換取生活的品質與自由。

今天必須比平常提早兩個鐘頭起床才行。

「明天早上七點前來我家一趟。」昨晚店面房東透過電話傳來的聲音又在耳邊響起。被他用那種盛氣凌人的態度掛了電話，實在很火大。

妙玲戴好安全帽，騎上停在門口的紅色小綿羊，開始下坡道。坡道兩旁種了一整排榕樹，隨著來往車輛形成的風壓，茂密的氣根左右擺動，在空中飛舞飄揚。「Hi！」她大喊了一聲，只要轉個彎，就能見到基隆港和前方遼闊的大海。

今天看來也是平靜無波，沒有大型客輪進港。不用十分鐘就到基隆車站，把小綿羊停在停車場。

雖然很滿意基隆這座城市，唯獨車站令人感覺鬱悶陰沉，讓她不太喜歡。好幾年前開始，車站周邊就為了都市更新，處處在施工。路面坑坑窪窪，建材和垃圾散落，滿是灰塵。

不過，跟自己脾氣合不來的爸爸似乎對基隆車站有一番特殊的感情。妙玲決定搬到基隆之後，反覆聽他說過好幾次：

「基隆車站是臺灣最美、最氣派的車站。停靠碼頭的船隻與車站直接連通，許多日本人和臺灣人往返此地。從中國大陸來的那些傢伙也是經由基隆車站四散到各地。基隆車站見證了臺灣的歷史。」

基隆並非爸爸的故鄉，但只要一說到基隆車站就開始變得話很多，停不下來。

據說基隆車站用紅磚砌造，中央有座像英國大笨鐘一樣的鐘樓聳立，售票處所在的大廳裡，陽光由一整排窗戶灑落，氣氛明亮莊嚴。這裡說的是日治時期建造的車站。到了一九六〇年代，因為老舊而完全被拆除，所以妙玲從未見過。眼前的基隆車站毫無美感可言，像公家樓房一樣四四方方，位置也移到距離碼頭的稍遠處。

爸爸的記憶定格了。不論怎麼解釋他都聽不懂，每次都讓妙玲很氣惱。

在站內的便利商店買了杯熱咖啡，往臺北列車進站的月台走去。從基隆到臺北通勤的人很多。不論搭火車或公車都需要將近一個鐘頭，到臺北的車資也都差不多。比起行駛市區的巴士來說，妙玲更喜歡搭火車時沿途可見的風景，所以一直都是搭火車。

房東就住在店面隔鄰的第二間。從臺北車站換車再搭個兩站就到了。

位於臺北西側的迪化街靠近淡水河，是自清朝末年開始繁榮、歷史悠久的地區。清朝時期以樟腦為主，日治時期則聚集了乾貨、中藥、茶葉等商家，極為興盛繁華。發大財的貿易商陸續興建豪宅，如今依然留有許多巴洛克式洋樓或閩南式建築等等具有高度藝術特質的建築物，維持了整個街區的氛圍。

雖然也有獨棟式的建築物，但主要道路上大多是一整排共用隔間牆的連棟式建築，並以稱為「亭仔腳」的騎樓串連。凸出一大塊屋簷的亭仔腳不只能夠遮蔽臺灣強烈的日照，萬一下雨，還能不撐傘從街道的這端走到另一頭。

妙玲喜歡這裡的亭仔腳。建材中使用的紅磚和水洗石粗獷不做作，令她難以抗拒。對於專攻美術的她來說，迪化街整體就是個藝術。

過去的迪化街聚集各行各業，有書店、診所、律師事務所等等，還有很多酒家和劇院。歌聲夾雜著歡笑聲，增進食慾的香料氣味淹沒一整條街，光是想像當年那些商人沉醉於美酒與山珍海味的模樣，已經讓人心神蕩漾。

不過，極盡繁華的迪化街進入七〇年代後，逐漸黯淡沒落。人潮散去，留下難走的狹窄道路還有無人居住的一堆宅院。過去的豪宅像鬼屋一樣荒廢，遭人嫌棄。開發浪潮中被遺落的迪化街，成為街道老舊髒亂的代名詞，很長一段時間已被世人淡忘。

進入二〇〇〇年代，建築物更新改建蔚為一股風潮，也為這裡帶來轉機。年輕人搬進迪化街，多了一些酷酷的咖啡館或有品味的雜貨店，精品酒店也應運而生。整條街道再次找回活力與光芒。在充滿懷舊風情的街道上散步，如今成為外國觀光客絕不錯過的熱門行程。

諷刺的是，當地人對於迪化街的脫胎換骨反應冷淡，僅有少數地主為此感到雀躍。

離約定的時間還早得很，但是房東陳天又已經坐在自家門前那張紅椅頭仔（紅色凳子）上。

看他一面抖腳，一副像是在表露出等得不耐煩的老頭樣，妙玲已經感覺不太妙。

「起厝稅！」（要漲房租！）

老頭一見到妙玲就嚷嚷著，果然是為了要漲房租。

由於迪化街熱潮興起，許多人在找店面。為保存舊有街道的樣貌，市政府對這一區有嚴格的建築限制。尤其是主要街道上的樓房，因為能夠以極佳的價格出租，租金呈現逐月上漲的趨勢。迪化街的泡沫化現象讓房東們個個都態度強硬。

一再用台語反覆說著「起厝稅！起厝稅！起厝稅！」的老頭，是今年即將九十歲仍精神奕奕的老先生。原本理當要敬老尊賢，不過對於陳天又，妙玲卻不想屈從。

只是，想歸想、做歸做，「ＯＫ……我知矣。」（我知道了。）迫於老頭的強勢，還是點了頭。

老頭喜孜孜露出滿意的笑容，將擺在紅凳子下用報紙包好的一包東西往妙玲胸前推去，一轉身就進了家門。明明剛才還不斷摩挲著腰部，這會兒卻幾乎是連蹦帶跳地，腳步輕快得很。

老頭是傳奇商人陳天來的後代。陳天來當年在中國福建學習製茶方法並帶來臺灣，清朝末年在迪化街開了「錦記茶行」。錦記茶行過去因為占臺灣茶葉輸出總量十分之一而天下馳名，是一家生意興隆的老字號。

陳家除了出租給妙玲的那家店面之外，還擁有好多間面向主要街道的建築物，是足以代表迪化街的大地主，勢力龐大。

手裡被塞了一包用皺巴巴的報紙包裹的東西。每次只要同意讓他漲租金，就會拿到一包老頭準備的禮物。這裡面包的是一顆顆圓球狀的茶葉。這是手工摘採後經過細心萎凋和揉捻的茶葉，一斤至少兩千元以上。要是再好好包裝一下，人家心中的感激也會加倍，可是他卻包得像剩下要丟掉似的，想必是因為真的很有錢吧。不管怎樣，反正對忠於咖啡的妙玲來說根本就無所謂。

雖然是錢多到棄之如敝屣的程度，老頭的生活卻極為儉樸。每天早上九點一到，就穿著短褲和拖鞋在騎樓四處走動巡視。用自己的雙腿和雙眼一間間確認名下的店鋪，是他每天的功課。

頭上的毛髮像雛鳥一樣稀疏得可憐，左顎那顆痣上的毛向下發展到脖子處，成了他的註冊商標。凡事絕不讓步、冥頑不靈的性格，「連租戶店裡的業績也要插手，每天都在打算盤」，周遭盡是這樣的傳聞。

老頭的充耳不聞也是出了名。

不論跟他說什麼都沒用，簡直跟爸爸一個樣，妙玲打從一開始就拿他沒轍。

某種程度的租金調漲也是無可奈何。只不過，每次被通知要漲租金時，那個無力反駁的自己顯得很沒出息。尤其是這次，連調漲的幅度都沒聽說，就被硬塞了一包茶葉當禮物。

儘管說話有氣勢，妙玲卻不擅長追根究柢。往往不由自主往安全的方向逃離。雖然認定自己從小個性如此所以改變不了，但自從開了店之後，狀況又更糟了。總是一再不斷發生一些讓自己懊悔「如果當初那麼做就好了」的事。

離婚的事也一樣。

原本就對結婚沒興趣也毫不在乎。

同學一個接著一個決定了婚姻大事，而自己卻被爸爸貼上標籤，說是「因為不夠優秀所以結不了婚」、「反正依妳的個性，就算結了婚也撐不久」，於是一半出於反抗的心理，便決定與當時交往的對象步入禮堂。

這個對象是透過高中同學介紹認識的。對個子嬌小的妙玲來說，男生光是身高一八〇公分就看起來很帥氣。而且在銀行工作，作為將來生活安定的保障也算是沒話說。約會過幾次，還算開心，但在彼此還沒真正溝通過想法或甚至連激烈的爭吵都不曾有過之前，就結了婚。總覺得，當時對方說不定也只是急著要結婚而已。

與一個隨便怎麼樣都好的對象維持長久的婚姻生活，並沒有想像中容易。

還沒真正做好心理準備之前就貿然進入婚姻的妙玲，頭一次被迫意識到自己是個女人。「家事是女人要做的」、「我爸媽想早點抱孫子，所以努力生個孩子」、「辭掉妳那個沒意義的工作」、「我們跟爸媽住一起吧」。

即使在亞洲各國之中，臺灣的女性社會參與度領先群倫，但是像妙玲的結婚對象那樣，對儒家思想中的「女性觀」深信不疑的男人依然如雜草一般隨處可見。

尤其不幸的是，這對象還是扎根特別深的雜草。

即便如此，妙玲不曾向對方表示過意見。雖然有很多話想說，但是知道說了也沒用，就往肚裡吞，順從對方。

她同意與對方爸媽同住，也接受每個月一次為生育而努力。還說好要是有了孩子就辭去設計公司的工作。

兩年……十年過去了，肚子依然沒動靜。

「妙玲，因為妳，我兒子很可憐。既然妳已經失去身為女人的價值，應該不會反對離婚吧？」

對方父母給了一紙離婚協議書。

而且細心周到，把妙玲的姓名、身分證字號、證人欄位都填好了。連印章都蓋了。唯一剩下的，就是要她接受這個事實。

妙玲點了頭，離婚生效。

回到娘家的妙玲像顆洩了氣的氣球，沮喪而落寞。

那時候要是態度強硬一點，不要那麼快住在一起就好了；那時候要是提出想過著不生孩子的生活就好了；那時候要是沒有那麼急著結婚……

不由得想像那個生活在平行宇宙的自己。無數個「那時候」，像風車一樣骨碌骨碌在腦子裡不停地轉動。

紅色的字

妙玲有兩個哥哥。

大哥的個性像推土機，對於想做的事一定貫徹到底。到日本留學後娶了日本人，生下一男一女，目前在福岡當醫生。二哥是發展障礙患者，凡事我行我素，喜歡追根究柢、慢慢思考，個性就像挖土機。儘管有自閉症這樣的障礙，仍是一個十分活躍的程式設計師。他與過去留學美國時認識的當地同學結了婚，生了一個兒子，一家三口住在加拿大。

為什麼只有我……

妙玲每天都在想。

哥哥們的日子過得有模有樣，只有自己是不完美的瑕疵品。

回頭想想，比起自己，爸媽總是以哥哥們的事為優先。能夠排在後面還算是好的。大多時候是根本沒人理會，是個可有可無的小女兒。從未享受過身為老么的特別待遇，也不記得曾經向爸媽撒過嬌，就這樣長大了。

「結婚對女人來說是吃虧的嗎？」

離婚後的妙玲問爸爸。

「都是因為妳不認真讀書的關係。」

爸爸的視線始終沒從學生的論文上移開過，臉上露出嘲諷的笑容。

到最後，還是不當一回事嗎？爸爸對離婚的女兒連一句安慰的話也不說，彷彿事不關己似的。眼前這個男人果然也像前夫一樣，是根深柢固的雜草。失望的妙玲希望早點離開這個家，於是決定開一間除了販賣自己設計的商品之外，還能細細品嘗咖啡的店。

自己親手裝潢的這家店取名為「Jamie Coffee」。

在臺灣，學校的英文課會讓學生先決定好自己的英文名字，並互相以此為稱呼。妙玲選了發音聽起來很可愛的 Jamie。即使畢業出社會之後，也因為對這個學生時代的英文名字很有感情而用到現在。它的發音和中文的「解謎」也很相近。喜歡推理小說的她，打從一開始就決定用它當店名。

「Jamie Coffee」的營業時間不長，是每天下午一點到六點，至於上午和晚上的時間則用來創作。

迪化街留存的建築物幾乎都是面寬狹窄、縱深深長，也就是所謂的「鰻魚窩」造型。「Jamie Coffee」同樣在前、中、後三大區域之間夾了兩個中庭（天井）。

前方緊鄰馬路的空間是雜貨銷售區。主要以妙玲設計的商品或插畫為中心，並陳列一些精選的裝飾配件、手織布、陶器與原住民樂器等等臺灣製造的手工藝品。此外也會在特定期間展示來自德國、日本或英國等地的包包、服飾之類的商品。

屋內的陳設也是由她自己配置。

將媽媽當年作為嫁妝帶來的木製古董紅眠床放在中央，讓整體呈現亞洲風情。

中段區域則是咖啡屋兼烹飪教室。

這間房裡最引人注目的是一台金黃色「La Pavoni」義式濃縮咖啡機。到米蘭學習設計的兩個月期間，每天都會光顧的那間咖啡館裡也有一台同樣的機器。由於對它復古的外型還有小巧卻具有存在感的壓力表一見鍾情，便添購了一台。

從日式、西式、中式到蛋糕、麵包，能夠滿足任何餐點需求的大型烤箱、食物攪拌機、微波爐、洗碗機等等專業設備一應俱全。因應學員需要，尋找各領域可配合的老師開設講座。目前最受歡迎的是麵包教室。也多虧這樣，妙玲最愛的那台濃縮咖啡機時常有機會派上用場。

烹飪教室不開課的日子，這裡就成為咖啡屋。

再往屋後穿過一個中庭，就是「研究室」。

妙玲的爸爸是古生物學家。屬於地質學科中一個範疇的古生物學，是藉由化石來發現與研究過去生物的一門學問。他專攻生活在海裡的原生動物有孔蟲，身為臺灣古生物研究權威，是備受全球認可的學者。

為挖苦諷刺爸爸重視研究室更勝於家庭，妙玲稱呼自己的工作室為「研究室」。

屋內全部統一粉刷成讓自己心情最平靜的綠色。這也是她的幸運色。

擺上一張大長桌，可以在這裡畫畫，或是享受一下看電影的樂趣直到深夜。有訪客的時候就當成會客室。

最討厭的爸爸，臺灣大學地質系畢業之後，歷任地質系教授與經濟部中央地質調查所所長。由於他凡事講求理性思考，與妙玲那種憑直覺行動的藝術家天性正好成對比。對於用道理嚴厲苛責他人的爸爸，妙玲有種說不出來的厭惡感。

要是說了邏輯不通的事惹爸爸生氣，眼前就會毫不留情一巴掌過來。即使曖昧模糊說些模稜兩可的話，爸爸銳利的眼神也會穿透眼鏡鏡片刺向妙玲。

被拿來與哥哥們比較的日子永無止境，在爸爸面前，她就像一隻被蛇盯上的青蛙一樣，會緊張到忘記要呼吸。

妙玲成了一個自卑的人。

家中不斷有學生來訪，「希望請教授看一下研究成果」。爸爸時而懇切細心、時而激動且滔滔不絕逐一指導的模樣，看起來似乎十分幸福快樂。

如果也能像那樣開心地對我說話就好了，妙玲屢次合掌向神明祈求，但無論怎麼樣懇求，那一天不曾出現過。

爸爸總是用右手向上輕推眼鏡中央的鼻橋，「要用功讀書。只要認真讀，就不會遭受背叛。」像念咒一般對孩子們說。

究竟會遭到什麼事物背叛？

孩子們並不明白爸爸這句咒語真正的意思。縱使不明白，兩個哥哥還是拚了命讀書，成為品學兼優的模範生，各自飛往海外。

獨自留在臺灣的妙玲，「靠畫畫沒辦法過活。」雖然爸爸如此責難，她仍然巴著藝術不放。在這一場針對爸爸的崇高反抗行動中，她堅守最後的堡壘奮力抗戰，然後到一家小型設計公司上班。

「因為妳不肯認真思考我說的話，才會變成這樣。」

「煩死了！爸，不關你的事吧？」

離婚後回到娘家，父女之間的對立更加白熱化。正當她好不容易展開獨居生活的時候，爸爸走了。

每天早上出門散步、三餐正常還會寫日記的爸爸，一直沒生過大病。像節拍器一樣生活自律，完全就是健康的最佳寫照。家裡每個人都認為他可以活到一百歲而且深信不疑，但就在迎接八十五歲生日之前，因為主動脈破裂而過世了。

那是在晚餐後發生的事。「差不多該睡嘍。」媽媽才剛提醒爸爸，突然就出事了。「有點不舒服……」他當場倒下，被救護車送去醫院之後再也沒有回家。

「像個蠟像……」

爸爸那張不會再動的嘴。即使想再聽他說些不留情面的話也聽不到了。

妙玲直盯著床上的爸爸，突然間被一種無以名狀且難以忍受的寂寞與虛脫感包圍，當場跌坐在地上。

爸爸被送往醫院的隔天，原本已經有學生約好要到家裡來。為他們準備的論文就那樣攤開在書房桌上。讀了一半的書、學術性雜誌，還有稿子也散落一旁。

媽媽和居住在國外的哥哥們委託妙玲代為整理爸爸的遺物。一邊被還不熟悉的店內雜務追著跑，一邊找時間慢慢收拾，卻沒什麼進展。爸爸是那種任何事都非得記錄下來才甘心的人。實驗室和書房裡的文件像千層派一樣堆疊，讓妙玲有好幾次衝動到幾乎想把所有東西都乾脆燒掉。

到最後，請研究室的學生和畢業生也來幫忙，看起來有學術價值的資料就捐贈給大學。

剩下的，除了一些舊字典、地圖、圖鑑之外，都是跟研究無關的日記或信件之類的私人物品。

整個樣子都變了，妙玲環顧爸爸這間空蕩蕩的房間，一陣意想不到的寂寞感襲來，剩下的東西就一點一點慢慢搬回自己的研究室。

烹飪教室沒有安排課程的時候或創作遇上了瓶頸，就拿起爸爸的日記來讀。日記是寫在A5大小的筆記本上，背面標注有年分月分。

一九七二年——是妙玲出生前一年的日記。

五月十三日　上午　會議　泥岩層
五月十四日　下午　準備參加協會
五月十五日　すこぶる機嫌悪し（心情頗差）
五月十六日　早晨　第一班火車　新竹
五月十七日　研究の意見が通らない　もどかしい（意見不被採納　焦躁）

爸爸和媽媽經常都用日語溝通。由於妙玲也聽日語聽習慣了，某種程度的內容還算能夠理解。爸爸的母語是日語，就讀臺灣大學地質系時的教授也是日本人。

「出現了想法不同的教授之後，已經不再適合用功做學問了。」

回想起大學時代，爸爸總是用這句話來總結。一升上大學二年級，日本教授撤退返國，隔天就是由大陸來的中國教授站上講台。爸爸嘆息道，儘管外表看起來一樣，知識水準卻是天差地別。

向來嚴厲不甘示弱的爸爸，用紅色的日文字寫下了自己的負面情緒。

回來的日子

今天到開門營業前還有一大把時間。

妙玲難得又拿起爸爸的日記。La Pavoni 泡出來的濃縮咖啡香氣四溢，充滿整間研究室。

二〇〇〇年代、一九九〇年代……一邊啪啦啪啦翻著，突然間，一段兒時記憶甦醒過來。

記得那是在還沒上小學之前，非常熱的一天。

原本一直都不在家的爸爸突然回來了。

像是要壓過嘈雜的蟬鳴聲似的，門鈴聲響，妙玲快步向門口衝去，打開裡面那道門。隔著外面另一道鐵柵門，一名男子站在那兒。

「這不是妙玲嗎？妳有乖乖嗎？」

妙玲想不起這個人是誰。聽見陌生人喊著自己的名字，感覺對方態度有些過度親暱了。

由於男子試圖伸手進入柵門，她嚇得連忙關上裡面那扇門。

「莫驚！」（沒事的）即使男子拚命在門外向她解釋，小小的妙玲毫不理會。

「一邊哭一邊稱呼爸爸是『不認識的叔叔』，還把家裡的門鎖上，真是一場混亂啊。」

媽媽和哥哥們每每想起這件事就哈哈大笑。

也許是因為向來有威嚴的爸爸慌張失措、拚命向女兒懇求的樣子，看起來很新奇的緣故吧。

不在家的時間長到讓我都忘記他的臉，當時爸爸究竟去了哪裡？他消失不見的原因，或許寫在日記中的某處。

一九六八年的某一天，那一頁寫滿了紅色的字。

二月二十八日　惡夢

阿剛回來了，阿瑞也在　但是那些傢伙還不打算放過我嗎？

只要這地方不改變，我知道這輩子難以逃離那雙眼睛

追求真正的平等、自由多麼困難

一切全都回到了一九四九年

難道我又得要再次畏懼臣服於一九五一年的陰影？

肯定是心情很糟的一天。

從日記裡掉出一張黑白相片。以山峰為背景，相片中三個年輕人肩並肩似乎感情很好。左邊是爸爸，那個樣貌還在。

這跟爸爸日記上那些紅色的字是否有什麼關連。妙玲掃描了相片，傳真給在老家的媽媽。

「哎呀，好懷念。」

電話那一頭，媽媽驚訝地表示。她說相片中的年輕人是爸爸大學時代的好朋友，藍瑞山和鄭剛毅。

「欸，媽，年輕時的爸是怎麼樣的人？小時候為什麼有一段時間爸都不在家啊？」

妙玲想要了解爸爸的事，但即使問了媽媽，也總是被她用「不太記得了」給敷衍過去。

令人好奇。

一半出自於好奇心，她上網搜尋日記裡寫到的紅色關鍵字——「藍瑞山」、「鄭剛毅」、「太平町」、「山水亭」、「早坂」、「能高山」。

「Oh my gosh！這不是真的吧？」

在出版社的網頁上看到了一模一樣的相片。

日文譯者鄭燕雪的個人簡介裡，刊載了妙玲發現到的那張三個年輕人的相片。說明欄上寫著「青色之花　與瑞山、明月在能高山」。

鄭燕雪和鄭剛毅的關係是什麼？跟爸爸的關係又是……？想要見個面。

妙玲即刻寫了信給鄭燕雪。

開店的時間就快到了。開始忙碌之前，先把頭和肩膀靠在綠色牆壁上稍稍閉目養神。半夢半醒之間，妙玲微微想起還有一件事忘了問媽媽。日記裡的「青色之花」和「無辜」是什麼意思？

第3章 一九四七年　臺灣大學

三個年輕人

帶有南國強悍性格的朝陽，從面東的窗戶照了進來。

在臺灣大學理農學院地質系課程的教室裡，學生們全都認真地透過偏光顯微鏡的目鏡一邊觀察，一邊聆聽指導老師王思亮的解說，然而坐在最後一排的鄭剛毅和高明月兩個人卻完全聊到忘我。

「欸，阿明（Akira）。今天下午好像有轉學生會來。」

「阿剛（Tsuyoshi），你也聽說了嗎？據說這傢伙是從戰敗國日本撤退回來的。」

明月把戰敗國這三個字說得很大聲。

「啊！都將近三年了，還真悠哉欸。」

受明月的影響，剛毅的音量也變大了。

「因為好像是哪戶有錢人家的少爺，一定是那種很懶散的傻蛋吧。可能動作慢來不及上船？真是。」

「剛毅和明月，與課業無關的內容請放低音量。」

王老師制止了愈說愈得意的明月。他雖然氣色不佳，外表看起來像豆芽菜弱不禁風的樣子，實際上在課業方面卻要求嚴格，學生私底下都稱他是魔鬼班長，很怕他。原本盯著顯微鏡的眾人目光一致朝向明月和剛毅，不過這兩個人的話還沒說完。

「早點回到祖國來不就好啦，真是個傻蛋。」

「好想趕快拜見一下這個傻蛋的模樣。」

明月挪動了一下眼鏡，笑出聲來。

「哎呀，不要那麼急。是不是該來賭一把，看看傻蛋是什麼模樣？」

剛毅把手搭在明月肩上，提議說道。

「傻蛋通常一定是長得白白胖胖的啦。」

明月彷彿有十足把握似的。

「不，我打賭他應該是像原住民一樣黑皮膚、精悍的模樣。」

正當雙方對話即將熱烈展開的瞬間，教室門開了，早坂一郎教授現身。緊接著教授身後，一名男子踏進教室。

剛毅和明月面面相覷，聳聳肩膀。兩個人都沒猜中。

這名男子身穿白襯衫，繫了暗紅色領帶，然後是深藍色西裝外套和黑皮鞋。個子高高瘦瘦、膚色白皙，不知為何一臉心不在焉的神情。再仔細一看，沒有眉毛和睫毛。像個臉上光溜溜的怪物，看起來年長許多。

「大家好，我是藍瑞山。請多多指教。」

他的聲音低沉而清晰，用彷彿要看透他人的眼神將整間教室一掃而過，再輕輕點了個頭。即將成為同學的這些年輕人聚焦在他身上，男子也絲毫不退縮，仍顯得威風凜凜。

儘管教室裡每個人都確信他就是之前說的那個轉學生，不過與想像中的模樣實在落差太大，沒有人主動搭話。

欸欸，來了一個不簡單的傢伙唷，大家互使眼色。

「各位，這是今天起將成為夥伴的藍瑞山同學。上週才剛從日本回來臺灣。他們家族在基隆經營礦業，希望地質系課程的學習對藍同學日後有所幫助。這間教室，從今天開始包括藍同學在內就是十個人，恰到好處。讓剛毅在各方面指點你一下，他很喜歡照顧別人，任何問題都可以問問他。」

不等教授說完，剛毅的大手就越過肩頭向上伸得直挺挺的。是展現出好體格的粗壯手臂。他雖然有顆大頭，但由於肩膀也夠寬，整體的均衡感還不錯。下顎骨突出、臉型方正，眼睛細長，厚厚的脣上留了鬍鬚。鄭剛毅是班上塊頭最大的，大家都叫他「阿剛」。粗獷的外表再加上說話坦率，情感表達直接，難免時常與周遭的人有些小摩擦。不過另一方面，他有強烈的正義感，任何事不輕易妥協的個性博得大家的信賴，也是凝聚班級的核心人物。而且因為思路敏捷，課業上積極認真，教授也很看重他。

「教授，阿剛就像個黑道大哥欸。要是讓他照顧的話，會直接被收去當小弟喔。」

亂打岔的是剛毅的好朋友高明月，大家都叫他「阿明」。他有一張圓臉、眼尾下垂，看起來討人喜歡，圓圓的眼鏡非常適合他。說話幽默風趣能讓人卸下心防，使場面活潑熱絡。

「那你豈不是第一號小弟？」

「哇！老大要開始教訓人了。老天保佑、老天保佑。」

剛毅用手指著明月，而明月則誇張搞笑地做出膜拜的姿勢。

「也收我當小弟吧！」「需要送東西孝敬你嗎？」「我也要！」

眼看著兩人一搭一唱，其他同學也跟著起鬨。「全都回去看你的顯微鏡！」王老師再次怒斥。

他總是動不動就擺個架子，遇上不喜歡的學生就輕蔑地叫人家「廢物」，欺負人。雖然今年才剛修完地質系課程從學校畢業，但因為是第一期學生，經常以大學長的姿態高高在上。在這個上面無人壓制、可以為所欲為的環境下，不只助長他那蠻橫的態度，還讓他很幸運地一畢業就當上了指導老師。

一想到年紀相仿的王老師今後也將繼續他的霸道作風，儘管難掩心中的浮躁，還是只能屈服順從。大家各自回去操作顯微鏡，教室裡的氣氛安靜了下來。

教授讓瑞山去坐在剛毅和明月中間的座位後，解開跟其他裝有顯微鏡的木盒鎖在一起的一個盒子，交給了他。他從盒子裡取出顯微鏡，開始裝上目鏡和物鏡。對於他熟練的手法，不只是剛毅和明月，就連早坂教授也目瞪口呆，然而他絲毫不受影響，默默地繼續手上的動作，將玻片放在載物台上，用夾子固定好。

「沒想到這裡竟然有這麼棒的顯微鏡。」

瑞山興奮的聲音在教室裡響起。

透過顯微鏡一看，固定在玻片上的礦物標本有好幾條黑白色線條。

教授動了一下瑞山的顯微鏡，瞬間讓原本的黑白畫面多了藍色和綠色，變得亮麗鮮豔。

「這是偏光鏡。礦物的結晶構造複雜，為確認其中的組成與含有的物質，透過偏光……」

教授站在瑞山身旁，繼續解說。

這個地方擁有發現新世界的可能性。瑞山低頭窺視色彩繽紛的世界，細細品味難以言喻的喜悅。

奮力一擊

「王老師，不好了。鄭剛毅和高明月打起來了。不對，是轉學生藍瑞山向他們撲過去……哎呀，總之他們三個……」

「蘇同學你先冷靜。又不是國中生，他們會做這麼無聊的事？」

「好。午休時間原本預計在操場集合打棒球，可是結果事情就變得很複雜。總之您過來一下。」

被蘇文政叫了出去，王老師見到的是三個人在操場上扭打成一團的模樣。仔細一看，兩個人以瑞山為目標，拚了命在打鬥。瘦弱的瑞山顯然是比較吃虧，但儘管剛毅和明月一起撲上去，瑞山還是快速閃過，始終居上風。到最後，他接連將個子高了一個頭的剛毅，還有體格幾乎是自己兩倍大的明月一把過肩摔給摔了出去。王老師一時忘記自己的身分，「帥啊！」大聲鼓掌叫好。

剛毅和明月不認輸，再度握拳朝向瑞山。這次換瑞山倒在地上。王老師額頭上青筋暴露、雙手緊握，持續亢奮的狀態。在場同學也是握緊球棒或手套，雙頰泛紅。

突然間，人群中竄出一個綁馬尾的女生，橫越過操場衝了出去。是同學之間人稱「女神」的吳翠華。她是地質系上唯一的女學生，膚色稍黑，大眼睛圓鼻子的模樣像客家人，很可愛。地質系教室隔著操場的另一頭有間馬廄，她一進去便即刻單手抱起桶子跨上馬背，迅速飛奔而來。

她將手中桶子裡的物體朝三人潑去，再從容不迫地拉著韁繩往馬廄方向揚長而去。

「哇，快逃！」「不會吧？」「饒了我～」「別開玩笑了！」

一股強烈的氣味讓在場所有人倉皇失措地逃離。

「哈哈哈！潑這東西可是厲害得很哪。」

王老師得意地雙手交叉胸前，站得像個門神似的，俯瞰蜷伏在地上的三人。

瑞山拚命忍住從喉嚨深處湧上來的液體。好不容易撐起上半身的剛毅和明月用手壓住右邊鼻孔，試圖將跑進左邊鼻孔的物體用力噴出來，不過沒有成功。接著又十分惶恐地確認那些沾在手上溫熱黏滑的東西。

「你們這下子可搞得全身都是屎嘍。是女神送來的馬糞禮物。我們班這朵花可是很有個性的。要是有什麼事讓她看不順眼，根本難以預料會使出什麼樣的手段來。哈哈哈！」

「好臭！」

王老師大聲笑著走回辦公室，筋疲力盡的三個人肩靠肩，同聲高喊。

這件事的起因來自於午休時間在學生餐廳的一場對話。

「藍同學，你在內地是讀哪間學校？」

狼吞虎嚥扒著白飯的剛毅問瑞山。

「學習院。」

瑞山的回答簡短，剛毅繼續說：

「哦，是那個學習院嗎？從外地能夠進得去學習院，不愧是名門貴族家的少爺。明月你們家雖然也有錢，但是這種的你應該沒辦法對吧？水準不同。」

「就是說啊。學習院那種地方，說起來就是一些崇拜天皇、名門貴族之類的軟弱傢伙聚集的所在。真令人反感。我比較喜歡有很多勇於對抗強權的人就讀的學校。不然要一一配合人家一定很辛苦吧？」

面露嘲諷的明月，正安慰眼前這個從日本回來的同胞。

「哎呀，即使曾經誇耀是大日本帝國的日本，現在也不過就是個戰敗國。是敗犬啦。就這樣從世界上消失說不定更好。打輸了就離場，乾脆俐落。」

「……」

剛毅說著片面之詞如此斷言。瑞山保持沉默。

「我們今後有責任要重建『中華民國』這個偉大的祖國。雖然聽說有很多人歸化成日本人，不過像這樣淪落成為二等國民，實在是愚蠢的賣國賊。該不會是在戰爭中連自尊心都拋棄了？」

「……」

「藍同學你也是夢想著要重建祖國才回來的吧？」

「……」

「今後就是我們的時代了。」

「……」

瑞山對剛毅所說的話依然不置可否，明月煩躁地開口問道：

「喂！你有在聽阿剛說話嗎？」

「……」

「藍同學，你好歹回答一下如何。」

「……」

「你這傢伙是怎樣？」

「到外面去！」瑞山突然大聲嚷嚷並站起身來，屁股下的那張椅子往後倒。他一樣面無表情，催促坐在對面的剛毅和明月去外面的操場。

照慣例，好天氣的日子裡，班上所有人會在午休時間到操場集合打棒球。他們提早吃完飯，練習互相投接球來暖身。原本和諧的氣氛因為他們三個人像狂風一樣來襲而被打亂。

如同一開始覺得很臭的廁所氣味，一段時間過後就沒什麼感覺一樣，人類的嗅覺很容易順應環境。幾分鐘前還難以忍受的惡臭，漸漸不那麼惹人注意了。

總算，瑞山臉上第一次浮現出像人類一般的情緒感受。

「活到現在，我始終認為自己是日本人。你們現在也都還說著日語。當初被安排到內地讀書並非出自我的本意，一直以來在日本生活、吃日本米、喝日本水、踏在日本的土地上，我身邊只有日本朋友。直到十七歲的那天為止……和周圍的人齊聲喊著天皇陛下萬歲，為那些成為學徒兵的前輩們送行。深深相信為國家、為了天皇陛下，沒有什麼事辦不到……」

有如洪水潰堤一般，瑞山開始傾訴。

剛毅和明月默默聽著。

「那又如何？從那天開始，所有人把我當成像毒瘤一樣看待。『你是戰勝國那邊的人。』他們用冷漠的眼光排擠我。即使面帶笑容，也很明顯是以蔑視的眼神看我。『我們是不同世界的人！』、『你跟我們無法相互理解！』、『不要把你和我們混為一談。』、『你是臺灣人！』甚至說出像這樣的話。什麼叫作那邊的人！過去不都一樣是軍國少年？不論是老師、澡堂老闆還是麵包店老婆婆，大家都曾經一起戰鬥過，共同誓言要拚上這條命。難道那些全都是謊言嗎?!是我被騙了嗎？喂！」

瑞山一直以來壓抑的情感像熔岩般爆發出來。

「說什麼國家？祖國？別把這些輕率地掛在嘴邊！全都是會在瞬間瓦解消失的東西……我是誰……到底是誰……求求你……給我一個答案……」

瑞山的喃喃自語在操場上迴盪，彷彿試圖將刺痛肌膚的陽光給彈開似的。過了一會兒，儘管淚水奪眶而出，臉上表情卻僵硬得像一張面具，動也不動凝視著遠方的某處。

「再不趕快就會整個人臭烘烘的啦！」

女神回到這裡來，朝三人背後豪邁地潑了一大桶水。

這乾淨的水讓過去的事煙消雲散，瑞山將積壓在腹部深處的低吼釋放了出來。

三個男生乖乖順從女神指示，步履蹣跚往馬廄走去。「臭男人我可是受不了的。」只見她咧嘴露出白牙，拿起接上水龍頭的水管往他們身上澆水。

「你就是你……」

或許是對剛才過分激烈的行為有所反省，她用略顯可愛溫和的聲調說著，繞到瑞山背後徒手將半乾的馬糞給搓掉。

「喂！也幫我們刷一下背呀。」

「就是說啊，妳只幫藍瑞山太不公平了吧？」

她笑著將水管扔給發牢騷的剛毅和明月。

「欸，我跟你們是一樣的對吧？」

剛毅和明月無奈地開始互相刷洗身上的馬糞，瑞山開口向他們問道。

「阮是臺灣人。」（我們是臺灣人。）

剛毅和明月異口同聲用台語回答。

集會的邀約

你是燈塔　照耀著黎明前的海洋　你是舵……

你是燈塔　照耀著黎明前的海洋　你是舵……

你是燈塔　照耀著黎明前的海洋　你是舵……

「欸，那張唱片是不是刮傷了？」

「沒錯沒錯。阿剛說得對。爛唱片應該要丟掉。」

剛毅和明月嘲諷正在唱著革命歌曲〈你是燈塔〉的吳翠華。

「沒辦法啊，我還沒記熟嘛。阿瑞（Zui）你也幫忙說一下他們這兩個笨蛋啦。」

「嗯。」

「齁，每次只會說『嗯』，什麼忙也幫不上。這樣的男生很糟糕。」

「嗯。」

「我說，你除了『嗯』以外沒其他的話可以說嗎？」

「嗯。」

看著女神和瑞山這樣的互動，剛毅和明月都忍俊不禁。

經過操場那次的事件後，四個人之間突然變得很親近，藍瑞山也開始被叫成阿瑞了。在教室裡他們共用一張桌子，戶外的研究調查也自成一組。一起行動的過程中，各人的角色分配自然而然固定下來。

對於不曾到內地留學的三個人來說，主要想問瑞山一些關於日本的事，但是要從沉默寡言的瑞山口中得到滿意答案實在很難。

「欸，聽說內地的飯很難吃，是真的嗎？」

剛毅開口問。

「嗯。」

「內地的女生如何？我聽說有很多美女欸。」

明月問道。

「嗯。」

「喂，你喜歡我對吧？」

換女神問了。

「嗯。」

看著不論人家問什麼都說「嗯」的瑞山，剛毅和明月輕輕戳了一下吳翠華的頭，小聲笑著。

即使手中的記事本被吳翠華拿走了，瑞山依然沒注意到自己所說的話，打開隨身小酒壺送往嘴邊。

「真的？」

「嗯。」

「耶！那我就是富豪藍家少奶奶了。」

瑞山口中的酒都噴了出來。

「妳說什麼？」

「剛才我問你是不是喜歡我，你說『嗯』。所以我就是阿瑞的太太嘍！」

「別說傻話了！」

「開玩笑的啦。你應該光是讀這本筆記本上的《魯拜集》就已經心滿意足了吧？」

雖然瑞山不斷被他們三個人揶揄，但一切正朝著對的方向進行。原本緊繃的心情也漸漸舒展開來，似乎又將回到當年在日本讀書的那個自己。

「阿瑞如果方便的話，要不要也去露個臉？」

「……」

對於剛毅提出的另一個話題，瑞山迴避，並不即時給予回應。剛毅、明月，還有女神對現狀很不滿。瑞山雖然知道他們參加社團、學生運動或讀書會，甚至計畫和他校學生進行交流之類的事，卻始終保持距離。

「時不可失。」

總之，今晚有場聚會無論如何要來看一下，待會兒去接你。在剛毅如此對他表示之後，瑞山依然還是曖昧地只回了一個「嗯」。

當校園裡宣布下課的鐘聲一響起，瑞山提前一步回到學生宿舍，將昨晚吃剩的一小塊豬腳配上一小口酒就當作一餐。

「是我。要走嘍。」

敲門的同時，剛毅探頭進來要找瑞山出門。

剛毅掰下一塊吃到一半的冷饅頭給瑞山。饅頭特有的香甜味早已不在，只剩用來包裹的報紙油墨味沾染在上面。但他不以為意，一邊吃著走在剛毅後頭。

臺灣大學的學生多半都住宿舍。宿舍分成好幾個區塊，瑞山入學時間較晚，被分配到離同學們較遠的一棟。

「欸，可不可以說些你在日本的見聞？我好想先聽聽看喔。」

「……」

瑞山把手伸到剛毅面前再多要了點饅頭，就當作是點頭回應。

到了會議室，粗估大約有三十人左右吧。明月和女神也在場。手拿《魯迅全集》或蔣介石《中國之命運》的年輕人正進行脣槍舌戰。這是以讀書會為名的政治集會。瑞山並沒有特別放在心上，走到最後一排空位坐了下來。

集會領導人剛毅站在最前方，開始一段引言：

「我想，最近出刊的《光明報》各位也都讀過了，但我總覺得內容太過表面化，似乎沒有寫出大陸真正的樣貌。另一方面，臺灣的現狀又如何呢？戰爭結束後，只覺得不僅失去昔日風華，社會上甚至往更糟的方向去。彼一時、此一時。對於尋求重大改革的我們來說，認識過去的經驗很重要。今天，我們邀請了一位擁有長期在內地留學的經驗，親身體驗過日本政治、社會與文化的同志到場。我相信他說的話會比書中所寫的更具生命力，更能觸動各位的心弦。那麼，有請藍同學，拜託你了。」

說起話來滔滔不絕的剛毅充滿威嚴。他用眼神示意後，瑞山緩慢起身，微微低著頭開口說道：

「各位好，我是從內地回來的藍瑞山。」

在場者對這個在最後一排怯生生開了口的新成員投以嚴峻的目光，瑞山慢條斯理走到剛毅身旁，拿出記事本，深吸一口氣之後朗讀了一首詩。

我知道存在與非存在的外貌
我徹底明白高傲與卑微的內幕
儘管我未曾厭倦求知
卻不知有何物更勝於酣醉

無視於那些因為大感意外而譁然騷動的學生，瑞山開始說：

「酒……你們喜歡酒嗎？……在下很喜歡。只有在……喝酒的時候才看得到真相……不想看的東西才會消失……內地留學的景色……就是一連串想看與不想看也無妨的事物。」

對於他結結巴巴說著令人難以置信的事，整個屋內都安靜了下來。

「在下……曾經與皇族共同學習。皇族……的頂端是天皇，是……日本人理當要敬仰的象徵。呃，不過……事實上……他們也是要吃飯、睡覺……上廁所。跟我們沒什麼不同。不論在哪裡……學些什麼都一樣。即使在……戰爭這種非常狀態下……也一樣。內地人……

並沒有將外地的這些人，對，就是……殖民地的人……當成異族。只不過在制度上……從社會地位、婚姻關係開始……到學業成績上設立了嚴苛的區隔。聽說許多人會用……看不見的牆……來比喻。在下不管多麼努力……做得多麼正確，從來沒當過『第一』。在下永遠是……二等國民……這就是現實。在座的各位……想必很清楚，因為戰爭結束……出生在日本管轄的……殖民地區的日本人，才察覺到過去……自己只是『暫時的日本人』，被迫要選擇……屬於『戰勝國』或『戰敗國』。那些……長期在內地生活的人……都在當地已經有家人和財產，即使很渴望祖國……也會因為……不想變得一無所有……心生抗拒而不想回來。不可能給你深思熟慮……的時間，在這種極度受限的狀態……許多人要下決定……要投靠贏家還是輸家。一直以來……日本人不斷打造那道……看不見的牆，現在開始……卻要自己去築那道看得見的牆。也就是從認清自己……由『支配的一方』變成『被支配的一方』的那一刻起。戰爭結束時……東京有來自朝鮮、中國、臺灣的留學生，各自的立場……有急轉直下的、也有起死回生的……混亂之中……發生各種大大小小的事件，印象中……記得……」

這獨特的停頓和說話方式，意外地讓聽者感覺舒適，直入人心毫無抗拒感。

瑞山取出暗藏在口袋裡的小酒壺，將瓊漿玉液似的茶褐色液體灌入口中。

「各位知道嗎？……澀谷事件，就是……警官暴力團愚連隊……攻擊臺灣人的事件。只是因為……成為戰勝國國民……就對曾經是日本人同胞的臺灣人開槍。在下，因為是一九四七年五月……從日本回到臺灣，所以……沒有親眼目睹二二八事件……」

瑞山似乎有些欲言又止，再灌了一口茶褐色液體，讓顫抖的心平靜下來。

書帖中隱藏指標
筆尖下善惡相連
跨不過命運之牆
悲嘆違抗也無益

「我們真的……在短時間內……失去很多希望。燒光、殺光……搶光，三光政策在這裡……再度展開。幼稚地說著……革命必然伴隨犧牲這種話的當中，希望的燈火……正逐漸燃燒殆盡……你們……應該早已察覺到這個事實……對吧？燈火……很容易自己熄滅，燈火……也很容易被吹熄……不熄的燈火……會被收買，改變顏色……不再是照亮一切事物的燈火……而是只照亮需要的部分。」

這番話，與過去在這裡展開的無數次激辯壁壘分明，全場鴉雀無聲。

「最後，再為各位獻上波斯詩人奧瑪．開儼的四行詩《魯拜集》。」

我心在燃燒　提酒來
生命如水銀　空漂泊
奮起吧　汝之幸福夢一場
且認清　熱火青春似流水

瑞山用右手大拇指和食指一面摩挲著鼻尖，離開了教室。堅毅凜然的側臉上，眉毛和睫毛整齊有致。

第4章

一九四九年　從臺北到臺中

戰爭結束至今已經三年半。

短暫的冬季過去，新年腳步將近的某個午後，在教室裡，剛毅、明月和女神三人圍著那個依然手持小酒壺、埋首讀著《魯拜集》的瑞山。

「欸，阿瑞，你新年要做什麼？」

「過新年，阿瑞應該也是要回老家的吧？」

「我家在臺中，所以回去也是挺辛苦的。」

瑞山頭也沒抬，女神拿走他手中的記事本開始朗讀詩句。

舉杯～輕撫～愛人的髮絲

「你也摸摸看我的頭髮呀！」
「妳要好好地繼續往下讀。」
「我不要。《魯拜集》裡面全都寫些酒最棒之類的內容，無聊死了。」
女神回完嘴，開始唱起最拿手的歌來。

團結就是力量，團結就是力量，這力量是鐵……

「真是一首相當振奮人心的歌曲。看起來，妳的中國歌也唱得非常純熟了。」
「好開心！剛毅你聽得懂。你看，這個社會變得愈來愈糟了，對吧？這就是一首要集合眾人力量、有氣魄的歌曲。很期待二月分在臺中公演的大合唱。對了對了，在臺中，楊逵會召集文藝團體銀鈴會那些人，預計和我們麥浪歌詠隊開設座談會唷。」
「是寫〈送報伕〉的楊逵嗎？那文章寫得很好。他還翻譯了魯迅的《阿Q正傳》。他到內地留學的過程，親眼目睹都市中無產階級的現狀後，深深受到馬克思主義的影響，據說支持朝鮮人，也參加了勞工運動。順帶一提，要是說到被逮捕的經驗，可是貨真價實。聽說之前那場二月底的抗爭事件，他也被捕了，不知道有沒有怎樣？」
「不愧是博學多聞的阿瑞。沒錯，他在緊要關頭被釋放出來，前不久才發表了〈和平宣言〉。真是行動力驚人。既然可以見到這號人物，要是沒有確實把歌練好，可是會遭報應的。」

女神用食指抵住自己的太陽穴，模仿扣扳機的動作。

「〈和平宣言〉我也讀了。他向國民政府呼籲，為了不讓抗爭事件再發生，應該將地方自治與人民的言論自由等等，這些對人類而言最重要的事物交還給人民。眼前需要什麼、應該做些什麼，真的也算是涵蓋很廣了，只不過總覺得……好像還有那麼一點點不太夠。我認為，不藉由武裝就想讓臺灣成為樂土的這種缺乏魄力的想法，沒有辦法度過這場危機。我希望是更具體的行動。如果女神要去臺中的話，到時候一起去也不錯。可以去處理一些重要的事。」

剛毅向三人提議一同前往臺中。

「那我就順便回老家看看好了。旅途上就是要有好夥伴。大家一起去吧？如何？阿瑞。」

找到名目可以回老家，明月也很開心。

女神以《魯拜集》為要脅，用鼻子輕哼著歌，向瑞山招招手。

「新的一年才剛開始，我也不想回家見老爸。就去臺中高家拜訪一下吧？」

瑞山總算站起身來，同意前往臺中。

和平民主的鮮花開，自由幸福的日子來
嘿呀、嘿呀、嘿呀、嘿呀、嘿呀、嘿呀、嘿

女神的歌聲在教室中響起，聽起來又更加迷人了。

基隆的誓言

一月底。

臺北的鞭炮聲有氣無力。所有人都沉靜肅穆地慶祝一九四九年的新年。

基隆依然不受晴天眷顧，是個陰鬱的日子。

瑞山原本不打算回老家，剛毅和明月說服他至少過年前回去一趟，於是三人來到基隆。

「和當初要從這裡搭船去內地時所見到的景色很不一樣。那是片萬里無雲的藍天。自從回來之後，不是陰天就是一直下雨。自己一直相信是因為小時候看錯了，但事情並沒有那麼單純。」

含了一口小酒壺的酒在嘴裡，瑞山很難得主動開口說話。

剛毅和明月始終凝望著拍打在港口岸邊洶湧的浪濤。

「我媽幫我準備的皮革行李箱，沉重到讓我的手指都快斷了，但是裝滿了希望。他們對我說，海的那一邊有個彩虹國度，盡是輝煌燦爛的生活。事實上那些日子，田裡的勞動和地瓜已經是最高享受，那倒也還不算太壞。在你依然還有可信靠的事物、還有夥伴的那段期間……戰爭之中，究竟誰得到了什麼好處？明明說是戰勝國，卻變得更不自由了。說不定戰敗的一方還比較好。」

瑞山緩慢地用右手拳頭往剛毅胸口捶去。

「阿剛……你在想辦法要去推動一些事，對吧？你不用說也沒關係，相信你很清楚那有多麼危險。我也沒打算要多管閒事，但請不要為了信念而丟了性命。死掉就算輸了。再怎麼冠冕堂皇，就是輸。沒能活下去的話，就達不到理想中所追求的勝利與改變。」

「我知道。我完全沒打算要賠上這條命。只不過……有時候也會被身邊的人推著走，再也無法後退。雖然是那樣的處境，但是我不後悔。到臺中，我想再跟組織的人討論，打算在三、四月這段期間發動一波大行動。沒有可靠組織為後盾的抗爭行動會被制伏。即使在日本高喊臺灣獨立什麼的，也只是局外人，不過虛張聲勢罷了。我想以大陸的共產主義運動為範本，在這個地方發起我們自己的革命。只要以大學生為主體，高聲疾呼，這次一定會成功。我相信。」

撥開瑞山的拳頭，剛毅站上了防波堤。

「……這樣啊。革命的未來是什麼？」

瑞山仍然坐著，朝剛毅的背後問道。

「未來，當然就是平等、希望與幸福。」

剛毅的目光直視大海遠方一望無際的水平線，堅定而自信地回答。

「我，比起革命……我只想……當一個臺灣人。」

「是獨立的意思嗎？」

「過去因為教育，讓我們想成為日本人，結果是一場空。而且不僅如此，甚至連自我認同的自由與機會都不曾得到過。也就是，不曾被視為理當擁有尊嚴意志的人並受到應有的對待。就如同沒有人格的物品。再沒有任何事比這個更侮辱人。我雖然是中華民族，但絕不願與當今的國民黨為伍。我生在臺灣，身為臺灣人，我要擁有身而為人的尊嚴。」

瑞山緊咬著嘴唇。

明月聽了瑞山和剛毅的一番對話，對著大海叫喊：

「阮是臺灣人。」（我是臺灣人。）

瑞山也站起身來，三人用酒潤了潤乾渴的喉嚨，像是為了不讓浪濤蓋過他們的聲音似的，一次又一次反覆高聲大喊——阮是臺灣人。

只要不顧一切勇往直前就能抵擋浪潮。熱血青春認定理當如此，完全不在乎思慮不周與畏懼。

「酒之後，就是女人嘍。」

明月笑著說。

「革命裡不需要女人，這是老規矩。」

剛毅一臉愕然，篤定地說。

「我覺得……女神也不錯。」

瑞山表示出對女神的好感，明月開玩笑作勢要把他推進海裡。

「爽快地說出來不就得了？」

明月揶揄瑞山。

「……呃，那是要對方……也有意思……才有用。所以……也就是說……不像革命那樣……沒辦法唱獨角戲。」

由於瑞山又開始那結巴和獨特的說話方式，他們兩個哈哈大笑。

「我呢，是個獻身革命的男人，所以女神的事就交給二位了。」

「這樣的話，我——高明月，這次搭車去臺中的路上乾脆就求婚吧！」

對於明月的大膽表白，瑞山心裡忐忑不安。

灰色的天空開始露出一絲微弱的光線，海面上藍色的光芒閃耀。頭頂上方，兩隻海鷗親暱地穿梭交錯，海風的氣息填補了對話間的空隙。

瑞山盯著垂直落在海面上的光束，正襟危坐。

「不一起來創造嗎？……『青色之花』。」

剛毅和明月探頭看著瑞山。

「那是德國人寫的小說。描寫追求夢想、自我覺醒的心靈之旅，它的象徵就是——『青色之花』。我在遣返船上讀這本書時，有個叫陳舜臣的男子對我說，那樣的東西並不存在，但是我相信它是存在的。要是不存在，我們就必須去創造出來。咱是臺灣人——要創造出我們的『青色之花』。創造出臺灣人的理想國度。」

這是個孤注一擲的賭注。

剛毅與明月對望。

三人的想法達成了共識。

緊張的列車之旅

瑞山、剛毅、明月和女神四人從臺北搭車前往臺中。

「這什麼啊？看起來像麻糬。」

明月瘋頭瘋腦說著，聲音傳遍車廂。

「是客家的傳統粽。我覺得它吃起來很有飽足感就帶來了。這不是用糯米，是用糯米粉，所以看不到米粒。在我們那裡叫作『粿粽』。農曆五月一日，媽媽們為祈求孩子健康茁壯會特別花工夫做來吃。所以我就健康長大成了好孩子……啊，裡面有香菇和蘿蔔乾，還有……」

「感覺像要去遠足呢。」剛毅打斷女神說話。

「不好嗎？你想想看，接下來要面對一個正式隆重的舞台，可以見到仰慕的人欸，是吧？我從好幾天前就開始興奮到睡不著。不過真正開心的還是可以像這樣四個人一起出遠門。既沒有教授在，也不用找石頭、挖礦的，很快樂吧？喂！阿瑞，有在聽我說話嗎？連粽子也不吃，又只會抱著書和酒，不是很無趣嗎？」

「欸，不是，我覺得今天的阿瑞不太一樣。」

「啊，哦~之前那個……女神……事實上，有個……想請妳務必要聽一下。」

明月在剛毅給了個暗號之後，刻意誇張地坐得很端正。

「這裡可是不能唱歌唷。除此之外，**任何事**我都願意聽。」

瑞山聽到「任何事」，視線連忙從書本上移開，開始注意明月和女神的對話。

「女神妳畢業後打算要結婚嗎？」

「嗯，應該吧。我也想擁有像其他人一樣的幸福家庭啊。」

「是嘛。那妳喜歡的是什麼樣的類型？」

「愛喝酒的不行。比起愛看書的，好像擅長運動的人比較好。比起話少的人，我喜歡愛說話又開朗的人。」

「那不就是在說我嗎？」

明月滿臉得意的樣子站起身來。

「唉唷，討厭，跟阿明是完全不一樣的。」

「欸，妳現在說的這些條件我不是全都符合嗎？」

「不是啦。要更……那種，我不會說啦……」

「我的粽子呢？」

剛毅看著明月和女神一來一往，給瑞山使了好幾次眼色，瑞山卻突然沒頭沒腦地插了一句話。

「不就在你旁邊？」

「啊，原來。下次可以帶粽子到我家嗎？」

「你都還沒吃呢，這樣就想要喔？」

「就是說，那個、我，我想要妳一直都做給我吃。」

「我也好喜歡粽子，那不成問題。」

「一輩子唷。」

「當然啊，一輩子……咦？一輩子？」

女神察覺到一丁點浪漫都沒有的瑞山這突如其來的告白，雙頰緋紅，用極細微的聲音回了一句：「好啊。」

「太棒了！就這麼說定了。」

剛毅拍了個手。

「欸，阿瑞，因為你不敢告白，我差點就要和女神湊成一對了啦。」明月輕撫胸口。

「因為我還有舞台的事要討論，先回同伴他們車廂嘍。」

目送著女神離開座位，瑞山嘆了一口氣。

「抱歉。好像有點興奮過頭也搞不清楚狀況，那樣可以嗎？」

剛毅和明月一臉愕然，拍拍瑞山的肩膀。

「哎呀，已經很好了不是嗎？其實打從一開始就看得出來女神喜歡你，所以我們就都放棄了啊，是不是，阿明？」

「嗯。」

「是那樣嗎？真的？我完全都不知道。她喜歡的那些條件不是都跟我正好相反嗎？」

「就是因為這樣啊。她就是在表白自己喜歡的對象是條件完全都相反的，你怎麼就沒聽懂。」
明月拿起粽子塞進嘴裡，一邊解釋著。
「……還是搞不懂女人。酒的話就很透明，一目瞭然，而且不會背叛人……」
從臺北出發已經好一段時間了。不知不覺間，下車的乘客比上車的還要多，車廂裡只剩下瑞山、剛毅和明月了。
「欸，阿瑞，在那之後已經兩年過去了，我們學生面對的環境更嚴苛了。生活上愈來愈窘迫。隨他們高興，一下戒嚴一下解嚴。又不是紅綠燈。這部分，日治時期安定多了。」
剛毅的一口菸深深吸進肺裡，再慢慢由鼻子呼出，一邊說道。
「阿剛所說的現狀也的確是事實。正因為這樣，我想來刺探一下國民黨的核心究竟是什麼狀況。大致上，阿剛……」
「——對啦！我就是這樣啦，只吃一個粽子的話不會飽，再不吃些什麼我會餓死的！」
瑞山和剛毅正要熱烈討論，明月卻突然用一種節奏全然不同的語氣大聲說話。
瑞山和剛毅一臉困惑互看對方，明月自顧自地繼續說：
「欸——那個粽子很好吃對吧？我也想給我媽吃吃看呢。」
剛毅和瑞山也開始一面笑著，配合明月說起話來，拍了拍手。
「哎呀，阿明，你要是吃不夠就吃這個吧。」

「可以嗎？阿瑞，不好意思欸。酒還剩多少？」

「我有帶了一些肉乾。還有菸唷。」

兩個著軍裝的人停下腳步。似乎是從剛剛停靠的車站上車的憲兵。年輕的那個朝他們三人笑笑地問：「從哪兒來的？」

臺北。明月一這麼回答，年長的那個「哼」了一聲，用手擤了一把鼻涕，意興闌珊地往下一節車廂走去。

第5章

二〇一四年　東京　岡部笹收到的相片

日常

「你刷牙又不認真了，對吧？」

「……」

「這裡、就是這裡，每次都是左上的後面這裡出血。」

「……」

「太髒了啦。怎麼跟你說過好幾次還是這樣。總之就是不把我說的話當一回事。你真是——」

身為口腔衛生師的岡部笹（Okabe Sasa），急急忙忙升起診療椅，結果讓小澤浩二嘴邊的水都流了出來。

「妳這個衛生師根本就不及格。我可是張著嘴什麼都沒辦法說的病患欸。」

笹一面聳聳肩，脫掉手套站起身來。

「因為我實在是太火大了，哪有辦法控制，你說是不是？」

「如果是說牙齒的問題，我還可以忍受，妳完全就是在借題發揮對吧？」

「有嗎？」

「一點都沒變。明明敵人只有一個，卻擺出要拿機關槍把旁人也都殺光光的陣仗。」

「蛤？不聽人家說話的才是有問題吧？反正通常口腔不衛生的人，私生活也是亂七八糟。已經無可救藥了。」

「也太誇張了。妳這個人老是愛用自己的標準去評斷所有的事。」

「夫妻吵架請回家吵。」院長笑著說。

兩人異口同聲：「我們已經離婚了！」

這家牙科診所位在與青山一丁目車站連通的商業大樓內。由於地點的關係，來這裡就醫的很多是自由業，上班族也不少。

在這邊工作十多年的笹，深受院長信賴。

口腔護理專用的診療椅用了觸感像棉花糖一樣的布料，坐起來鬆鬆軟軟的很舒服。由於還附帶震動功能，簡直像按摩椅一樣舒適。對於只想暫時擺脫工作、稍稍躺下來休息一會兒的浩二來說，牙齒的檢查清理倒還在其次。

「我可是病患唷。」

「與其說這些，下班後我有些東西想找你幫我看一下，要不要到好久沒去的『梅華』喝一杯？」

「不了，今天是要和心音（Kokone）泡澡的日子。」

「完全不像你會做的事。」

「女兒可是全世界最可愛的呢。」

一副那種妳是不可能會懂的態度，浩二把手機的待機畫面秀給笹看。

下班後，笹打算去梅華，於是從澀谷車站往松濤方向走去。比起青山一丁目或澀谷車站附近，這裡人煙稀少，晚風宜人。

這裡住的都是些什麼樣的人？

家裡應該都有請傭人什麼的吧。

這一帶，戶戶都是豪宅，光是這樣看著就覺得好幸福。一穿過可以聽見流水聲的鍋島松濤公園，就能看到舊宅院改建的梅華。

「笹醬！食飽未？」（Sasa ちゃん！吃飯了嗎？）

門一打開的同時，施媽媽就拉開嗓門歡迎，聲音震耳欲聾。

「咦？一個人？」

笹輕輕點了頭，坐在店內最角落那個能夠透過玻璃窗，將公園綠意一覽無遺的老位子。在古董藥櫃旁孤伶伶的這張單人座，是笹的最愛。唯獨這空間像是個氣囊，不必在意他人眼光。

梅華這間受歡迎的茶藝館，一到晚上，就因為有許多人前來享用紹興酒和施媽媽親手做的臺灣小菜而人聲鼎沸。

「被拒絕了？」

還沒回答，施媽媽就送上了溫熱的紹興酒。

再次輕輕點了頭的笹，有些羨慕地看著其他桌開心喧鬧的客人，大大伸了一個懶腰。從開始光顧梅華到現在差不多五年了。浩二喜歡店內整體古色古香的氣氛，於是兩人變成了常客。

被笹和浩二稱為施媽媽的施憶美來自臺灣，是這家店的老闆。知道笹也是同鄉之後，就像個媽媽似的對笹百般照顧。有上好的茶葉進貨或是有什麼新菜色，都會馬上通知她。

而且施媽媽不時會聽笹發些牢騷、說說煩惱，不知不覺間竟已變得像是親生母親一般的角色。

重感情的施媽媽知道笹和浩二分手之後，「哎……真可惜……」比他們兩個當事人都還傷心。只是說起來，雙方依然會到店裡光顧，所以不期而遇的情形還挺常見的。

「他說今天要和心愛的女兒一起泡澡。」

「那很好啊。可愛的時光是很短暫的唷。」

「要不了多久就會被嫌棄說他噁心了，跟傻子一樣。」

「生氣會長皺紋啦。吃點東西，把那些都給忘了。」

是施媽媽親手做的烏魚子和香腸。另外一大盤，則是笹最愛吃的香菜。

施媽媽在日本生活的時間雖然比笹還要久，但是日語完全沒什麼進步。不過她那種語言混雜的獨特表達方式，反倒讓笹煩躁的心情安定下來，舒坦許多。

看著落在杯底的那顆話梅，笹回想起跟浩二的蜜月旅行。

笹的爸爸是臺灣人，媽媽則來自秋田縣田澤湖町，當地因為擁有日本最深的湖泊而聞名。由於爸爸工作的關係，笹的童年時期在臺灣度過，就讀當地的學校。

臺灣是個多種族共同生活的地方。笹在家說日語、和鄰居孩子玩耍時說英語、街道上此起彼落的台語，再加上學校裡上課用的國語，她就是在這種多語言環繞的環境下成長。儘管許多臺灣人在多種語言的使用上像玩玩具似的易如反掌，笹的爸爸卻只說日語。

爸爸真的是臺灣人嗎？

笹說著從學校裡學來的國語，爸爸總是露出苦笑，一臉困惑的表情。

準備進高中那年搬來了日本。多虧爸爸只會說日語的緣故，笹很輕易便融入日本的校園生活。

單純只用日語的時間一拉長，關於臺灣的記憶也淡了。然而故鄉的滋味，腸胃依然牢牢記得。

與浩二相遇，是在公司附近的臺灣餐館。

和衛生師朋友聚餐的場合上，笹因為期待已久的擔仔麵賣完了而沮喪不已，當時將最後一碗麵讓給她的，就是隔壁桌和公司同事喝著酒的浩二。

話題很自然地轉到牙齒上。擔心口臭啦、牙醫師很可怕啦、牙齦出血，還有牙齒酸痛……有把年紀的男人竟然連酒都忘了喝，很認真地問起問題來。熱心親切的笹，當場為所有人都約好隔天到診所接受檢查。

負責為浩二看診的笹，看到病歷表上的出生日期後嚇一大跳。因為一張娃娃臉而誤以為年紀相仿的浩二，竟然比自己大了十九歲。

而且他還是在同一棟大樓樓下建築設計事務所上班的建築師。由於在飲酒與逛家具店方面的共同喜好，雙方不在意年齡上的差距，自然而然開始交往。

笹讀國中的時候，爸爸就因為癌症去世了，只剩母女相依為命。

由於媽媽老是叨念著女孩子要有一技之長，原本對未來沒什麼特別想法的笹，就跟好友大塚果穗一起進入衛生師學校，參加國家考試後在同一家牙科診所任職。

雖然是不經意間開始的衛生師工作，對笹來說卻像是她的天職。

凡事不認輸、做事從不瞻前顧後、不到最後絕不罷休的性格，完全就是貫徹到底的工匠精神。

衛生師雖然是在牙醫師指示下協助進行牙齒的治療，不過職掌範圍卻很廣。其中最有成就感的就是負責為病患做預防治療，以避免罹患齲齒或牙周病。除了清除牙結石和塗氟之外，為使每位患者終身保有自己的牙齒可以進食，要配合他們的生活環境與個性給予適切的建議與支援，是個相當重要的職務。

只不過，在國民健康保險制度完善的日本，預防治療很難納入保險範圍，而且費時又對營收沒什麼幫助，願意積極治療的牙科診所還相當有限。

就這一點來說，能夠遇上以預防為宗旨並善待像笹這樣的衛生師的工作場所，實在很幸運。

在自己負責的患者當中，稱讚認真刷牙的人、嚴厲指責牙齒沒刷乾淨的人，有時甚至嚇唬他們「再這樣下去會死掉喔」，藉此激發他們的積極度。

即使手段上有那麼點粗暴，卻獲得工作態度仔細認真的評價，深受院長、同事，還有病患的信賴。

笹的媽媽因為不必擔憂女兒的將來而感到安心。然而，不知道是否因為失去了與肩頭重擔抗衡的那份幹勁，在笹上班後的第一年就因為心臟病發作而離開了人世。

身為獨生女的笹，真的變成了孤單一人。

獨自維護這個過去與父母共同生活的獨棟樓房，需要超乎常人的努力。榻榻米褪色、壁紙剝落、雨遮嘎嘎響、屋頂漏水、梁柱上的白蟻、外牆的髒汙、地基混凝土龜裂……

笹每迎接一次生日，家裡的某處就又有問題出現。儘管這空間對獨居而言實在太大，卻又擔心要是放了手，自己的根基就會不見，彷彿風箏斷了線。於是繼續住了下來。

雖然也有過與男性交往的經驗，不過在自己二字頭最後一年邂逅的浩二，是頭一個讓她意識到要結婚的對象。跟他在一起感覺輕鬆自在，不用虛張聲勢，任何事都能討論，也可以敞開心胸大吵一架。

認識後不久，獨居的浩二就搬進笹的家開始同居生活。

年底大掃除換紙門、廚房重新粉刷、換客廳燈泡。玄關旁的植栽，種了兩人都喜歡的橄欖樹苗。明明只是多一個人住進來，竟有如沙漠裡降下甘霖，讓瀕死的這個家重獲新生。

分歧

笹剛開始交往時，好朋友果穗屢次表示擔心。

「浩二先生已經一把年紀了欸。一直都單身很可疑吧？說不定是要騙婚還是覬覦妳的房子。萬一要是有債務還是哪裡偷偷藏了個小孩怎麼辦？」

果穗自作主張開始調查浩二的身家背景，並沒有特別發現到什麼可疑之處。

事實上，浩二曾經有個交往十年後訂了婚的未婚妻，不過對方後來因為乳癌過世了。他對笹坦承，在那之後他把自己設計的建築物當作情人，完全以工作為重，不再談戀愛。

「要是他其實是因為有什麼奇怪的性癖好怎麼辦？身體上有沒有隱藏什麼傷疤之類的？有沒有對妳說過很過分的話？」

「沒事啦。他沒做任何奇怪的事。」

「就算現在沒事，以後可不知道欸。要是有什麼，一定要跟我說唷。」

每次上班只要遇到果穗，她就會順便這樣揶揄一下。

笹嚮往成為成熟的女性。即使是同居，她也主張身為成熟的男女要認同彼此的價值觀，維持獨立的生活。雖然對外宣布「結婚」，但選擇不生小孩，採用事實婚（有實無名）的形式。笹希望自己有別於那些因為照顧孩子而忙到疏於打扮的同學，或是放棄身為女人的身分而全心投入工作的同事，她要實現自己描繪的人生。

浩二同意並尊重笹的想法。

同居一年後，三十歲的笹毅然決定要改建這棟房子。雖然沒那麼多積蓄，但只要賣掉一半的土地，似乎就有足夠資金可以把房子蓋在剩下的另一半土地上。當然浩二也提供了支援，他負責設計。

由於新屋大小縮為一半，決定收拾一下老房子裡的東西，只留下媽媽整理好的紙箱，還有爸爸收藏的相簿。

媽媽的興趣就是收拾整理。爸爸的遺物，還有笹小時候的成績單、作文都整理在紙箱裡，分別標注了「爸爸」、「笹」，一目瞭然。

雖然紙箱都收進了新屋的儲藏室，大量的相簿卻找不到地方可以放。

因為三一一大地震的影響，慢慢有許多人將回憶都數位化。如今這個時代，可以將數十萬張相片輕易裝入一張CD裡。雖然笹也認為那樣比較好，不過一想到爸爸一一在每本相簿封面上寫下標題註記的那份心思，就很難決定這些東西是否應該清理掉。

「這是笹過世的爸媽留下來的東西。總有一天一定會用到。而且，我這個老派還是比較喜歡相簿。」

浩二察覺了笹的心情，在他的建議下，相簿就擺放在書架的最上層。

全新的家具與新屋，還有那兩個紙箱和相簿的陪伴下，他們開始了真正的新婚生活。

也是在浩二的期望下，兩人第一次一起出國旅行就選擇了臺灣。

五天四夜的行程中，笹對於臺灣的記憶日漸甦醒。

「下次再一起到臺灣吧。」

「我應該隔一陣子再說了吧。」

有著梅花標記的機翼，倏地從臺灣的桃園機場起飛。

由窗戶向下望，雖然不是香港或函館那種百萬美金等級般的璀璨夜景，卻綻放著牢牢揪住笹內心的光芒。笹滿心期待還要再來，浩二卻說，回日本之後應該先去吉野家。

回國後，笹竟然胖了三公斤。

當時一到臺灣，胃口就好到停不下來。不論什麼東西都很好吃，她不斷將眼前看到的全都裝進肚子裡。浩二則因為酷熱和食物中那些吃不慣的香料而吃盡苦頭。尤其是香菜最讓他受不了。浩二的臺灣之旅變成急速減重五公斤，褲子腰帶後退了兩格。

笹結束臺灣旅行之後，感覺自己與從來沒有過任何歧異的浩二之間似乎隔了一層薄薄的霧。

原本像彌次郎兵衛（挑擔人偶）一樣維持平衡狀態的關係，由於「臺灣」加重了單邊的重量，傾斜狀況日益加劇。

荷包蛋上要淋醬油還是西式醬料？睡覺時要穿褲子還是不穿？刷牙要在餐前還是餐後？心裡十分明白，與他人共度的婚姻生活中，處處存在細微的分歧或差異是理所當然的事。在互相尊重的正當理由下，實際上也會出現以視而不見的方式來維持平衡的狀況。

兩年……

認識五年後，單邊承載過重的人偶停止了晃動，在還來不及完全適應新家之前就已倒下。

常理

怎麼好像突然間想起了很多過去的事。

酒量差的笹，一點點酒就能讓她暈陶陶，是挺省錢的體質。只要咬一口烏魚子，再搭著紹興酒一起入喉，胃部便開始灼熱。

微醺之後，連一些無謂的事都想了起來。

事前毫無徵兆，在被告知「我有了喜歡的人」那當下，原本以為是個玩笑話，沒想到浩二隔天起就再也沒回來過，西裝、皮鞋等等，所有屬於他的一切全部一起消失。

笹這才終於發現，浩二是認真的。

「為什麼不回來了？」

「笹就算沒有我也不要緊吧。」

慌亂中撥打的電話，浩二這麼回答。這老掉牙的台詞，就連電視劇主角都很少這麼說了。

儘管想問為什麼？怎麼會？你不要自作主張，不過就在笹都還來不及整理成一句話之前，浩二又接著說：

「離開之後才發現，幾乎都沒有我的東西。三個行李箱就裝完了。是我之前一直賴著妳。對不起。雖然很難堪，不過我……開始覺得找到一個依賴我的人會讓自己比較輕鬆。很沒出息吧。不過我們仍然是好朋友。雖然短暫，但是身為最了解妳的人，到死都會支持妳。希望妳繼續向前邁進，過著帥氣的人生。」

傳進耳裡的這些話是什麼意思，她還來不及理解。

自認為一切都很平順，這對她來說是晴天霹靂。

笹總是將自己的問題完全丟給浩二。相處毫無壓力的這個人、愉快和睦的關係，不知不覺中已經變成笹在自說自話了。

自己是否對浩二不再關心，變得視而不見了呢？

與笹的關係畫下休止符後，浩二選擇了一樁婚姻和養育子女的人生。

到最後，世間的一般常理才是真正的幸福嗎……？為消除悲傷的情緒，取出皮包裡那張夾在記事本中的相片。是前不久從臺灣寄來的。那是以山岳為背景的三個年輕人。一個、又一個，在凝視他們雙眸的同時，一邊抽出一絲絲兒時關於臺灣的模糊記憶，然後聽見施媽媽的說話聲。

「茶葉蛋來了。給妳帶回去的。」

是施媽媽特製的茶葉蛋。

以烏龍茶和普洱茶為基底再加上醬油、生薑去熬煮的蛋，每次都會在離開前收到這份禮物。肉桂、五香和八角的香氣散發出來，嗅覺讓笹對臺灣的意念漸漸甦醒。

向忙著招呼客人的施媽媽揮揮手，笹走出店外。

「笹，等一下，等等！」

聽見慌張的叫喚聲，一回頭，施媽媽跑了過來。

妳忘了這個，她手上拿著笹剛才從記事本中取出的相片。

「這些人是誰？」

「這是……施媽媽，臺灣是個好地方嗎？」

笹避開話題，含糊其辭，並連忙將相片收進皮包裡反問施媽媽。

「臺灣最棒了啊。不過……我不能回去。」

「為什麼？」

「……我不要回去……」

施媽媽輕輕點了點頭，跟笹一樣說得含含糊糊。

笹知道，施媽媽自從來日本之後從來沒回去過。雖然沒特別問過原因，但是她那看似寂寞的表情令人難以釋懷。

「下次一起去臺灣吧。」

「不行不行！臺灣的學生運動很麻煩的。我店裡很忙。妳自己去吧。」

又是施媽媽一貫的口吻。

手中茶葉蛋的溫熱感，讓笹的心思又再往臺灣靠近了一些。

機緣

笹夾在記事本中的相片，是去梅華前一週的星期天收到的。

假日雖然輕鬆，但是眼前所見的事物從微小物體變成了龐然大物，總有那麼一點靜不下來。

是職業病。

寫完日記的笹一邊喝著豆漿，開始整理信件。房屋仲介、古董買賣、披薩、壽司等等，才剛整理好這些要直接丟進廢紙箱的廣告單，門鈴就響了。從門口的郵差手上拿到一封快捷郵件。

竟然是來自臺灣，很稀奇。

郭台明——對寄件人姓名完全沒印象。帶點戒心把信一拆開，裡面是一張便條紙和老舊的黑白相片。相片中三個年輕人面無表情。他們感情融洽地肩並肩，直視相機展現強大意志的雙眸深深吸引了笹。令人好奇。坐在山邊的大石頭上，身上穿著像防寒的雪衣，頭上戴著鴨舌帽。左邊的年輕人戴著眼鏡，中間那位手持小酒瓶，右邊的則留了鬍子。差不多是大學生的年紀吧？表情雖然有些僵硬，卻讓人感覺到他們之間有著深厚的牽絆。

便條紙上用中文寫了一些什麼。

Dear 笹：

這是妳爸爸的照片。

二〇一四年三月　表叔

我爸爸的相片？表叔，是おじさん（歐吉桑）沒錯吧……

笹將目光朝向擺放在客廳書架上的父母遺照。

臺灣基於儒家思想，是個注重禮節的社會。親戚之間的稱謂、家族中的輩分，還有歸屬於父系或母系等等區分非常仔細。尤其對長輩格外小心謹慎。要是弄錯了，會遭人指責家教不嚴，所以習慣上，每個家庭都會嚴格要求孩子必須牢記正確的稱謂。

笹想到媽媽也曾經教過自己這些規矩，幾乎要聽膩了。只是不論再怎麼樣認真去記，就像學校裡硬要死記的微分或積分，一換個環境全都忘光光。

寄件人是臺灣的哪個表叔？怎麼樣都想不起來。

對於父母都已經不在人世的她來說，臺灣就是個曾經生活過的地方，情感上不會更多也不會變少。台日混血這件事甚至也只是一種無意義、徒具形式的身分罷了。

成年之前，雖然還有臺灣親戚一年裡偶爾打個幾次電話或寫幾封信來，隨著時間流逝，次數漸少，不知不覺間也斷了聯絡。

遠親是不如近鄰。

維繫笹與臺灣之間的那條線比蜘蛛絲還細，已不可靠。

然而，突如其來的一張相片卻激發了笹的本能。

一九四九　五　瑞

是否要追尋綻放在地平線盡頭那座山丘上的青色之花，徘徊在無邊無際的世界?!

啊……

相片背面，用深藍色墨水寫下的幾個字。有稜有角的字體加上舊式假名寫法，很像爸爸的筆跡。

是爸爸嗎？感覺不太像又好像是……

爸爸喜歡攝影，經常為笹拍照。

笹誕生的那一刻、討厭穿長袖子和服而大哭大叫的七五三節、參加兩人三腳而跌倒的運動會、蠟燭吹不熄的慶生會、頭一次玩打西瓜遊戲的暑假，爸爸認真用快門捕捉女兒的身影，一個都不放過。

做事細膩的爸爸將拍好的相片一張張排進相簿裡。相簿的書脊上標注了時間地點，書架上，一本又一本持續增加。

笹出生後與爸爸共同生活的時間，只有十萬個小時。以生肖來計算，轉了一輪之後沒多久，爸爸就靜悄悄地走了。以她當時的年紀來說，要看著相簿沉浸在回憶裡，還太過稚嫩。

將早餐用過的餐具放進洗碗機，啟動洗衣機後喘口氣，笹躺在沙發上望著牆面那一整排書。

這一整面五公尺高的書牆設計，浩二比什麼都還講究。用桃花心木實木組裝，圓弧的部分呈現一種古典風格。

「我理想中的設計就像上海鍾書閣主廳那樣的感覺。」
「葡萄牙的萊羅書店也不錯呢。」
「布宜諾斯艾利斯的書店也很棒啊。」
「墨西哥也有滿好的唷。」
令人懷念的對話在腦子裡打轉。
喜愛建築物和書籍的兩個人，過去在聊到書的時候曾經計畫要安排一趟全球書店之旅。多麼融洽啊。如今在浩二離去之後，這個空間只會讓她想到萬一地震來了，肯定會被掉落的書本砸到，或是上面不知積了多少灰塵之類的負面感受。
收音機裡傳來懷舊老歌。

Honesty is such a lonely word Everyone is so untrue～

從比利·喬、ABBA、皇后合唱團、Alice 再到荒井由美，在音樂方面受到了浩二影響。旋律的觸動讓笹決定沉浸在感傷之中，她很想打開放在書架最上面的相簿。
站在梯子的最上層，確認書脊上的標注。
一九八四年、一九七六年、一九七〇年、一九六三年……相簿超過五十本。由於找不到和臺灣表叔寄來的相片同為一九四九年的，就抱了兩本寫著「家人・朋友」、「山」的相簿，小心翼翼走下梯子。

將櫻花蝦、蔥、醋、醬油放進空的馬克杯，再倒入豆漿。這道鹹豆漿是笹的最愛，就像朧豆腐（豆腐腦）一樣順口，溫和的酸味恰到好處，成為亮點。以前浩二覺得看起來不美味而嫌棄它，現在自己一個人了，隨時都能毫不猶豫盡情享用。

先翻開了「家人・朋友」。

八乘十大小的黑色底紙板上寫了「藍家」，上面貼著一張黑白的全家福。

相片中，氣派的宅邸前一整排精雕細琢的梁柱矗立，有穿著旗袍的婦人、抱著新生兒的女人、拿著拐杖的老人，還有一身看來剪裁精良西裝的年輕人。

果然是爸爸寫的沒錯——相簿上的字體和寄來相片背面上的一模一樣。

爸爸的「藍家」

「爸爸的老家在臺灣是很有名的家族唷。由於和臺灣歷史也有關連，笹醬也應該好好認識一下。」

一有機會，笹的媽媽總會開心地提起這些事。

媽媽出生在秋田縣田澤湖町，是三兄妹中的老么。平成大合併之後，這裡與仙北市合而為一，轄內的玉川溫泉是日本首屈一指的強酸性含鐳溫泉，據說對癌症有療效，因此以養生或療養為目的而遠從各地前來的人絡繹不絕。其他還有乳頭溫泉、水澤溫泉、田澤湖公園溫泉等等，是溫泉勝地。到了冬天，田澤湖畔會包覆在一片白雪之下，低溫嚴寒。

媽媽前往東京投靠姊姊的時候，認識了爸爸。她的開朗與沉默寡言的爸爸形成對比，對於能夠到全年溫暖不下雪的臺灣生活感到很開心。

「笹的爸爸生來就是財閥家的繼承人。那是個兄弟姊妹多達十五人的大家族，宅院比東京巨蛋還要大，據說親戚都聚在一起的話，就是一場超過百人的盛宴呢。」

像童話故事般缺乏真實感的世界與眼前的相片重疊。

的確……臺灣自戰前到現在，一直都有五大家族這樣的說法。

笹努力回想媽媽所說的童話故事後續。

自北而南是基隆「藍家」、板橋「王家」、霧峰「陳家」、鹿港「蔡家」和高雄「吳家」，笹的爸爸是最北端、基隆藍家的長子。

這些財閥自清朝年間從中國移民到臺灣，累積家財，再自日治時期到戰後國民黨獨裁時代以至於今時今日，與政治也有緊密連結，始終是臺灣社會中的重要角色。

板橋王家是大地主，擁有「臺灣第一大地主」稱號，也是藍家主要往來的銀行。

霧峰陳家也是大地主，不過卻是五大家族中唯一積極參與文化界活動的。鹿港蔡家的歷史源自製鹽產業，是當今最活躍的家族。臺灣製糖先驅是高雄吳家，目前在臺灣南部仍具有龐大影響力。五大家族藉由彼此婚姻親族關係的建立，使各自的財力與地位更加穩固。財閥的故事實在涵蓋太廣，對笹來說就像讀世界史一樣，聽起來有點複雜，於是媽媽又把爸爸家族的事說得更仔細。

基隆藍家因為在臺灣北部的九份開採金礦與煤礦而發跡，躋身豪門。日治時期由於金礦的開採量最多，以東洋第一金礦山聞名興盛，號稱「炭王金霸」。

檜木建造的日式宅邸與洋樓並列，藍家擁有氣派宏偉的豪宅。庭園景致優美，種植有茶花、杜鵑、櫻花等等，四季繁花盛開，日治時期曾入選為臺灣三大名園之一。除了是當地民眾的休憩場所之外，還開放給各學校當作遠足景點。

「爸爸小時候很好動。爬到園藝師精心照料的松樹上折斷樹枝，打算捉錦鯉煮來吃，還掉進池塘裡好多次。有點難以置信對吧？」

由於每當提起這段趣事，媽媽就會誇張地揮舞雙手說得很起勁，笹也聽得很開心。

藍家的祖先來自中國山東，後來定居在福建省泉州安溪，清朝時期渡海來到臺灣中部。當時中國東南沿海地區因為土地狹小、人口密度高，許多人生活窘迫要尋找新天地，試圖前往富足的臺灣。看似近在眼前的臺灣，卻非得橫渡洋流湍急的臺灣海峽才到得了，是賭上性命的航程。後來平安抵台的祖先開始從事漁業，卻在一七九五年因為大饑荒而不得不返回中國，最初的這趟移民行動以失敗告終。

「以前的人很辛苦，都是拚了命的。而且子女們也都為達成父母的志向而努力，真了不起。不知道笹將來是否也能成為那樣的人呢？」

媽媽的這番話雖然強而有力，笹卻無法想像自己拚上性命去做些什麼事的模樣。

一八六六年，承襲先人志向的子孫再度來台，在如今的觀光勝地九份附近建造了最初的家——「福盛居」。臺灣藍家發展的根源由此正式開始。又再過了幾年，笹的祖父——藍國雲誕生了。這是受日本統治之前，清朝年間的事。

「纏了足的奶奶，她的腳連十公分都不到呢。」

一講起纏足這件事，媽媽和笹就岔開了話題。「纏足的鞋子為什麼都是黑色的啊？」「媽媽也在想這個問題。還有指甲太短什麼的不知道會不會怎麼樣？」「辮子頭很麻煩呢。而且男生編這樣好奇怪喔。」之類的，兩人為了各式各樣充滿想像的內容愈說愈興奮。

笹的爸爸生於一九二八年。當時臺灣正推行日本的同化政策。雖然臺灣作為日本內地的一部分，教育制度也很完善，不過到了像藍家這樣的資產家層級，還是會為將來打算，安排子女進入與日本人一樣的學校就讀，一到了特定的年紀便送往內地留學。

爸爸也是在十歲的時候和幫傭阿梅一起到了日本。

「因為爸爸的身分認同是日本人。」

「身分認同？」

對笹而言，爸爸就是日本人。

爸爸到了日本，進入學習院就讀，直到戰爭結束之前都與皇室、貴族子弟並肩學習。由於這段期間所受的教育，爸爸建立起身為日本人的自覺，並為此而受苦。

即使看著媽媽五味雜陳的表情，笹依然無法明白。

甦醒

即使是在家，爸爸也經常會不見蹤影。

那種時候，媽媽都會笑著說：「是在玩捉迷藏啦。」儘管她的側臉看起來十分寂寞。

「找到嘍。他在房間裡。可是他不出來。」

「其實爸爸啊，他玩的是一種有點特別的捉迷藏。因為爸爸當鬼，如果沒有找到自己就出不來嘍。」

爸爸把自己關在房間裡不出來。

房間雖然沒上鎖，但是媽媽並不開門，只讓笹去傳話。笹不明白，爸爸那種特別的捉迷藏意義是什麼？

「轉告爸爸，公司周秘書打電話來了。」

「跟爸爸說，今天煮了他最愛吃的醬燒鰈魚喔。」

「去告訴爸爸，這個週末是笹的鋼琴發表會。」

即使笹像傳信鴿一樣轉達了媽媽的話，正在捉迷藏的爸爸卻什麼都不回應。對這種單向的傳話感到疲累的笹，沒多久就進步成為既優秀又有智慧的傳信鴿了。

「爸爸說他自己會跟黃先生聯絡。」

「爸爸說媽媽做的醬燒鰈魚很好吃，明天也要！」

「爸爸叫我鋼琴發表會的時候要加油。」

笹確實見到了媽媽臉上憂傷的神情和緩下來的那個瞬間。笹堆疊了無數個謊言，努力試著讓它們成為事實。

身為日本人的爸爸、不知道何時在工作的爸爸、比起吃飯根本老是在喝酒的爸爸、捉迷藏的爸爸。

笹愈是細細回想爸爸的事，過去那些不尋常的日子愈是赤裸裸地由記憶中被喚醒。是悲傷？是寂寞？還是開心？與爸爸共度的那些日子裡，心中起起伏伏的是些什麼樣的情緒，已經想不起來。

或許潛意識裡，所有喜怒哀樂、恐懼悲傷全都壓抑下來了。

對爸爸的疑問就像卡在喉嚨裡的小魚刺，始終纏著她拔不出來。

因為爸爸超乎常理的行為而感受到的不安，與笹的性格、交友態度、對浩二的想法、對媽媽的態度等等，還有形塑她個人身分認同的各方面都有很大的關連。

笹的重要情緒感受一直都在內心深處捉迷藏。長期以來，一面追尋那道也許哪天會出現的「光」，她持續不斷獨自走過又細又長的隧道。

埋藏在意識底層的那些東西，一點一滴開始慢慢甦醒。

笹在相簿中雖然看到了祖父母，或是經常照顧自己的那位阿姨的身影，但是找不到更多線索了。

翻開另外一本相簿——「山」。

這本相簿裡，全都是積雪的山路、高山植物、稜線、朝陽、落日這類的風景照。也有些拍了標高或最高峰之類的標幟。劍岳、南岳、乘鞍、槍之岳、奧穗高、北岳、旭岳、白馬等等，上面註記了山嶽的名稱，但是對笹來說，這些風景看起來都差不多。

是登山的途中嗎？爸爸卸下背包放在腳邊，一手拿著威士忌，臉上洋洋得意。還有一張是爸爸裸露上半身，舒服地浸泡在野溪溫泉中的模樣。也有抽著菸橫臥山坡上的相片，或是擺出戴上太陽眼鏡的姿勢等等。

在山中的爸爸十分開朗，讓笹見到了不曾見過的表情。

其中也有臺灣的山脈，新高山、次高山、石門山、阿里山等等。

「爸爸啊，非常喜歡山和雪唷。年輕的時候甚至曾經從下雪的季節到櫻花散落為止，窩在山裡大半年之久呢。」「爸爸的酒量好得不得了。雖然不希望妳遺傳到這一點，不過倒是可以期待一下二十歲成年後飲酒的樂趣喔。」

一邊看著這些山的相片，再次想起媽媽告訴自己的那些童話故事。

對晚婚的爸爸來說，笹是他五十歲過後才得到的第一個孩子。在笹的記憶裡，爸爸完全就是個頭頂毛髮稀疏，有著鮪魚肚的大叔。在這個平時忙於工作而假日只會在家無所事事的大叔身上，根本感受不到登山男的氣息。別說爬山了，就連公園，都不記得曾經好好地帶她去過一次。

翻到這本盡是山巒景色的相簿最後一頁，她嚇了一跳。

是從臺灣寄來的那張相片裡的山。雖然相片中沒出現任何人，但是拍攝角度一模一樣，肯定沒錯。

一九四九年五月

臺灣人　青色之花　去日本

明　瑞　剛

這些字寫在底紙板上。一九四九年的爸爸是二十一歲。

青色之花……明……剛……

時光悠悠，質量兼具而且沉重又深刻地凝結。

「爸爸的人生因為戰爭結束而改變了。臺灣的二二八事件也造成了重大影響。」

2、2、8這幾個數字像暗號一樣刻畫在笹心裡。

「笹，妳並沒有把我的事放在心上吧。」

聽見了浩二的聲音。

「笹，妳根本都不跟我說自己的事。」

也聽到了果穗的聲音。

放在桌上的手機響了。

「是笹嗎？我啦，是我。糟糕了啦！老婆今天出門不在家，然後我可愛的女兒從椅子上跌下來，我一看，她的嘴巴在流血。不知道要不要緊。她一直喊痛，哭個不停，好可憐。我該怎麼辦才好？她好可憐。妳聽，是不是？聽到了嗎？她在哭的聲音。」

浩二的聲音聽起來很慌亂。

漫步在時光迴廊的笹被拉回現實之中，輕飄飄的空氣變得乾燥沒有滋味。總之，一定沒什麼大不了的。浩二的個性一點都沒變，只要一浮躁就看不清身邊的狀況。

「你突然這樣說是叫人怎麼……反正你先看看她的嘴巴，確認一下是不是哪裡有傷口。」

趁著浩二確認的空檔，笹打開電視。

「……臺灣立法院遭示威學生占領。現場一片喧囂混亂……關於服務貿易協定……」

正好是播報新聞的時間。新聞記者在事發現場播報的同時，可以看到他背後有好多學生亂成一團，互相推擠的模樣。

透過手機聽到的孩子哭聲和電視機畫面傳來的緊迫感，笹在雙面夾攻之下，覺得快被壓垮了。

臺灣、爸爸、身分認同、故鄉……

過去不曾在意的一些字眼放大浮現了出來。

「——抱歉抱歉。好像只是因為嚇到了才哭的。」

「欸，浩二……有張相片我想找你看看——」

「那就先這樣了，掰。」

沒注意到笹說話，電話那頭已經掛斷。

其實一直很想知道有關爸爸的事。雖然是家人，卻對他一無所知。

究竟是爸爸的捉迷藏助長了笹探究的動機，還是因為得不到答案的那種焦躁激發了她的防禦本能。

這幾天，笹不斷地自問自答。

為什麼自己並不希求一般的婚姻形式？

為什麼浩二會離開？

為什麼爸爸要那樣捉迷藏？

為什麼媽媽對爸爸有種種顧慮？

像是剝竹筍似的，一層一層去除了疑問之後，最後剩下的那一層——就是自己。

浩二羨慕地表示，有兩個故鄉是很幸福的事唷。

可是，自己卻不知道自己是誰。

如果去到臺灣，說不定可以知道些什麼。

前往臺灣

幾個鐘頭後飛機就要起飛了，笹卻什麼都還沒準備。她往浴室走去，打算整理一下睡到亂翹的頭髮，還有眼屎和發乾的嘴脣。蓮蓬頭上無數個孔洞整齊劃一灑出溫水畫成一道拋物線，浴室裡立刻充滿蒸氣。

繼上回與浩二同行後，再次前往臺灣。

將小筆記本、文具用品裝入包包，護照緊緊抓在手裡。

早晨的太陽雖已升起，三月底的東京，空氣依然冷冽。手剛伸進薄外套裡就開始猶豫，臺北不知道需不需要這樣穿。在臺灣，許多家庭是一年到頭開著冷氣而不用暖氣的。至於跟日本人一樣穿著外套或羽絨衣，但腳上不是靴子而是光腳穿涼鞋的不協調裝扮更是一點也不稀奇。

需要涼鞋嗎……？

儘管連這些都考慮到了，還是穿上短靴關上大門。

從最近的自由之丘車站前往大井町車站。雖然是頭班車，不過已經開始擁擠。滿臉倦容準備回家睡覺的人和正要出門上班的人，形成了有趣的對比。

搭上前往機場的巴士後，到羽田機場只要三十分鐘就綽綽有餘了。

乘客包含笹在內只有兩個人。她坐在最後面，眺望窗外。櫻花花瓣緊緊依偎著枝幹不願被風吹落，然而地面上早已是一大片華麗的櫻花絨毯。

一大早，羽田機場國際線航站意外地冷清，飛機不用依序等候跑道即刻就起飛了，順利進入巡航高度水平飛行。笹解開安全帶，拿出記事本中的相片。

一九四九　五　瑞

是否要追尋綻放在地平線盡頭那座山丘上的青色之花，徘徊在無邊無際的世界?!

然後相簿中發現到的相片，再比對一次背面的訊息，思考一下。

一九四九年五月

臺灣人　青色之花　去日本

明　瑞　剛

同時都寫到的部分是「青色之花」。

這是什麼？

飛機持續輕微晃動，感覺很舒服。笹連續好幾天睡不好，想著想著竟不知不覺就睡著了。

夢

閉上眼睛一睡著，笹的現實生活就成了夢境入口，新的故事由此展開。

晚餐的菜餚、與果穗一起採購的戰利品、娛樂新聞中的搞笑藝人醜聞事件等等。宛如交響樂團中特質各異的樂器可以演奏出精湛和諧的旋律一般，當天原本零散的訊息在夢中交織融合了。

近來在夢的最後，不知道為什麼爸爸經常會出現，然後每次都是一樣的結尾。夢中見到的爸爸，不論是什麼樣子，最後一定反覆說著同樣的話。

任由笹（竹葉）的聲響引你前行
去追逐燕子吧
事物的真相只有一個
青色之花就在那裡

沙沙沙　沙沙沙　沙沙沙
沙沙沙　沙沙沙　沙沙沙

即使爸爸的身影慢慢消失在雪山之中，那些話語的能量軌跡卻沒有盡頭。

「黑夜，是包覆爸爸的物體。自從有記憶以來，爸爸一年當中總有好幾次會關在房裡不出來。雖然媽媽說這是在捉迷藏，其實並不是。爸爸捉迷藏的過程中，媽媽放棄了接近他的想法，要我負責給她傳話。連通客廳與爸爸臥房的那扇門一打開，突然眼前一片漆黑……從黑暗中流瀉而出的寒氣籠罩我，讓我動彈不得。等眼睛逐漸適應了黑暗，爸爸佇立後方的身影才開始浮現出輪廓。房間裡到處都是酒瓶。『原來是笹？』爸爸那不具生命力的聲音十分可怕。自己光是為了傳達要事已經無暇他顧，總是速速離開房間。但儘管如此，內心裡的另一個自己在吶喊。『欸，爸爸，你在做什麼？』我拚了命在大叫。為什麼你不從房間裡出來？我沒有勇氣直接問他。也沒辦法問媽媽。為什麼爸爸拒絕與家人說話，連工作都不做而只是關在房間裡……爸爸是生病了嗎？……記憶中的爸爸還一直躺在黑暗中。那片漆黑的盡頭有什麼？……」

夢中的笹拚命向看不見的對象傾訴著。

「我……即使是關係再親近，也避免貿然踏入對方的內心世界。反過來說，自己也不希望他人踏進我心裡。不斷藉由對一些無關緊要的事展現誇張的反應與那些試圖窺探我的人互動，這是一種自我防衛的方法吧。也許是潛意識裡逃避著去了解、或被他人了解。這是受爸爸的影響。我害怕黑暗。我——」

笹醒了過來。

「請問您要鮭魚飯，還是蛋包飯？」

空服員推著餐車大聲詢問，不過笹只要了杯飲料。

沉重的腦袋側向一邊，再次盯著相片背面看。原本已經遺忘的事甦醒了。那些為了不讓人發現，小心翼翼仔細藏在抽屜底層的東西，以意想不到的姿態出現。說不定，我也在追尋「青色之花」……。

下飛機後頭一個要拜訪的，當然就是寄相片來的那位住在埔里的表叔。

II

第6章 二〇一四年　埔里

初次見面的親戚

噗嘶噗嘶噗嘶……

擺上黑膠唱片的轉盤規律地旋轉著。手中放下的唱針，卡入鑿刻了無數圈溝槽中的一道，透過共鳴的真空管放大器，發出像是掠過塵埃一般顫動的聲音。是貝多芬的第六號交響曲〈田園〉。

笹抵達信件發送人的家，與初次見面的親戚隔桌相對而坐。

「我剛滿一百歲。我剛滿一百歲。我剛滿一百歲。」

戴著助聽器的老人反覆用日語說著。

刻畫在臉上的皺紋，像手風琴的蛇腹式風箱一樣伸縮張合。笹在心裡為她取了個綽號

——蛇腹奶奶。然後自稱是郭台明的光頭男子走了過來，拍拍蛇腹奶奶的肩膀，用台語對她說：「媽，好啦。」接著在一旁坐下。兩人臉上都堆滿笑容以表達歡迎之意。

「冒昧請教一下，不知道我與郭台明先生還有老奶奶之間的關係是？」

對於笹的提問，蛇腹奶奶雖然笑咪咪的，但光頭男子卻露出訝異的表情。

「啊，不是，我的意思是，雖然知道我們是親戚，不過……正確來說，意思是兩位與我爸爸是什麼樣的關係……說是關係，其實，也就是說……是堂兄弟或是表兄弟？或是更遠的遠親之類的——」

明白了笹想問的問題之後，光頭男子拔下桌上的藍筆筆蓋，將廣告單翻了面，開始畫起族譜來。

「從前大家都是大家族，對吧？親戚很多很麻煩。」

蛇腹奶奶一邊指著族譜，用流利的日語開始說明。

「這個，是妳阿公藍惠賢。這個，妳阿嬤郭美珍。這是妳爸爸藍瑞山。我是郭家這邊，是妳阿嬤……」

蛇腹奶奶是笹的祖母（美珍）的第六個弟弟的太太。以笹來說，蛇腹奶奶是她的「六妗婆」。所以妗婆的兒子台明，她要稱呼為「表叔」。

「不過在日本沒有分得那麼細，是不是可以稱呼『おじさん』（叔叔）和『おばあちゃん』（奶奶）就好？」

對於感到混亂的笹，蛇腹奶奶和她兒子台明都咧嘴笑著說：「沒關係。」

笹一拿出光頭男子寄給她的相片，蛇腹奶奶就指著正中央的年輕人點頭。

「啊！是瑞醬（Zui ちゃん）。他過去非常仰賴我先生郭俊男。會專程從臺北到埔里來，總是一起喝酒。明明我們家做的是紅茶生意，他們不喝紅茶，光喝酒。啊啊，真令人懷念。」

果然，相片裡其中一名年輕人就是爸爸。

「我先生真的是不多話的人，什麼都不會跟我說。很傷腦筋。根本不知道他在想什麼。不過他跟你爸爸瑞醬很有話聊，簡直好到令人吃驚的地步。放唱片，一邊聽音樂一邊從早上就開始不斷地喝酒。然後也很愛吃。我光是做下酒菜就忙得團團轉。真是懷念啊。」

「以前我爸爸經常來這裡嗎？」

「我昨天用大鍋子蒸了一條好大的魚，上面放了滿滿的蔥，他們吃得很開心。瑞醬總是突然就跑來，喝喝酒、吃吃東西、聊聊天，過個夜再回去。就睡在旁邊這間房裡。現在應該還在吧。啊啊，真令人懷念。」

蛇腹奶奶的記憶似乎穿梭在現在與過去之間。

「瑞哥來這裡的事，我也記得很清楚啦。他跟我老爸喝醉酒用日語在聊天。是一個很親切的人，會陪我練習投接球。我們還一起爬樹哩。」

光頭男子語帶懷念地用中文說著，站起身來去隔壁房間拿相簿。

雖然說話粗俗了點，看起來不像是壞人。

「這裡面有瑞哥當年來這裡的相片啦。因為已經過了很久，記得不是很清楚，應該是一群表兄弟一起到後山健行、還是到海邊去的時候吧。前不久，我老媽半夜吵著說要看相簿，一翻開來看，實在很懷念哩。然後老媽說，瑞哥的相片與其放我們這裡，還不如給『瑞醫的女兒』比較有意義，所以就寄給妳了……沒有造成妳的困擾吧？」

「怎麼會。我很高興。只是太突然了。而且，跟我所知道的爸爸不太像……因為看起來很年輕，臉上的表情也是從來沒見到過的，老實說，根本認不出來。再加上頭上的頭髮還很多——」

見到光頭男子把手放在頭上的動作，笹連忙把臉轉向蛇腹奶奶。

或許是有點累了吧，蛇腹奶奶連說了幾聲：「啊啊，好懷念。」將助行器拉過來，喝口白開水就離開座位了。

「瑞哥的媽媽……啊，妳還記得妳阿嬤嗎？」

光頭男子指著一張黑白相片問道。

相片裡是一位挺直背脊、站姿優雅的女士。她穿著一身晚禮服，戴了長手套，還有一頂用蕾絲裝飾的雞尾酒會小禮帽。

「她的膚色很白，個子嬌小纖細……記得媽媽說過，阿嬤年輕的時候是臺灣第一美人。」

「是吧。真的很漂亮。她最疼愛瑞哥，總是為他掛心。」

郭家是士林的望族。阿嬤郭美珍是個才女，當年日本皇族訪台時，就是由她代表臺灣學生致詞。據說住家附近經常有許多男子為一睹芳容而流連徘徊。

「可是，為什麼會嫁給阿公呢？我覺得應該會有更好的對象才對。」笹插嘴這麼一說。

「因為妳阿公最會死纏爛打呀。」剛回座的蛇腹奶奶接著說道，大家都笑了。

「天頂天公、地下母舅公。」蛇腹奶奶說了一句台語。

「用日文來說，就是『天上最偉大的是天公，人間社會裡則是祖母輩那邊的兄弟最了不起』。」

即使笹聽了解釋，還是不太明白。

「妳可能認為華人圈是父系社會吧。不過呢，傳統習俗的結婚儀式中，『母舅』、也就是太太這邊的兄弟是最受敬重，要坐在上座的。是家族中備受景仰的人物，有任何疑難雜症、重大事情要決定時都會徵求他的意見。所以瑞醬也是這樣，來家裡找我先生出主意。」

原來爸爸常來不只是因為待在這裡很自在，也是遵循臺灣習俗的緣故。

笹還記得。以前住在臺灣的時候，到了週末，爸爸媽媽就會帶自己去臺北近郊的「阿舅」和「阿妗」家拜訪，也就是家族中女方那邊的親戚。

一旦圍著圓桌坐定了，大人們絕對都是從早到晚不停喝酒，笹就和他們家的小孩玩遊戲或假裝比武打鬥。然後玩到累了就那樣睡著，隔天一早醒過來已經躺在自己家裡的床上。

據蛇腹奶奶的說法，爸爸和媽媽結婚後，笹的誕生促使他下定決心以長子身分繼承藍家家業。然而他與社長藍惠賢，也就是他的父親在性格和經營方針上都不合，經常吵架。深感苦惱的爸爸為獨自找出解決方法，特地要司機開車來到相距二百公里以上的這個地方。

「雖然妳阿公也很頑固，但是瑞醬更固執。只不過畢竟『長幼有序』，是吧？瑞醬也確實是按照規矩來。所以呢，就會有很多事不順心。因為很多事情要忍耐，所以來這裡找我先生聊聊解除壓力。啊啊，真是懷念。唉，其實妳阿嬤也很固執，藍家跟郭家都頑固，很麻煩啦。所以才會發生那個事件——」

「莫講。」（不要說）光頭男子輕輕抬起手，打斷蛇腹奶奶的話。

不想被聽到的內容，似乎都會刻意用台語說，不過笹沒有很在意蛇腹奶奶口中所謂的「事件」，而是開始說起相片的事。

「今天主要是為了想請教有關你們寄給我的那張相片。你們知道相片是在哪裡拍的嗎？」

「就在我們東邊的那座『能高山』。它的稜線就跨越與花蓮縣的交界，向南北延伸。不知道為什麼，瑞哥特別喜歡那座山。來到這裡經常會去爬唷。」

對於笹沒有繼續追問那個事件，光頭男子鬆了一口氣。

「超過三千公尺的能高山，與玉山、雪山並列為臺灣三大高山唷。當時因為我還是小毛頭，沒有一起去爬過，但是他給我看過很多次在山上拍的相片。還告訴我說，這是最漂亮的一座山。」

「相片背面寫了一九四九年五月。你記得我爸爸當時來這裡的事嗎？有沒有聽過關於阿明、阿剛和『青色之花』的一些事？」

「呃，這個嘛，我那時候還小呢。」

「我記得很清楚唷。一九四九年對吧？是瑞醬第一次帶大學同學來的那一年。欸，就是和臺大的同學……記得應該是三個人吧。因為瑞醬為了繼承家業必須要用功讀書才行。那天我還做飯做得很慌亂。我先生也和他們一起吃飯，喝酒喝到深夜呢。那次喝得比平常還多。我先生一直睡到隔天中午過後。啊啊～真是懷念。年輕人精力充沛。天還沒亮，三個人就說要去爬能高山，所以我又匆匆忙忙做了飯糰給他們帶去。」

笹的疑問開始找到了頭緒。

「妳說臺大，是臺灣大學嗎？」

「對。臺灣大學。瑞醬的兄弟全部都很優秀，都是讀臺灣大學的。」

「不是，我爸爸是早稻田大學畢業的。」

「是呀，沒錯。在那之前是讀臺大唷。去日本之前讀的是臺大。」

「……」

笹一臉狐疑，默不作聲。光頭男子和蛇腹奶奶也摸不著頭緒，氣氛有些微妙。

事件

「瑞醬的那個事件已經說過了嗎？」

蛇腹奶奶打破了沉默。

「……什麼樣的事件？」

笹一回應。

「媽，莫講！」（媽，不要講！）光頭男子拉高了嗓門，但是蛇腹奶奶沒有住嘴，反而話開始多了起來。

「不就是在那之後去了日本的嗎？搭船啊。對，回去日本了呀。跟朋友來的那天是第一次也是最後一次。在那之後有好長一段時間都沒來過了……之後再來是已經結婚了，整天老是和妳阿公吵架。然後就自殺。」

「自殺？」

「好不容易結了婚，妳也出生了，想要以藍家下一任社長的身分為繼承家業而打拚一下，不過都是因為妳阿公太固執了。怎麼樣講也講不通。所以他一直灌酒，把身體搞壞了，然後發生那樣的悲劇。唉，真是嚇一跳。沒想到瑞醬竟然會做那樣的事。妳媽媽非常可憐。妳也很可憐。」

蛇腹奶奶情緒激動，頭愈搖愈用力。

這個話題，笹完全處於狀況外。爸爸的死因是癌症，怎麼可能有自殺這回事。是蛇腹奶奶的記憶錯亂嗎？還是因為說得不清不楚？不明白什麼才是真相。

「弄錯了。是不是跟其他事搞混了？」

笹扯開嗓子回問道。

「不是喔。妳爸爸瑞醬是在一九八二年自殺的吧。妳那時候還小。瑞醬開始什麼都不願意說之後，整天關在房間裡喝很多酒，然後割腕自殺了。真的很可憐。二二八事件中的藍家發生很多糟糕的事，損失慘重。從那之後，藍家便決定『不再涉入政治』。對瑞醬來說，不論是臺灣還是藍家都跟他不合吧……啊啊～真令人懷念。」

2・2・8——是媽媽提到過的那個很像暗號的數字。

「這個事件我也記得清清楚楚。」光頭男子意識到再也無法矇騙下去，於是開了口。

「瑞哥自殺是在一九八二年。他是割腕。妳媽媽立刻送他去醫院，救回一命。那個事件對我們這些親戚造成很大的衝擊。」

據說爸爸開始在臺灣生活之後，常常為了工作煩心。為逃避現實大量喝酒，好幾次因為急性酒精中毒而送醫，身心俱疲的結果引發自殺未遂的事件。

「然後家族裡下達了封口令。因為藍家繼承人自殺未遂的事很不體面。唉，幾乎已經沒什麼人記得了。妳的父母都已經過世，而且妳在日本生活，不知道這件事也是理所當然。妳媽媽一定也是不想跟女兒說起這件事吧。」

笹的腦袋簡直要炸裂了。她試圖讓自己冷靜下來，問起有關爸爸寫在相片背後的那些內容，結果蛇腹奶奶的記憶像泉水般湧了上來。

「妳想要了解瑞醬是很好的事。藍家的事很重要，臺灣和日本的歷史也很重要。這些都關係到妳對自己的了解。瑞醬讀過很多書。他牢牢記住了教育敕語的『朕惟我皇祖皇宗，肇國宏遠，樹德深厚……』他讀日本文學、中國文學，還有國外的詩。啊啊~真是懷念。《青色之花》是瑞醬常在讀的。以前我先生也讀過。是德國作家寫的書，浪漫主義的象徵。或許當時大家都在追尋『青色之花』……對了對了，一起來的朋友，是Tsuyoshi（阿剛）和

Akira（阿明）。」

從音響擴大機傳來貝多芬的〈命運交響曲〉。

《青色之花》、臺大同學「Tsuyoshi」和「Akira」。終於找到了可以拼湊出爸爸的拼圖。

笹鞠躬道謝。「我先生的書架上有這個。」蛇腹奶奶遞給她一本書。是封面已經發黃的《青色之花》文庫本。

「臺北因為有學生示威活動，狀況混亂，妳要小心。這說不定是我有生之年，臺灣可以有所改變的最後機會。我支持年輕人。妳也要找到『青色之花』，為了爸爸愛拍拚（要加油）。」

埔里所在的南投縣，正好位於臺灣的中心位置。自然景觀豐富，擁有得天獨厚的清澈水質，以紹興酒而聞名。或許是一些前往知名景點日月潭的觀光客，往臺中方向的公車站擠滿人潮，非常熱鬧。

在公車上一邊搖搖晃晃，笹心裡在想：自殺未遂是真的嗎？爸爸曾經讀過臺灣大學的事，為什麼媽媽都沒說？

想知道更多關於爸爸的事。如果是「剛」和「明」，應該會知道一些自己所不了解的面向。還有「青色之花」的事也是，肯定沒錯。

第7章
二〇一四年　擦身而過的三個女兒

太陽花學運

事情是從二〇一四年三月十七日開始。

這一天，臺灣與中國的服務貿易協定在相當於日本國會的立法院中，內政委員會只花了三十秒就強行通過。幾乎沒經過什麼審議過程，完全就是不透明的「黑箱作業」。執政黨親中的態度和獨裁政治手段讓臺灣民眾產生不信任感。

社會運動團體開始在立法院外圍示威。

人們的熱情無法阻擋，最後演變成以學生為核心，在三月十八日晚上跨越立法院柵欄並攻占議場的前所未見的局面。

他們穿著印上「自己國家自己救」的T恤，一同高喊「捍衛民主、退回服貿！」、「全面占領主席台、重啟談判！」將議場內的桌椅堆疊在出入口當成路障，發表以下的聲明。

我們代表人民奪回立院，我們要求馬政府、馬英九總統立刻親自到國會，回應人們的訴求。

數萬民眾聚集並手拿向日葵為抗爭的學生加油打氣，淹沒了立法院前的青島東路。高舉向天，沐浴在陽光下的向日葵閃耀著豔麗的金黃色，像是為自由與正義發聲。無數朵向日葵在民眾掀起的風潮中搖擺，彷彿跳著自由之舞。

曾經見過如此美麗的景色嗎？

「太陽花學運」就這樣在不知不覺間擴散開來。

衝進立法院那些學生的身影，連日來登上各媒體頭條，他們在議場內的模樣也透過直播播放。

反正很快就會被驅散而結束活動。

沒人會在乎籠罩在中國陰影下的臺灣。

知道臺灣過去悲慘始末的人之中，曾經有許多都表現出不在乎的模樣並認為不該對這些事有所期待。

然而學生們具備了想像力與行動力。各種團體在背後提供支援的同時也引進了組織戰與網路戰，一邊固守議場內，還持續不斷向全世界傳遞訊息。

由時代寵兒掀起的革命發展成為市民運動，「這次肯定會出現某種改變」，眾人行動更加積極。

立法院周邊道路實施交通管制，人行道上搭滿帳篷，一頂挨著一頂連個縫隙都沒有。帳篷中有擺放食物和飲料的、有放了充電機的充電站、有醫護站等等，各自功能不同，四處可見自願前來的志工。

連大學生、教授都將上課地點從學校教室移到了街頭。

為追求正義而放棄學校課程的這些學生，大學教授為他們開設民主化的露天講堂。有許多大學也站在學生這一邊，確保他們即使缺曠課也不影響學分的取得。

中央區域設置了舞台，有音樂人士的表演，也有政治人士的演說活動，場面氣氛高昂。

燕雪的擦身而過

燕雪坐在青島東路旁的帳篷內，茫然望著眼前的立法院。

臺灣朝向民主化的這條路雖然是在前進沒錯，但是每一次都伴隨著重大犧牲，受到無數次阻礙。身為一個在氣氛異常的家庭中長大的女兒，實在無法樂觀認定「就是這一次」了。反正是立刻會被驅離的吧？燕雪一再反覆在心裡對自己這麼說。

不論太陽花學運有沒有發生、馬路有沒有被封鎖，燕雪的日常生活依然不會改變。她希望孩子可以安全到校、丈夫可以安心通勤，然後自己能夠平安順利帶阿母到醫院就診。

真要說的話，唯一的改變就是平時常去的青鳥書店開始在帳篷內賣書了，阿母去洗腎的時候，自己會來幫忙他們看店。

《1949大流亡：美國外交檔案密錄》、《內在革命》、《來生不做中國人》。帳篷內的長桌上，全都是一些與民主化相關的書籍。

每一本都是店長親自挑選。從相當早期的出版品到前不久還算是禁書的作品都有。

進入臨時搭設的帳篷書店內，每個人都很自由。有一個字一個字細細品味的老人，有在地上鋪著紙箱，每天時間一到就會來這裡盡情閱讀的高中生，有將書本當成布景，進行現場播報的主播。燕雪懷念過去躲在舊書店角落手拿禁書的刺激感，也為時代的轉變感到開心。

帳篷書店前有一面牆，總是聚集了很多人。為了在議場內奮鬥的學生所寫下的聲援紙條，或是過去在臺灣民主化運動中犧牲的前輩相片，一張張貼在狹小擁擠的牆面上，而且每天持續增加。

燕雪受周遭熱絡的氛圍感染，想起阿爸的臉。很想讓他看看如今民主聲浪高亢的臺灣。

「勇敢的阿爸與好友　請保佑這一場年輕人的奮鬥」，她寫下心中懇切的盼望，並將阿爸和好朋友合照的相片一起貼在牆上。

然後有一天。

現場有位女性一直盯著桌上那一排書看。長度過肩而微鬈的髮型很適合她，五官端正，也許是因為素顏的關係，看起來比燕雪年輕許多。她沒有拿起桌上的書而只是目不轉睛盯著瞧的模樣，吸引燕雪的注意。

是因為不知該如何決定而猶豫嗎？

燕雪正打算要開口，卻看到她左手拿的那本書。書夾在白皙而修長的手指間，是《青色之花》。

「こんにちは（您好）。您是日本人嗎？」

突然以日語詢問對方。

她抬起雙眼，一臉訝異的表情。

「來觀光嗎？」微微笑著再問道，對方臉上的緊繃感雖然消失了，卻依然保持沉默。

「由於工作上的需要，所以我會說日語。」

「啊……那麼，請問這本書有日文版嗎？」

她指著面前的書問道。

「《被出賣的臺灣——*Formosa Betrayed*》如果是英文版的話在這裡，但是沒有日文版《裏切られた台湾》。真的很抱歉。」

Formosa Betrayed 這本名著是由目擊了二二八事件的美國外交官所撰寫，描述從日治時期到國民黨政權時期的臺灣。自一九六五年出版以來，長期被當成禁書，燕雪在學生時代也是背地裡偷偷閱讀了英文原著。

看著那位女性日本味十足地深深鞠了個躬打算離去的背影，燕雪心裡有一股衝動，彷彿有些話想要、也必須要對她說，於是再度開了口：

「如果您願意的話，請看看那面牆再離開。」

她點頭回應，開始看著牆面上的留言。

「Hi！書賣得如何？」

燕雪的心思完全被那名女性的背影所占據，有人遞了一杯咖啡到她手中。跟她打招呼的是抱了個紙箱、頂著娃娃頭的 Jamie 醬。事實上，沒人知道她的本名。只不過因為她每天都會發送印有「Jamie Coffee」商標的免費咖啡，再加上她的英文發音很漂亮，自然而然就開始被稱呼為 Jamie 醬。

從 Jamie 醬開始，到發送烤地瓜的 King 先生或煮著大鍋拉麵的 Tommy 等等，這場運動受到許多志工的支持。

個子嬌小、笑臉迎人的 Jamie 醬，她的咖啡獲得特別好喝的風評，就連愛喝咖啡的燕雪也期待 Jamie 醬每天為她送來的這一杯。

「See you!」

由於 Jamie 醬總是忙著四處走動，燕雪很少有機會跟她說話。今天也是連聲謝謝都來不及說，她便已經迅速離去，並再度開始發送咖啡給往來的人潮。

「Hi! Have a nice day!」

Jamie 醬把咖啡遞給手上拿著《青色之花》的女性，對方以日語回應了「ありがとう」（謝謝），兩人相視而笑。

笹的擦身而過

笹訂了臺北車站附近的飯店。

周邊有便利商店，還有獨自一人用餐也不覺尷尬的餐館，而且不論要去哪裡都很方便。更重要的是，前往學生運動核心地點的立法院也是在步行的距離範圍內。

促使笹積極安排臺灣之行的就是太陽花學運。

電視新聞中，一群年輕人因為要抵抗警察的強制驅離而引發衝突，蜷縮在馬路上。這讓她整個心亂哄哄的。為親眼目睹自己的第二個故鄉所發生的事，她飛到了臺灣。

立法院所在之處是外交部、內政部、行政院、監察院等公家機關集中的區域。臺灣大學醫學院和附設醫院也離這裡很近，可以見到不少坐輪椅的病患。建築物多半是日治時期建造的日式黑瓦屋頂和紅磚樣式。

學生所占據的立法院建築曾經是「臺北州立臺北第二高等女學校」校舍。從正上方俯瞰，校舍保留了原貌，ㄇ字形二層樓建築的最後方則是一棟獨立的議會。

環繞立法院周邊的道路，除了大馬路中山南路之外，青島東路、濟南路、鎮江街都封閉，只允許行人通行。各個重要據點都有警察手持警棍與盾牌，還設置了鐵刺拒馬，瀰漫著一股緊張的氣氛。

笹站在遠處觀望，有一對年輕人向她走來。

「多喝水。」

是志工。為了讓大家確實補充水分，正發送紙箱中的礦泉水。

有一對像是大學生的情侶手牽手，以立法院門前手持盾牌的警察為背景拍下紀念照。脖子上掛著「絕食抗議」牌子的一群人身邊，有些年輕人正大口吃著便當談笑風生。

這是怎麼一回事……

笹兀自想像著過去日本電視上經常播放的一九六〇年代學運鬥爭的黑白畫面。站在最前方的學生戴上頭盔、揮舞著長棍，汽油彈在空中交錯飛舞，彷彿置身在搏命的戰場上。

相較之下，這拒馬之內的景象卻顯得無比悠閒平和。

播報中那些充滿緊張感的場面到哪裡去了？

車輛來回穿梭的車道上，滿是靜坐的年輕人。從數人到數十人的小組各自分散，有些一臉嚴肅地聆聽正中央的核心人物說話，有些則抄著筆記。其他也有人專注地玩著手機遊戲，或是正在製作標語告示牌。

住宿用的帳篷五顏六色，像極了花海。

笹發現到一個擺了很多書的帳篷。從學生運動到二二八事件，全都是一些關於臺灣民主化的書籍。

「您是日本人嗎？」

攤位上一名女性用手指著笹手上的那本《青色之花》，以日語問道。

那頭烏黑的直長髮令人印象深刻。

笹突然感到有些尷尬，拿起一本攤位上的書，詢問對方是否有日文版。

笹面帶禮貌性的微笑，那名女性建議她看看牆面上的留言再離開。

一整面牆看起來就像藍儂牆（Lennon Wall），貼著各式各樣的東西。

有翁山蘇姬、劉曉波、納爾遜．曼德拉、李登輝等等各國民主化領導者的相片，並寫上一些標語。支持學運的市民也寫了聲援的字句，另外還有人貼上在二二八事件或白色恐怖中喪命的家人相片。

大部分內容都是為臺灣的未來鼓舞喝采，但其中也有類似「希望減肥成功」、「希望與女友復合」、「想變成有錢人」之類的，像在寫許願卡似的內容，令人莞爾。

其他還有用英文、西班牙文、印尼文、德文寫下的留言。當然，也有日文。

笹像是在一張張確認似的認真閱讀，突然有人遞了杯咖啡過來。留著妹妹頭的女生豎起大拇指說：Good luck！笹不由得燦然一笑說了聲謝謝。

笹陶醉在咖啡的香氣之中，一張相片映入眼簾。

「不會吧……」

和笹持有的那張黑白相片一模一樣。

相片上貼了便條紙，寫著「爸．鄭剛毅　女兒．燕雪」。

找到了。

回頭四處張望，找不到有誰與她目光相對。

我是藍瑞山的女兒，岡部笹。我手上有張一模一樣的相片。請與我聯絡。

雖然不知道會不會有消息，笹按捺心中的激動，在便條紙上的空白處寫下住宿飯店的名稱、手機號碼與電子信箱。

第8章

二〇一四年　臺灣大學之謎

祈禱

隔天，笹站在臺灣大學校門口。

平靜得連一點風也感覺不到似的，眼前景色寧靜祥和。

掛在校門口的臺灣國旗無法憑一己之力在空中飄揚，看起來垂頭喪氣。林蔭大道上的椰子樹在大太陽底下也顯得虛脫乏力，隊形紊亂。然而短袖上衣搭著短褲的年輕人、腳踏車上共乘的情侶、親暱牽手面帶微笑的少女們，氣溫高低或天氣好壞似乎與他們毫不相干。年輕人如同璞玉瑰寶般的閃耀，讓笹感到有些羨慕。

校園中好幾棟紅磚建築厚實穩重，連成一排。學術氛圍濃厚的感覺與日本並無不同，但這裡的南國氣息洋溢著一股強大的生命力。頭頂上方，宛如顏料罐裡擠出來的藍天廣大遼闊，腳底下，太陽光炙熱蒸騰帶來一陣陣熱燙火辣的感覺。

除了學生之外，也有偕同家人或長輩來這裡散步的。植栽區內盛開的杜鵑花從淡粉到豔紅，漸層般的色彩令人賞心悅目。大榕樹垂掛著無數條氣根在空中搖搖擺擺，歡欣愉悅地在吐納。只見氣根前方有塊大石碑。

……校長，這場學生運動不敢說是勝利，唯有懇求能在平和中結束，讓學生不要再迷失街頭，平安無事返家，請保佑他們……

老舊石碑上刻著篆書，字跡已有些許磨損。石碑前放著一朵向日葵，老夫婦跪地祈禱。仔細一聽，他們說的是日語。

「您是日本人嗎？」

「不是，我是臺灣人。學生們上星期開始占領立法院，我非常擔心。」

老先生站起身來，以日語回應。

「我也是在日本看了之後坐立不安，才來到臺灣。我父親是臺灣大學的畢業生。」

儘管是初次見面，但不知為何，笹總覺得這些話非說不可。

「是嘛。他是什麼科系呢？」

「他讀的是地質系。」

「……是那樣啊……那又是……這位小姐您的、呃，沒事——」

就只是極短暫的瞬間，老先生露出嚴肅的表情，似乎想問些什麼卻欲言又止，與笹目光交會的當下又若無其事一般，開始自我介紹：「我姓王。其實我每天都會來臺灣大學散步，對這裡很熟悉。機會難得，我就為妳導覽一下吧。哈哈哈。小姐妳運氣很好，很Lucky！」

感覺是一位有趣的老先生。整件事的經過既巧合又奇妙，笹決定先順其自然看看再說。

校舍多半建造於一九三〇年代，幾次改建整修後仍繼續使用中。有農學院、文學院、工學院等等，是一所囊括各專業領域的綜合大學，據說地質系校舍在南側稍遠處。

五十年當中，臺灣就是日本。許多日本人移居到這裡，帶來日本文化，對臺灣人施行日語教育。當臺灣逐漸演化成另一個日本的時候，戰爭結束了。日本人撤離後的臺灣，重新又有中華民族的語言與文化進來。

「受過日本教育的老人或接受日本文化薰陶的年輕人，之所以能夠在臺灣社會生活而不感覺有隔閡，要歸功於臺灣這個民主國家的寬大胸懷，及早實現了多元文化共存。」

王先生感慨地瞇起了雙眼，為笹說明眼前臺灣經濟的卓越發展、引進外籍勞工，還有外籍移民第二代誕生等等現狀。

笹身邊也有很多親戚受過日本教育，一口流利的日語。不久前在埔里見到的蛇腹奶奶也是其中之一。笹的媽媽，從日本嫁到這個異鄉臺灣，肯定也在語言溝通上受惠頗多。

「校園比想像中的還大，真是一所很棒的大學呢。」

「因為是臺灣第一學府呀。哈哈哈。我是個閒閒沒事的老人。能像這樣跟我太太以外的其他人說著日語，很開心。」

哈哈哈、王先生發出豪邁爽朗的笑聲，活力洋溢。感覺不出已經上了年紀。而夫人則正好成對比，是位文靜優雅的女士。

「那是鹿鳴堂。可不是日本的鹿鳴館唷。樓上是劇場，一樓是餐廳。偷偷跟妳說，不怎麼好吃。哈哈哈。」

一九九一年，前總統李登輝在鹿鳴堂（當時為僑光堂）召開了座談會，然後修改了憲法並廢除戒嚴令。

臺灣的歷史頗富戲劇性。

王先生在一家畫有五彩水珠狀圖案的店門口停下腳步。

一陣香味飄了過來。

王先生鑽過擁擠的人群，一邊點頭示意向前走去，回來時似乎拿了些什麼東西在手上。

「吃吧。」

是剛烤好的胡椒餅。一口咬下，熱騰騰的肉汁就流了出來。

「好吃嗎？」

「嗯，好吃！」

據說是最近才開張的胡椒餅專賣店。美味的程度，不只是學生慕名而來，連附近的居民也前來排隊，相當受歡迎。錯過早餐和午餐的笹，總算塞了點東西進胃裡，感覺舒服多了。

「來，我們到了。這裡就是妳要找的地方。」

地質系的校舍是雙排式結構。前方是新建的紅磚瓦搭配白窗框的三層樓現代建築，隱身在後方的則是日治時期的建築物。

廣場上，有標注了片麻岩和角閃石的大石頭擺在那裡。

由於不好意思再占用這對夫妻的時間，笹表示接下來自己逛逛就好，於是王先生遞給她一張名片。

臺灣大學地質系　名譽教授　王思亮

笹的腦袋一片空白——名譽教授？而且是地質系的？

「哈哈哈。背面有我的電話號碼。想知道更多事情的話，隨時可以跟我聯絡。」

王先生、不，應該是王教授拍拍笹的肩膀，和夫人手牽手離開了。

石頭的記憶

王先生為何一開始不表明自己是地質系教授呢？——笹完全想不通為什麼，於是只好先讓自己冷靜下來，決定去參觀一下地質系校舍。

入口處的玻璃門上寫著「國立臺灣大學地質科學系研究所」。穿過走廊便看到王教授所說的日治時期建築物，掛著「國立臺灣大學理學院地質學系」的木頭招牌。

這裡，就是爸爸曾經待過的地方。

踏上石階，身體進入建築物的瞬間有如電影畫面中的某個場景，四周籠罩笹的空間以光速在移動，而景象則固定在那裡。彷彿與校舍一起穿越時空去到了一九四〇年代。即使有些昏暗朦朧，仍穿戴著昔日的光環。這種黑白單一的空間，正適合用來沉浸於思考之中。

腳一跨出去，兩旁展示櫃的燈光同時亮起，陳列架上無數顆礦石都被照亮了。

很像爸爸公司那間九份的辦公室。

對於九份這個知名的觀光景點，笹卻有著全然不同的印象。

九份位於新北市瑞芳區，標高大約四百公尺的山中小鎮。笹小時候，公司司機經常載她去接爸爸。

沿著海岸線的寬大道路，一進入山區就突然變得很狹窄。司機用力踩下油門，有如巨大鐵塊般的車子一邊發出低吼聲，緩慢向前開往曲折險峻的山路。

很不舒服……

眼眶泛淚的笹打開窗戶，終於忍不住將頭探出窗外，卻因為山壁與海岸線景色不斷交互出現向她襲來，反而頭痛得更劇烈了。她任由頭髮狂亂扎上臉頰，連撥開的力氣都沒有，卻不得不死命地克制幾乎要從腹部到胃、再從胃到喉嚨溢出的那些違反重力原則的液體。

來吧，我們到嘍。即使車門開了，笹還是眼冒金星、渾身乏力。好不容易邁開沉重的步伐向前走，踉踉蹌蹌好幾次被石階和斜坡給絆了腳。

笹所知道的九份，不過就是個鄉林山間的小村落。從石壁上鑿開的隧道裡，有些身穿工作服、滿手滿臉都是汙垢的大人忙進忙出。雜貨店門口，午覺睡到膩了的流浪貓在清理毛髮。整個村子籠罩在潮濕的空氣中，房舍的水泥牆面有些發了霉或長出青苔，漆黑到發亮的屋頂顯露出寂寥與落寞。

總算走進爸爸的辦公室，等在那兒的就只有那些雙手粗糙的大人在隧道裡挖掘出來的「石頭」而已。

知道這些看不出任何價值的石頭是爸爸全家族賴以維生的東西，又是很久之後的事了。

儘管是很多年前的事，卻依然記得清清楚楚，連自己都感到訝異。

一樓的左右兩側有好幾間研究室，一些工具、塑膠箱雜亂地堆放在走廊上。由於光線不大照得進來，氣氛顯得陰鬱。

上階梯往二樓走去，一整個視野開闊，感覺被拉回了現實之中。

轉動一下離階梯最近那間教室的門把，沒想到竟然打開了。無人在內，走進教室點亮了燈。

室內似乎正在整修。地上鋪的純白色磁磚、漆成白色的天花板和牆壁使得日光燈的光線強烈反射，很刺眼。從一排木箱中拿了一個起來，推開蓋子，裡面裝了礦石。

這東西究竟從何時開始存在於地球上呢？

它見識過什麼樣的風景呢？

爸爸是為了繼承家業才來這裡讀書的嗎？

仔細這麼一想，開始對王教授的事感到好奇——從頭到尾看來樂觀開朗的王教授，在那瞬間的嚴肅表情背後應該有些什麼才對。說起來，他為什麼會為我導覽呢？或許就是那麼地幸運，王教授曾經在這裡與爸爸共度過一段時光也說不定。

一旦起了疑心就再也停不下來。就算是猜錯也沒關係，笹決定再找王教授聊聊，於是撥了名片後面那個電話號碼。

「喂？咱佗位揣？」（喂？找哪位？）

雖然說的是台語，不過聲音是王教授沒錯。

「啊……喂？呃……那個，是王教授嗎？我是剛才——」

「哈哈哈。是剛才那位小姐嗎？怎麼了嗎？」

王教授改用日語問道。

「有些關於我爸爸的事想請教王教授。現在過去拜訪您是否方便？」

「哈哈哈。妳父親的事嗎？小姐妳的父親應該還很年輕吧。如果是我認識的學生，當然沒問題。請問大名是？」

依然是活力充沛而宏亮的聲音。

「姓藍，叫藍瑞山。當時大家都叫他阿瑞。」

「……」

「是藍瑞山。」

一陣沉默之後，王教授用低沉的聲調說：

「妳過來吧。」

王教授的態度和剛剛完全不同，那種拘謹疏遠的感覺，讓笹有點不安。

另一個事件

王教授住在臺灣大學的教職員宿舍。說是宿舍，其實是建造於日治時期有瓦片屋頂的獨棟平房。在這個地價比東京還高的臺北，恐怕找不到更奢侈的地方了。

「哈哈哈。原來妳是那個瑞山的女兒啊？」

在王教授充滿活力的笑聲迎接下，笹心中的不安煙消雲散。

客廳裡的電視機正播放著ＮＨＫ的衛星頻道節目。

「只不過，瑞山那麼早就過世了，實在很遺憾。」

比爸爸年長四歲的王教授在爸爸入學的那一年畢業，據說他留在系上以助教的身分開始工作。戰後初期，大學內部也很混亂，他懷念地說著，當時在早坂一郎教授帶領之下積極到野外進行研究，使課堂成為充滿活力的學習場所。

「從一九四七年到一九四九年之間，進入地質系就讀而且畢業的只有我和另一位同學。」

笹打算一次把想知道的事都問清楚，於是拿出黑白相片。「這個……」為了讓王教授清楚看見相片裡的三個人，將相片放在他手上。

「我想跟相片中的年輕人取得聯繫，可以把他們的聯絡方式告訴我嗎？」

王教授靠近相片，目不轉睛盯著看，瞬間又露出那個嚴肅的表情，但隨即以爽朗的聲音說起自己家人或美國的事情。

「畢了業，我用公費到美國留學，回臺灣之後當上教授。結婚生了小孩，孫子都在美國。妳去過美國嗎？」

王教授繼續說著與手中相片毫無關係的話題。

「因為我喜歡肉，所以在美國生活得很習慣。不過，豬腳也很好吃。哈哈哈。小姐妳敢吃嗎？豬的腳。瑞山以前也很愛吃豬腳唷。」

「王教授，我爸爸就讀臺灣大學時期的事，不論再怎麼樣的小事都好，請您告訴我。拜託了。」

對於很明顯想轉移話題的王教授，笹不肯罷休。

「真是傷腦筋……小姐妳想知道些什麼？又已經知道了多少？」

王教授一臉無可奈何的表情將電視機音量調低，遞給笹一杯水，擺出準備聽她說的姿態。

「我爸爸在戰後從日本回到臺灣，進入臺灣大學地質系就讀。聽說，他是跟相片上的朋友『剛』和『明』一起去爬能高山。還有……引發事件的部分也……」

「哈哈哈。妳知道得挺多的嘛。連事件妳都曉得……相片中的他們真是年輕。是的，瑞山的左邊是鄭剛毅、右邊是高明月。」

他很乾脆地說出了那兩個人的事。

「其他妳還想知道些什麼？我想，我能說的東西不多。當時光是為了自保就已經使盡全力了。對於瑞山、剛毅、明月，還有吳同學他們，我覺得很抱歉……活得愈久，罪惡感愈重。人哪，一生中總有些或大或小的事情是非得帶進棺材中不可的，是吧？我已經年紀大了，什麼時候被接走都不奇怪。我這輩子有過各種不同的經歷，但是能像這樣遇上瑞山的千金，絕非偶然。是神的旨意吧。也或許是瑞山的意念所致。」

王教授大大嘆了一口氣，望著天花板，閉上眼睛一邊開始說：

「我不知道小姐妳對臺灣的歷史了解多少，接下來我要說的，是提到了臺灣就絕對不能遺忘的歷史。而且我、瑞山、剛毅，還有明月都曾經生活在那段歷史的大漩渦裡。」

老實說，笹對臺灣歷史知道得並不多。與其說不知道，應該說除了小時候從媽媽那裡聽到有關爸爸家族的歷史，或是在學校裡所學到的那些之外，對於其他部分不曾感覺有學習的必要。

「瑞山比其他新生還要晚入學。我對他的第一印象，就是個很安靜的學生。酒量很好。而且喝得愈多愈沉默。不過他心裡似乎埋藏了一些什麼東西。很奇怪，他就是給人這樣的感覺。想必是在內地留學的經驗，還有在日本迎接戰爭結束的經歷對他的想法造成很大的影響吧。在大學裡，他和有才氣又帶點大哥風範的剛毅、腦筋靈活又詼諧有趣的明月，還有萬綠叢中一點紅的女神……啊啊，是吳翠華，她非常漂亮，我們都叫她『女神』，瑞山和他們的關係很好，總是四個人一起行動。儘管周圍的人都覺得他們似乎互相在較勁，看誰能擄獲女神的芳心，其實女神就是對瑞山情有獨鍾。不過瑞山在這方面好像有點遲鈍。二二八事件之後，社會上紛紛擾擾，但我們的大學生活也就那樣過了。歌頌著美好的青春。而我太太也是大學時代就認識的……」

一口氣說到這裡，王教授的神情稍微和緩了下來。

「當時的臺灣真是很不得了。想說才剛被日本放生，又從中國來了個國民黨，掀起肅清風暴。懷抱無限希望的年輕人拚命尋找自己的道路，對於未來的方向與想法各自不同。日本、中國、美國……然後臺灣。共產主義、保守主義、無政府主義。瑞山身邊有很多人嚮往共產主義。那些人在當時熱衷於社團——也就是很熱心地在聚會中辦活動。也有一些是稱為學習小組的讀書會。馬克思當然不用說，另外也會讀日本京都學派代表人物——哲學家三木清的作品，互相發表意見。不過據我所知，瑞山即使是在那樣的場合下依然保持沉默。就算參加過，也只能算是個旁觀者。瑞山抱持的是什麼樣的思想，其實我也不知道。」

王教授拿起桌上的茶杯送到嘴邊，潤潤喉。笹取出記事本，飛快記下這些頭一次聽到的內容，盡可能不要遺漏。

「然後發生了四六事件。那件事對臺灣大學的學生造成很嚴重的打擊。他……為理想而獻身，涉入太深……是因為有著強烈正義感卻沒有地方可以宣洩他的不滿吧。他並沒有做什麼壞事，但是在考試過程中被逮捕了。」

與笹聽說過的是不一樣的事件。

不同於笹在記憶中刻畫了無數次的2・2・8，又出現了4和6。這是什麼……？這裡所說的他是誰……？不等她提出疑問，王教授又繼續說：

「幸好，瑞山逃過一劫。在社團中積極發言的女神被逮捕了，然後，再也沒有消息。那是一個不可原諒的悲慘事件。大家都受到強烈的衝擊……一時之間，連我也無法思考，不知該相信些什麼才是對的。現在回想起來，二二八事件與四六事件就是後來延續很長一段時間的白色恐怖的濫觴。」

爸爸有可能曾經捲入給臺灣社會帶來巨大陰影的事件，說不定曾經被捕——雖然笹試圖接受這樣的事實，但心情上還是難以承受。

「對學生的紅色獵捕雷厲風行的那段時期，即使在寒冬，上課時也要將窗戶一直開著。當走廊上響起一群陌生的腳步聲時，許多學生會跳出窗外逃到某些地方。就算吃了一半的便當也要丟下，非逃不可。只有這樣才能存活下來。沒人取回的便當，就是剩下的人吃掉。這種緊張的日子持續很長一段時間，根本沒辦法專心讀書。其他學院也是，四處流傳著某某人被捕了的傳聞。即使沒參加讀書會也會被捉走，片刻不得鬆懈的氛圍瀰漫整個大學校園。所以瑞山才會試著從臺灣脫逃，也就是**偷渡**吧。我自己也是一段時間過後逃到美國去。無可奈何，是吧？」

讀書會、共產主義、三木、馬克思、四六事件、白色恐怖、逮捕、偷渡……出現了好幾片新的拼圖，要用來拼湊笹所不了解的爸爸。

「小姐妳手上這張相片是在能高山拍攝的吧？瑞山偷渡之前曾經提過，是他們三人一起去登山許願。實際內容不清楚，應該就是男人之間立下的誓言吧。這是一個追求理想浪漫也難以實現的社會。那個時代，無論再怎麼想要達成也無法如願的事非常多。像你們這樣的年輕世代無法理解的事想必也很多吧。不過我想，既然瑞山讓我們如此相遇了，就必須說出來，所以才告訴妳這些。當初瑞山可以平安順利逃往日本，真的是太好了。剛毅和明月也都已經過世，相信在另一個世界裡和瑞山，還有女神正開心地談天說地吧。」

「咦……剛毅先生和明月先生，都已經不在了……」

這三個人究竟許下什麼願望、當時心中在想些什麼，自己想問的事已經沒有人能夠回答。笹面對這突如其來的現實，沮喪、憤怒、不滿等等各種情緒一股腦兒都湧上心頭。

抑制不住爆發的思緒，「剛毅先生和明月先生是共產黨員，所以才讓我爸爸遭逢那樣的命運嗎？」、「您還隱瞞了一些事對吧？」、「請把您知道的所有事情都告訴我！」意識到時，竟已經用一種連自己都感到詫異的口氣在逼問王教授。

「那個……不是……我說，小姐請妳要諒解，有些事情是非得帶進棺材裡才行。唯獨有一件事我希望妳可以明白，那並不是一個容許以善惡來評斷的時代。」

到最後，還是沒從王教授口中得到明確的答案。笹心中的焦躁無奈久久無法消散。面對一個已經克服無數次超乎想像的困境，如今安穩度日但時日不多的老人，不該再將憤怒的矛頭指向他。說到底，向王教授發洩怒氣完全就是無理取鬧的舉動。

笹頓時感到羞愧，將眼前那杯水一飲而盡。

「剛才是在擺了向日葵的石碑前遇見妳的，妳還記得吧？那個碑，是我們就讀臺灣大學時校長傅斯年的墓碑。當時的傅斯年對打算要逮捕我們學生的臺灣警備總司令表示：『我有一個請求，你今晚驅離學生時，不能流血，若有學生流血，我會跟你拚命！』保護了我們。如果瑞山還健在，會用什麼樣的心情來守護現在的學生運動呢？」

笹找不到解答而感到困惑，王教授溫柔地摸了摸她的頭。

「對了對了，過去我經常聽妳祖父惠賢先生提起瑞山的事。說他是個讓人頭痛的長子。」

「我阿公嗎？」

「愛吃奇怪東西的惠賢先生，實在是個了不起的人。」

「愛吃奇怪的東西？」

「哈哈哈。也就是說，是個與眾不同的人。怪人。」

地質學與藍家有著密切的關係。因為同屬這個業界，王教授過去經常與笹的祖父在各種學會或會議上碰面。

「你們家是生意人，很有錢。大多數有所成就的商人秉持著『識時務者為俊傑』的想法加入國民黨，與蔣介石打好關係。但是惠賢先生拒絕加入國民黨，維持民社黨員身分，是一個性格叛逆的人。凡事不如己意的話就會發怒，對自己的孩子，尤其是對長子瑞山特別嚴厲。要求瑞山任何事都必須聽從他的意見。瑞山不多話，不會表達自己的想法，所以雙方難以溝通，父子之間似乎累積了一些壓力。瑞山去了日本，惠賢先生應該也是相當掛念的吧。但即使是後來再次回到臺灣，父子關係也並沒有改善，惠賢先生老是抱怨這個『讓人頭痛的長子』。惠賢先生好不容易在二二八事件中平安返家，還擴大了事業版圖，實在很可惜。在臺灣，長子是很重要的家業繼承人。不只具有特殊的意義，相信也是對他寄予了厚望吧……整個機器的齒輪，說不定打從日本戰敗的那一刻就已經錯位了。」

王教授以宏觀的見解結束話題，一邊摩挲著腰部站起身來。

「這是瑞山很愛用的小酒壺。妳想要知道妳父親的事，那就要好好了解一下臺灣歷史，還有藍家與惠賢先生的一切。去二二八紀念館看看吧，應該會出現一些線索。」

王教授遞給她一個差不多是日文文庫本大小、有著方形壺蓋，像個小水壺的東西。

「對了。妳父親瑞山對外的說法是：『因為死當被學校開除了。』」

「死當？」

「哈哈哈。就是不及格的意思。現在去還來得及，妳到學校教務處去問看看。」

據說大學生之間將不及格說成是「死當」，臺灣大學過去的規定是連續兩學期、合格科目未達三分之一以上的話就要開除。似乎是因為爸爸偷渡，無法達到標準，所以被退學了。

「謝謝您告訴我這麼多。」

歷經六十多年，回到親生女兒手中的小酒壺。上半部覆蓋了皮革，下半部則是裝在黃銅容器中的玻璃瓶，黃銅部分已經發黑，還出現一些銅綠。

學籍名冊

戴著眼鏡、三十多歲的女職員納悶地走向笹。

「妳父親真的曾經是這裡的學生嗎？」

依照王教授的說明，笹直接來到臺灣大學教務處，申請爸爸中途退學之前的學籍證明。

不過，對方在校內系統輸入資料後只顯示出「無符合查詢之檔案」，所以一籌莫展。

有關曾經在學的學生學籍，包括日治的臺北帝國大學時期，還有成績單這些資料，應該差不多都完整地整理保存了下來才對，奇怪。

「他確實是這裡的學生沒錯。是曾經教過我爸爸的教授告訴我的。我剛剛才跟他談過話，可以請他幫我證明。我專程從日本來到這裡，可不可以請妳再幫我找找看？」

在笹的堅持下，戴眼鏡的那位再加上一名年長的女職員開始幫她找。

「似乎的確有一位戶籍登記在基隆，叫作藍瑞山的學生符合這筆資料……但是不知道為什麼，沒有留下學籍號碼和出生年月日這些紀錄。這樣的學生資料我從來也沒看過。」

年長的女職員眉頭深鎖，不斷搖頭。旁邊一些職員也都開始好奇，整間房裡的人全湊過來盯著這台電腦螢幕看，突然有個人像是靈機一動似的高聲說道：

「當時的資料全都是手寫的啦。沒有丟，就存放在資料庫裡面，我曾經看到過。因為那個年代的學生人數少，我想，連成績單什麼的應該都還留著吧。」

可能因為教務處工作多半是例行公事，有些乏味。現在有一件不尋常的業務上門，所有人的精神都來了，充滿幹勁。

「找到了、找到了！」

一會兒，封面上用毛筆寫著「三十六學年度第一學期　國立臺灣大學新生名冊　教務處製」，以手捻紙裝訂的稻和半紙小冊子送了過來。

民國三十六年是一九四七年。一翻開來，上頭寫著——地質系　372408　藍瑞山　男　19歲　臺灣省　基隆　基隆市信義區信二路112號。

「不過還是很奇怪。明明有名字在這裡，卻沒有紀錄……也沒有成績單……是被銷毀了嗎？」

在這個任何事都以個人資料保護法來拒絕受理的時代，或許是因為對笹的憐憫，剛才那個靈機一動的職員影印了一份資料給她留作紀念。

不過，為什麼電腦中沒有建檔的資料？

明明參加過考試，也沒有留下成績單。

如此說來，到底是為了什麼需要將紀錄都銷毀呢？

儘管知道了一些事，卻也多了一些不了解的新謎團。

全都令人難以釋懷。

第9章 二〇一四年　二二八事件

媽媽說的故事

ㄦˋ．ㄦˋ．ㄅㄚ。

這是笹的媽媽說到關於藍家的話題時，一定附帶要提到的關鍵字。徹底顛覆臺灣人民命運的「二二八事件」。

雖然已經是七十多年前的事，這個臺灣近代史上最悲慘的事件深深烙印在許多人心中。

來吧，給妳說說二二八的事——二二八是個非常可怕的事件喔。針對臺灣人的抗議行動，國民黨政權的鎮壓犧牲了許多人。一九四七年二月二十七日在臺北市，國民黨的官兵毆打了一名帶著小孩賣私菸的婦人。然後因為這件事，擴大發展為全台各地的暴動……一想到那個賣菸的婦人，媽媽就忍不住要掉眼淚。為了養家餬口而拚命，實在是很可憐。

彷彿親臨現場一般，媽媽語帶驚恐地將事件經過說給笹聽。

然後呢——國民黨不分青紅皂白用機關槍掃射所有在場的那些人。逮捕掙扎逃脫的人，拷打審問再把他們槍斃，很殘忍對吧。整個臺灣發生了非常可怕的事。尤其是那些日治時期受過菁英教育的醫生、律師、官員等等，全都被鎮壓，才不過一個月之內，死了好多人。從數萬到數十萬名犧牲者，是相當恐怖深沉的陰影。

二二八的中文發音是「ㄦˋ・ㄦˋ・ㄅㄚ」，一般只要說數字，對方就知道是在說二二八事件。以笹的認知來說，就類似日本的二二六或五一五事件那樣的感覺。

對於擁有那段記憶的人來說，那是想忘也忘不掉的悲慘回憶，許多人避談這件事。又或者可以說，有很長一段時間是即使想提也被禁止提起的。

能夠公開談論事件、公布相關資料、進行各項調查等等，則是在一九八七年解除臺灣約四十年的戒嚴令之後的事了。對於事件後出生或受事件牽連的這些家屬來說，藉由留下「歷史」這樣的正當理由，他們要記錄當事人的口述資料，試圖釐清事件的真相。即使是現在，仍有各式各樣的研究在進行中。

接下來是最重要的部分唷——爸爸的爸爸，也就是笹的阿公（祖父）是個了不起的人。因為身為一個與二二八事件相關的人物，臺灣的教科書上也記載了他的名字。不過，要是阿公當時被殺害了，媽媽應該就不會跟爸爸結婚，笹也不會誕生在這個世上。所以笹可得要好好感謝阿公才行呢。

媽媽說了二二八事件的來龍去脈，還有對臺灣的影響，最後告訴笹要敬重阿公。

笹接受過的是戒嚴令下的教育。在國民黨一黨獨裁的基礎下，可說是形同虛設，諸如二二八事件這種關於黨的「惡行」，在學校是絕對不可能會教的。

對了對了——爸爸回到臺灣應該是在一九四七年五月。剛好是二二八事件爆發後不久，似乎時局很不安定。再加上阿公原本是想要處理菁英那個事件，卻反被說成是背叛國家而遭到通緝呢。所以藍家的財產幾乎都被沒收了。

想得出來的，應該就是這樣的內容了。結果，盡是一些大家都知道的事。笹每每回想起這些，便陷入深深的泥沼中。

媽媽還健在的時候，如果多問她一點就好了。媽媽知道爸爸曾經在臺灣大學讀書的事嗎？遭到通緝的阿公是怎麼樣回來的？二二八事件對爸爸的影響又有多大？爸爸對媽媽說過些什麼？是怎麼樣偷渡的？

不論是媽媽、蛇腹奶奶、光頭叔叔還是王教授，雖然提到了爸爸的藍家和二二八事件有所關連，卻都沒能為她再說得更詳細了。

笹已經有預感，真相，隱藏在教科書內容的最深處，不是那麼輕易就能找得到。

發現

抵達臺灣之後，笹每天的行程都忙得跟日本首相一樣。

見過王教授，回想媽媽曾經說過的二二八事件始末，隔天笹立刻來到位於臺北車站南邊的「二二八和平公園」，想要知道更多有關二二八事件的細節。

二二八和平公園坐落於總統府、司法院、臺北賓館等等建造於日治時期的宏偉建築密集的地區，面積大約是東京巨蛋的一點五倍，是一座歐洲風的近代都市公園。

池塘上一座以紅色為主色調、鮮豔耀眼的涼亭裡，幾位老人坐著聊天談笑。來到這裡的，有休息時間來喘口氣的上班族、輪椅上由外籍看護推著的老人、玩球的年輕人、練習太極拳的婦人等等，這是一個臺北人親近熟悉的休憩場所。公園自日治時期一九〇八年起對外開放，當時被稱為「臺北新公園」。一九九六年，當時的臺北市長陳水扁以此作為臺灣民主化象徵，改名為「二二八和平公園」。

公園一隅，有間「臺北二二八紀念館」展示了二二八事件的相關資料。入口附近掛著一個大相框，上面展示了民眾暴動後，二二八事件處理委員會向國民黨當局提出的「處理大綱」——多達三十二條的政治改革要求。三十二條內容包含要求政府解除武裝、行政上主要職位應錄用三分之二以上的臺灣人、辦理縣長／市長選舉、對自由的保障等等。

正當她積極專注地看著，一名個子嬌小的女士拄著拐杖慢慢走過來。

「妳知道二二八事件嗎？」說的是相當流利的日語。

「我姓陳。妳這麼年輕卻願意來了解二二八事件，很了不起。不介意的話，我來為妳解說一下吧。」

胸口上掛了個翡翠墜子，與她瘦長的面容、灰白的髮色十分相襯。老婦人說自己出生在日治時期接受日本教育，每週來這裡一次，擔任志工導覽員。

「我的親戚朋友當中也有很多人直接涉入二二八事件。那是戰後在臺灣發生的最大悲劇。至於為什麼會變成那樣，其背景就在於國民黨官僚的政治腐敗、貪汙、急速通膨所導致的治安惡化現象。臺灣人全都感到不滿，被迫要忍耐。」

聽了陳女士的話，笹重新再看了一次相框裡的處理大綱。

「這裡所揭示的要求內容，妳不認為都是一些理所當然的事嗎？是臺灣人理當要求的內容。但是涉及這件事的所有菁英卻都遭到逮捕。也有人是當場就被殺害了。實在殘忍。」

就在這個臺灣歷史之中最動盪不安、人心與命運像一團亂麻的時刻，笹的爸爸從日本回到了臺灣。

「來，請進。」陳女士緩步向前。

「這棟建築物是日治時期的廣播電台，也就是臺北放送局。在還沒有收音機的時代，我們聽的是由擴音亭播放的廣播。二二八事件當時，他們占據這個地方對臺北市民播放消息。」

這個紀念館正是二二八事件的中心點。這裡展示了大量犧牲者的面部相片，還有死刑犯寫給親人的家書等等。

笹在某張相片前停下了腳步。

「咦？……阿公？」

聽見笹的喃喃自語，陳女士驚訝地回過頭來。

「其實……我爸爸是臺灣人。」

陳女士得知笹身上有著臺灣人血統，不知道是不是因為興奮的關係，拿拐杖在地板上咚咚咚敲著。

個子矮小、禿頭，銳利到有些可怕的眼神跟阿公很像。雖然沒有明確的證據，不過笹指著一身白西裝、最後一排從左邊數過來的第五個人。

「可是，說不定還是我看錯了。因為是舊相片，看不太清楚……不好意思。」

冷靜想想，一定是自己看錯了。

那是一張歷史久遠的黑白相片。為了展示，經過複製放大，畫質已經很不好。

「令祖父的大名是？」

「藍惠賢。」

「是嘛。標注『臺灣省參議會第一屆參議院合影　民國三十五年五月一日』的這張相片裡，穿著白西裝的這位確實是藍惠賢先生沒錯。妳是那有名的藍家府上千金嗎？」

「是……因為我爸爸很早就過世了，是不是有名我不太清楚。」

笹猜對了。

「那可不行。笹小姐並不了解二二八事件與藍家的事，是嗎？當時的有錢人遇上了許多狀況。這張相片是藍惠賢先生。讓我來告訴妳藍惠賢先生的事吧。」

陳女士要笹在旁邊的椅子上坐下。

戰後，阿公擔任了中華民國國民政府接收下的臺灣省參議院的議員。由於當時的議員以臺灣當地有力人士為中心，身為藍氏財閥的當家，自然而然被選為議員。

「請看那邊。刻了自新者的名字在上面。」

陳女士舉起拐杖指向後面的房間。

一整片牆上，刻著被視為二二八事件犯罪者的名字。剛好在正中間，就是藍惠賢。

姓名　　藍惠賢

簡歷　　明陽董事長
　　　　民社黨臺灣省黨部主委

犯罪事實　二二八事件處理委員會委員
　　　　組織煤礦忠義服務隊反抗政府

住址　　基隆市

「犯罪事實」四個字讓笹背脊僵硬發涼。

在二二八事件中，承認犯罪並宣誓自新是唯一的活路。所謂的自新，就是經過感化教育或思想改革後，改變自我、重新出發，類似成語「改過自新」的概念。是一種國民黨政府透過使目標人物服從或沒收其財產等等懷柔作戰的制度。宣告自新的人，將取得「自新證」。

原本笹以為是像常常聽到的「自首」——犯罪人在犯罪事實曝光前主動向警察或檢方投案，接受判刑並獲得減刑，但這裡的意思似乎相差很多。

「藍惠賢先生參加了二二八事件處理委員會，也就是代表臺灣人與國民黨進行交涉。委員會中全是一些很了不起的大人物。都是像蔣渭川、廖文毅、王添燈這樣有地位的人士。蔣渭川特別可憐。他的女兒被殺、兒子受重傷。藍惠賢先生他們體察民意，探究辨明事件真相，為遭到逮捕的人努力奔走，試圖改變不公平的社會。然而國民黨根本不像話，通緝所有處理委員會人士，還逮捕他們。甚至有很多人被處決。」

「阿公有被逮捕嗎？」

「笹小姐果真什麼都沒聽說呢……這也難怪。大多數人不太想提起關於二二八的事。一直以來，只要一說到這些就會有被逮捕的危險。不過現在已經沒關係了。」

即使笹得知了阿公是二二八事件的當事者，擔任重要角色之外還被當成罪犯的事實，依然只感到有些荒誕無稽。

「這裡所寫的這些理由全部都是胡扯。是國民黨隨自己方便捏造的罪名。」

那個時代到底是有多荒唐？

「由於藍家特別有錢，被國民黨政府沒收了好多財產，所以影響很大吧。我聽說你們家族裡還有其他人因為被捉走而喪命的。」

二二八事件給藍家帶來的傷痕，遠遠超過自己的想像。

「關於二二八事件，有一個地方可以讓妳了解更多，我們一起去吧。」

不等笹回應，陳女士已經開始往前走。

二二八國家紀念館

兩人來到距離臺北二二八紀念館大約一公里外的地方。

眼前這棟氣派的西式建築入口處，掛著「二二八國家紀念館」的牌子。

臺北二二八紀念館，再加上二二八國家紀念館——笹對這兩個名稱相似的不同單位感到困惑。

據陳女士的說法，這棟建築物是過去在臺灣相當活躍的建築師井手薰於一九三一年設計的，原本是為促進近代教育的施行而興建的臺灣教育會館。長期以來，作為藝術與文化的窗口，自一九四六年以後才成為臺灣省參議會的辦公處所。二〇一一年，在此成立二二八國家紀念館，展示與二二八事件或戒嚴令等相關資料，變身為臺灣首座人權紀念館。這裡會放映二二八事件相關紀錄片，也可以查詢資料，同時還展示了當初逃亡者藏身的建築物複製品、遇難者的遺照等等。

「由於藍惠賢先生是國民政府的省參議會議員，應該來過這裡很多趟吧。」

原來如此，意思是說，這裡曾經是阿公工作的地方嗎？

「伊就是藍家的大漢囝的……。」（她就是藍家長男的……。）

看著笹開始消化這一切，從旁觀者到涉入其中的角色轉換，陳女士臉上浮現寬慰的表情，用台語向櫃檯一名認識的男子說了些什麼。

笹是一個完全不相信什麼占卜或靈感之類的現實主義者，但是她覺得自從抵達臺灣之後，這一切似乎已經無法單純以湊巧來解釋，有如不可思議的命運安排。所有事情都巧妙地串連在一起。簡直像是有人在俯瞰這一切，將應走的路都鋪陳好了。

是爸爸在守護著我嗎……？

陳女士在二樓的展示館停下腳步。

是阿公與蔣介石的合照。

說到蔣介石，也就是在中國內戰時輸給了中國共產黨，一九四九年從中國大陸逃到臺灣的中華民國總統。一九四六年參加在南京召開的「中華民國制憲國民大會」時的紀念照裡，阿公的身影清晰分明。

笹與陳女士從二樓下來，在館長的招呼下進入了會議室。

「這邊請。」

有張紙上寫著「二二八事件賠償金申請書」。

「只要經認定是二二八事件受難者，其本人或家屬就可以向國家申請賠償金。賠償金額依照受害程度區分等級。死亡是最高金額六百萬元，其次，依失蹤、監禁、名譽毀損等等狀況來決定金額。從提出申請到確定結果大約需要半年的時間，還請您諒解。此外，審核結果也可能判定為不符合賠償資格，在此也一併事先向您說明。」

雖然館長以官方口吻宣讀了那張紙上所記載的內容，笹卻完全不明白是怎麼一回事。

「身為藍家的千金，您應該申請賠償金。」

「賠償金？」

「作為一個孫女，為祖父與藍家恢復名譽不正是您的職責所在嗎？」

「恢復名譽？」

笹愈來愈搞不清楚狀況，館長繼續對她說道：

「關於二二八事件，我們臺灣人長期以來不敢說出口。隨著民主化的發展，政府終於在一九九二年發表了二二八事件的調查報告，自一九九五年起，國家對二二八事件受難者進行個人名譽的恢復並支付賠償金。藍惠賢先生是二二八事件受難者的事實，我們這群長期處理這件事的人都非常清楚。然而，藍家方面卻不曾提出任何申請。沒有恢復名譽的話，藍家永遠都會是一個涉及犯罪的家族。」

笹頭一次被迫意識到自己是藍家的一分子。

館長看到笹終於了解眼前這張紙的意義，立刻又給她一份附加的資料。

「這是藍惠賢先生涉入二二八事件的官方資料影印本，申請賠償金時，這樣的紀錄將成為相當重要的證據，便於通過審核。請您留作參考。還需要更多資料的話，國家發展委員會的檔案管理局裡也會有。」

小心翼翼翻開的資料影印本中，有標注「臺灣省警備總司令部稿」的文件、有「叛亂要犯」名單等等。檔案管理局是管理與公開政府公文書的政府機關，據說可以在網路上直接查詢。資料實在太多了。快速瀏覽過後，笹只簡短回答了一句：請讓我想想。

「笹小姐，一次要承擔這麼多事很辛苦對吧。不過，妳必須要去做。我已經年紀大了，了解那個時代的人，時間所剩無幾了。請妳要盡快。」

可以感受到陳女士對這件事的殷切期許。

二二八事件發生以來，已經過了六十七年。事件當事人的人生開始倒數計時，也有不少人早已過世。確實是該加快腳步。

「接下來，到我常去的玉蘭莊吧。」

陳女士進一步邀約笹同行，前往自己常去的日間照護中心。

說日語的臺灣人

靜靜的、靜靜的，故鄉的秋天……

陳女士與笹走出大安站，經過信義路來到商辦混合的大樓。

在陳女士的強勢邀約下，最後笹被拉來玉蘭莊。

由大樓的某間屋裡傳來鋼琴伴奏的男女合唱，歌聲響徹走廊。另外還聽見談笑聲。

輕輕一推開門，「妳好。」一名身材嬌小的女士以日語招呼她們入內。

這是在日本嗎？隔著一扇門的那頭，與日本相連結。

「嚇了一跳吧？這裡，是可以讓我們這些曾經受日本教育、現在在臺灣生活的人最安心的地方。」

玉蘭莊，源起於一九八八年在臺北東門長老教會開始的「日語聖經祈禱會」。一九八九年由於過去受日本教育的老人有照護上的需求，於東門長老教會的安和教室成立了玉蘭莊，一九九六年再遷往現址，直到現在。

玉蘭莊的成立，與臺灣、日本及中國之間複雜的歷史背景有關。

陳女士說，一九四五年國民黨從中國大陸一到這裡，便為了消除日本統治所造成的影響，禁止過去被當成母語的日本話，將北京話當成國語。其後，施行將近四十年的戒嚴令，這些受日本教育的臺灣人或戰後留在臺灣的日籍配偶失去了言語自由，被迫過著壓抑的日子。

語言對於形塑個人的身分認同有極大的影響。即使因為政治取向可以強迫大家說國語，卻無法消弭人們對日語或台語的想念。

玉蘭莊剛成立時，以七十歲左右的日籍配偶為主要服務對象。如今則以臺灣人居多，是平均年齡超過九十歲的超高齡日間照護中心。

所以我還算是年輕的吧，陳女士噗哧一笑。

「各位，冒昧打擾了。我今天帶了藍家千金來到這裡。她是從日本回來的。關於她的祖父藍惠賢先生，還有父親藍瑞山先生的事，如果有哪位知道的話，請務必說給她聽。」

陳女士要笹往前站一步。

「初次見面，大家好。我是岡部笹。我爸爸是基隆藍家的藍瑞山，我的媽媽是日本人。我正在尋找爸爸就讀臺灣大學時的同學，這裡有相片，請各位看一下——」

「這個，是妳父親。」

一位姓翁的女士站了起來，在桌上揭開一塊粉紅色的布。

「這裡有妳父親的簽名，對吧？」

是一塊大約七十公分見方的絲綢，正中央寫著「藍瑞山」，的確是爸爸的筆跡。旁邊還有蘇文政、吳翠華、鄭剛毅、高明月、張國文、呂俊雄等等名字。王教授提到的那位女神也在裡面。

「是大家的簽名。我先生是這個高明月，他跟妳父親是同學。我先生雖然已經去世，但是他生前很珍惜這塊布。所以我每天都帶在身邊。」

「該不會……」

笹將自己那張相片一拿給翁女士看，她立刻指著左邊戴著眼鏡的人。

「是的，這就是我已經過世的先生。這個有鬍鬚的年輕人是鄭剛毅。他們三個是大學時代的好朋友，感情很好。我們家也有一張一樣的相片唷。」

找到相片中的另一個年輕人了。

而且，翁女士與高明月有個女兒叫高妙玲，據說她曾經是笹小學時的家庭教師。

「我的……家教？」

「哎呀，笹小姐已經忘了嗎？好可惜。我女兒也想見見妳呢，我會叫她跟妳聯絡。」

除了翁女士之外，其他還有去過基隆藍家，或據說認識藍惠賢，又或者曾經在藍家企業工作的人等等，與藍家有所關連的這些人一個個開始自我介紹，聊起過去的回憶。

正如同媽媽所說的。藍家在臺灣的名望，確實給人們留下了深刻的印象。

玉蘭，是白木蓮的中文名稱。

如同玉蘭花使人安定沉著的香氣一般，玉蘭莊也撫慰了來到這裡的人。

如果爸爸還在的話，一定也會在這裡唱唱日本歌，用日語說起令人懷念的過往。

「一直以來，我們的期待一再落空並感到絕望。即使表面上看似無動於衷，其實內心耿耿於懷。在場的每個人都希望生前能看到臺灣的改變。請支持學生的運動。」

離開玉蘭莊時，陳女士在笹耳邊輕輕說道。

犯罪者

迎接抵達臺灣後的第四個早晨。

剩下的時間已經不多。

笹今天打算要蒐集資料，一大早就開始進出各個圖書館。

戰前與日本相關的資料，以臺北「國家圖書館」和近郊的「國立臺灣圖書館」收藏最豐富。看了政府公報、調查報告書、報紙和雜誌等等各項資料，也查閱所謂的殖民地概念與戰後台日兩地的撤僑業務。

由於檢索系統相當簡便，她也順便輸入了阿公和爸爸的名字試試看。結果，立刻從各大報章雜誌上找到許多資料，數量之龐大超乎想像。戰後的報紙上刊登很多阿公以企業家身分大展身手的報導，讓她感覺很開心。不過，類似「藍家失控」、「強迫藍惠賢退出」這種令人不安的標題也零星地出現。

從檔案管理局網站可以查閱官方文件，找到了藍惠賢與二二八事件相關資料。保存下來的一手資料說明了案件的嚴重性。軍管區司令部、國家安全局、臺灣省政府、內政部警政署等等，標注了各單位名稱的專用紙上，漂亮的毛筆字寫得密密麻麻，還蓋了紅色的大關防。

「逃犯」、「軍法」、「顛覆政府」等等，出現一個又一個的嚴厲用詞。其他也有「御用紳士」、「皇民化」等字眼。

阿公毫無疑問就是「犯罪者」的事實，像針一樣刺痛了笹的心。

雖然也看到被逮捕的藍家親戚名字，但是與爸爸相關的資料就只有藍家股東會這類的內容。

爸爸對阿公的想法如何……？身為罪犯的兒子，是否活得很辛苦呢……？

一邊揣摩各種想像，來到學生運動的現場。

在那之後，她每天都會來確認牆上的那張相片，然而對方始終沒有回應。另一方面，學生運動持續陷入膠著，似乎可能演變為長期抗爭。

回國前搜尋了一下便條紙上的名字，在出版社網頁上看到是一名日文譯者的登錄資料。說不定只是同名同姓，不過笹認為對方貼出的相片與自己手中持有的一模一樣，一定就是想找的那個人。抱著一絲希望，笹給出版社寄了一封信。

鄭燕雪小姐：

您好。我是住在日本的岡部笹。

我是因為燕雪小姐貼在立法院牆上那張有三位年輕人的相片而寫了這封信。

事實上，我手邊也有一張完全一模一樣的相片。

相片裡，中間那位是我爸爸藍瑞山。我聽說爸爸和鄭剛毅先生是好朋友，並得知鄭先生已經過世的消息。

我爸爸也是很早就不在人世了，我正在蒐集一些關於他年輕時的各種資料。不知道是否方便告訴我一些您所知道的訊息？任何事都可以。

靜候您的回覆。

岡部笹

飯店房內的電視上，正播放學生運動領導者接受採訪的畫面。

第10章 一九四九年　四六事件

戰鬥的前一夜

過完農曆年和元宵節後，二月二十八日這天又要到來。

兩年前發生了那件令人憎惡的事件。明明大家應該都記得清清楚楚，卻若無其事靜靜地繼續過著日常生活，時序進入草木萌芽的三月中旬。

配合女神的公演活動而前往臺中的瑞山、剛毅和明月，也回復一般的大學生生活。

有一天，全班在早坂教授的率領下，到南勢溪與桶後溪交會處的烏來進行野外實習課程。剛毅和明月一邊探尋可能出現化石的地點，用鎚子持續敲著岩石。瑞山和女神用鑿子去除化石周邊的石塊，進行鑑別工作。

「喂，鑿下去的時候要跟化石呈垂直方向才行啦。不然就白費工了。」

「說是這樣說，它就會變成水平的嘛，我哪有辦法。」

「好了好了，這邊妳不用管，只要顧好順利採集的化石就好。」

「是、是。只要裝進袋子裡就行了是吧？」

雙方關係雖然沒有很大的進展，但是互動上已經形成一種默契。

烏來蓊鬱的山林層巒疊嶂，若是雲霧籠罩在山腰上，就彷彿通往神祕境地的水墨畫世界。對比中國桂林的岩溶峰林，它的美毫不遜色。著名景點是烏來瀑布，高低落差約八十公尺。日治時期因為它由白雲間流瀉而下的模樣而取名為「雲來之瀧」。

至於地名「烏來」，則是來自於當地原住民泰雅族的語言，是「溫泉」的意思。有許多溫泉都是在必然與偶然的交錯下被發現，這裡也是一樣。三百多年前，泰雅族在山區見到煙霧迷濛的溫熱泉水，很早便開始利用它了。相較於街道上七彩霓虹繁華熱鬧的北投溫泉，這裡可以享受到樸實無華的野湯風情。

「欸，要不要泡個溫泉再走？」

「好吔，我也正這麼想。」

剛毅大聲回應了明月的提議。

「好喔。」

「我也想趕快洗掉這身汗。」

瑞山和女神也都舉雙手贊成。
野外課程的最大樂趣就是溫泉了。
「啊～真舒服！」
「喂，妳是女生欸，不能淑女一點嗎？」
女神換好了泳衣，絲毫沒把瑞山的話當一回事，很快就將身體泡進溫泉裡，盡情張開雙手雙腳，仰望天空伸展。
「之前那件事，跟師範學院的人聯絡上了。三月底來進行吧。」
剛毅還沒進溫泉，先在岩石上坐了下來。
「……終於要開始了。」
「嗯。按照之前說的那樣，讓師範學院和臺灣大學的學生當誘餌，先採取一些吸引警察注意的行動。當警方提出警告，再以不當為由進行反抗。如今這個時局，只要一個火苗就足以燎原。這次確實已經成立後援組織，不會再像那次一樣出錯。臺灣全島都有我們的夥伴。」
「果真沒問題嗎？」
剛毅滿懷信心，明月卻難掩內心不安。
「我真正的心願是反內戰、反飢餓、反迫害、要和平。」
剛毅站得直挺挺，喊出口號。

「欸，小心一點。」瑞山連忙四處張望，女神卻在剛毅的氣勢鼓舞下開始唱起歌來。

團結就是力量、團結就是力量，這力量是鐵、這力量是鋼，比鐵還硬……

「我是帶頭的人，絕對不做無謂的犧牲。時間分分秒秒流逝，我希望達成革命志業。女神的想法也一樣。」

「沒錯。麥浪歌詠隊的每個人也都是一樣的想法。上次在臺中公演見到楊逵他們，讓我的意志更堅定。阿瑞和阿明也一起加入戰鬥吧。」

剛毅與女神的熱情，比他們正在浸泡的泉水熱度還高。

瑞山一直想勸阻女神，然而在思想不容妥協的堅持下，始終毫無進展。他們魯莽的行動有如不留後路的特攻隊，明月和瑞山都感到擔憂。

「你們的徬徨猶豫也不是毫無道理。我不會勉強。不過希望你們可以為這項行動做見證。三月二十日散播的火苗將在三月二十九日燃起，要請你們目擊嶄新臺灣誕生的時刻。」

明白了剛毅的決心，瑞山朗讀了《魯拜集》中的一小段作為回應。

如望上蒼支配命運，需忍受且甘之如飴；如欲開創嶄新命運，則當自由如你所望

學生的命運

剛毅撕下一張房內的日曆。

是三月二十日。

基隆河上的大安橋附近升起革命的狼煙。

「危險！下來！」

警察告誡兩名自行車雙載的大學生。當事人的反抗異常激烈，與這些國民黨官兵發生嚴重口角的結果，兩名學生如**原先所預期**的被帶去警察局。

年輕學子滿懷正義感。「不公平」的鑼鼓聲一響起，眾多學生湧入警察局，現場一片混亂。

瑞山和明月早已事先從剛毅那裡得知劇本，由宿舍前往現場，在外圍觀察。在他們看來，不過就是二二八事件的重演，然而身陷其中的人，看法截然不同。

時間來到了三月二十九日青年節。

這一天，臺灣大學校園內有數千名學生聚集，圍著點燃的營火。

明月與瑞山依舊從外圍觀看。面對嶄新的臺灣，這群學生的歌聲彷彿要撼動大地般威武勇猛，在內心深處迴盪。

一切都很妥當——故事的第一個篇章已經完成，剛毅增添了幾許自信。繼續撕下一張張日曆，迎來四月五日清明節。

清風徐徐，遍地新綠，是個天色益發明亮的季節。一年一度的重要節日裡，親人團聚掃墓祭拜祖先。大學校園內貼出「清明節放假一天」的公告。

宿舍裡沒什麼人，留下來的少數學生之間總感覺有股不安的氣氛。

事實上，四天之前，四月一日在大陸南京為追求和平與反對內戰所發起的學生示威運動遭到政府鎮壓，造成多人死傷。

受到這個事件影響，臺灣整個社會也籠罩在詭異的氛圍下，感覺當局似乎突然加強了取締控管的行動。

接下來將輪到臺灣，也有學生如此認為並趁著清明節這個時間點反而逃往大陸。

剛毅心中打算，故事的第二章就以中國大陸社會運動起始點的五四運動為範本來研擬。不過，四月五日深夜發生的事，讓他必須緊急修改劇本。

當局認為青年節當天的學生舉動隱藏風險，認定其幕後有共產黨涉入，並鎖定目標徹查可疑的黨員姓名。然後以師範學院自治會長周慎源為首，擬定列舉多名學生在內的清單。

四月五日深夜至六日凌晨，警察趁學生熟睡之際，一舉包圍師範學院與臺灣大學的學生宿舍。

「什麼名字？」「帶周慎源過來！」

由於警察無法依名單辨別學生容貌，見到誰就先捉，再一個個訊問清查。抗拒者遭到警棍毫不留情在臉部或腹部痛擊。大量鮮血噴出，讓他們痛得蜷縮成一團。

因騷動而醒來的瑞山，驚險地從宿舍後方成功脫逃。明月雖然被警察要求確認清單上的名字，他裝作一問三不知，推託過關。

從五日通宵達旦至六日的這場逮捕行動，不過是為即將來臨的一場大災難揭開序幕而已。那些在社會上提出異議，被視為具有反政府思想或可能採取行動的人，即刻成為逮捕的對象。

他們盯得最緊的就是共產黨員。

以革命為夢想的人，共產黨似乎是唯一希望。組織為掌握革命的時機，像榕樹般向下扎根，潛入地底伸展擴大。在不到一年的時間內，共產黨布下的網絡遍及臺灣全島，謠傳人數已達八百人以上。比起二二八事件當時還要多出十倍以上。

已經發展得過分強大了。

當局不可能善罷甘休。

展開紅色獵捕行動。

為了把地下看不見的也都連根拔起，當局迅速採取行動。

其實早在當局破例讓校方於四月五日休假停課時開始，便已經與大學端交涉談判。蔣介石的心腹，警備司令部司令官彭孟緝動員軍隊，宣稱將逮捕學生運動主謀十餘名學生，事前要求與臺灣大學傅斯年校長及師範學院謝東閔校長會面。兩位校長懇求寬待學生所引發的事端，卻未能如願。

無計可施之下，便以校園內不開槍不見血為條件，容許軍隊逮捕學生。然而學生們的反抗比預期更加激烈，以至於演變成一大慘事。

剛毅從學校宿舍消失蹤影已經過了兩個星期。

這段期間，逮捕行動仍持續小規模進行，女神也不知去向。明月和瑞山都為此心神耗弱，不知該如何是好。

老家

事情發生在逮捕行動開始的幾個鐘頭前。女神和瑞山在一起。

女神一知道瑞山很難得要回基隆老家一趟，「我也想一起去。」便執意要與他同行。

兩個人站在院子裡。先向前走去的瑞山注意到一台黑色汽車的影子。那是全臺灣只有三台的黑色進口轎車。肯定沒錯。原本聽說今天要外出的爸爸，現在在家裡。

瑞山只想趕快離開，女神卻正好與他相反，就像個從天上飄落童話世界裡的少女一般，眼睛發亮，往盛開的櫻花樹下跑去。

「好棒喔！這麼氣派的豪宅。簡直像另一個世界的人。我還是第一次看到這麼美的粉紅色櫻花。再過一陣子，我家鄉的白色油桐花也要開了。一起去看吧。」

瑞山看著女神可愛的模樣，回想起在東京抬頭仰望的落櫻繽紛。衷心祈求此刻化為永恆的那一瞬間，後方傳來的低沉嗓音讓瑞山的心跳停止。

「這女人是誰？」

女神慌張地點頭打招呼。

「大學同學。」

「哼。一個女孩子家，念什麼書。哪裡人？」

「她是哪裡人跟老爸無關。」

「是臺灣人嗎？」

「那也不關你的事吧——」

「我叫吳翠華。是桃園的客家人。」

「不像話。怎麼會跟一個客家人在一起，瑞山你是藍家長子，是繼承人。你懂嗎？你們兩個都要搞清楚自己的身分。不要浪費自己的青春。」

瑞山決定不做任何回應，而女神就只能呆呆地佇立一旁。

落櫻

兩人回到學校，氣氛依然尷尬，於是各自走回宿舍的房間裡。

瑞山一邊往小酒壺裡倒酒，翻閱那本《魯拜集》。

女神則是在床上輾轉反側，茫然地望著樂譜。

如果是平常時，那些音符會化為聲音，變成伴隨著情感的旋律，然而此刻卻什麼也沒出現。心中的焦躁按捺不住，打開房門一走出去，與走廊上一名陌生男子對視，就那樣被推進停在外頭的吉普車上。

不明所以的狀況下，女神被帶到警備總司令部保安處。

搜身檢查之後，進入一間只有普通桌椅的房間，訊問是否有參加讀書會或集會，還有交友狀況、平常的活動範圍等等，全都要交代得清清楚楚。然後一次又一次反覆盤問，糾纏不休。到最後，疲倦困頓到連自己在想些什麼、說過些什麼都完全不記得了。

這是人生中最漫長的一天。

女神一口氣從瑞山的童話世界衝進了接受審問的地獄。好不容易可以睡覺，已經是被丟到冰冷濕臭的水泥地上之後的事了。

牢房裡，人多到幾乎連站的地方都沒有。即使睡覺要翻個身，空間小到只剩螞蟻過得去。

「不准竊竊私語！」「想上廁所的要舉手！」「你找死嗎？」獄警的怒罵聲響遍牢房。

女神用僅存的一點思考能力拚命想——為什麼會在這裡？為何事情演變成這樣？也不知道經過了幾天。

意識一恢復，又是來到那間有桌椅的房間，接受同樣的審問。一旦意識開始恍惚，頭部就會被毆打，痛入腦髓的感覺讓自己又醒了過來。

待在這裡的人都感覺麻木，對時間失去了概念。

失去意識的女神耳邊，好像有誰在輕聲說話。

「妳是之前來臺中的學生吧？」

柔和又平靜，是自己仰慕的那個人在說話。

「楊逵先生……怎麼會？」

「要振作。他們以之前學生引發的事端為藉口，把我們這種讓政府感到不安的文化人也都捉進來了。不論他們問什麼都要說不知道。不只是妳自己，夥伴也會有生命危險。這不是兒戲。要活下去。要先活著才能革命。」

「可是，我什麼也沒做。也不知道為什麼會被帶到這裡來。我只是抱持著對社會的希望與期待唱唱歌而已。楊逵先生也是，您草擬了那麼了不起的〈和平宣言〉，為什麼會在這裡？」

女神無法完全理解楊逵所說的那番話，如此反問道。

「冷靜下來。這是一場真正的戰爭，不是你死就是我亡的戰爭。沒有堅定的信念將難以撐過這場殘酷的爭鬥。要是死了就輸了……徹底輸了。」

「會死嗎……」

楊逵雙頰凹陷、瘦骨嶙峋，他那毛骨悚然的聲音讓女神沉默下來。

警察又出現了。想著或許可能再被毆打，或是陷入絕望的深淵？被蒙上雙眼的女神在驚恐中被押到屋外，送回牢房。稍稍冷靜下來之後，聽覺比較敏銳，她聽見其他牢房傳來啜泣和呻吟聲。這悲傷絕望的聲音令她失魂落魄。

這是一場真正的戰爭，不是你死就是我亡的戰爭——楊逵的話又在耳邊響起。

女神終於明白了自己的處境，在黑暗中抑制不住渾身顫抖，幾乎要被薄弱的意志給擊潰。

「爸、媽，對不起。阿瑞，我好想再看一次櫻花。」

女神不斷哭喊的聲音，象徵了被龐然巨物吞噬的無力與絕望，深深滲入在場所有人的心。

乓！

乓！

乓乓乓！

那令人厭惡作嘔的時間又到了。

只要汽車引擎轟隆聲愈來愈近，接下來一定會聽見許多踏在碎石子上的腳步聲。

究竟是第幾個了？

大聲叫完名字，馬上傳來好幾聲巨大的爆破聲，然後砰！似乎有什麼物體倒了下來。

屋外與牢房一牆之隔，每天定時處決。女神憑聲音就聽得出那些徹底覺悟的人慷慨就義的模樣。有人是在高喊著主義與主張的當下被擊倒。而一次中彈依然屹立不搖，隨即遭受一連串槍擊的勇士也不在少數。

「同班的鄭剛毅現在在哪裡？」

「不知道。」

「妳跟藍瑞山一起去了讀書會吧？」

「不知道。」

「跟高明月約定過什麼嗎？」

「不知道。」

接受審問的女神，堅守著不論被問到什麼都回答「不知道」的態度。

「區區一個女人家可真頑強。沒關係，就算妳不說，其他傢伙也已經把妳和同夥的事情都招了。都還沒嘗過男人什麼滋味呢，可憐喔。」

被一個陌生男人說了這種難聽的話，女神在心裡反問——是誰說了些什麼？我遭到了背叛？我們掀起的浪潮就這樣被平息了嗎？

「一九二八出來。」

獄警冷冰冰的叫喚聲在走廊迴盪。

女神好久沒這樣被抓住手臂了。這次要前往的是與審問不一樣的地方，一道厚實堅固的門開了，前方，可以看到通往屋外的石子路。

這條路……

女神沒有其他選擇。藍天裡浮現出瑞山的臉。

「我叫……吳翠華。」

你是燈塔　照耀著黎明前的海洋　你是舵手　掌握著航行的……

說完了名字，用盡最後的力氣扯開嗓子，卻沒能唱完。

好漂亮……

宛如定格一般，鮮紅的花瓣在眼前飛濺飄散。

比瑞山老家院子裡見到的落櫻更加鮮紅的花瓣在空中舞動。

女神倒臥在層層堆疊的屍體之上。

第11章 一九四九年　臺灣　能高山

再訪臺中

從四月六日開始的這場逮捕行動持續不斷在進行，學生們一個個從宿舍消失蹤影。有被帶走的，也有自己逃亡的。其實不只是學生。這種不合法而且隱密被迫消失的狀況，各地都在發生。

逮捕學生，不過是政府為全面管控臺灣社會秩序的信號彈而已。

作為獨裁政權的打手，特務機關無視一切法律程序，任意逮捕民眾。其手段粗暴蠻橫，甚至不惜當場射殺以達目的。

司法不過是威權體制下的工具，公然施暴的政權之下，社會的正義與公平蕩然無存。

即使到了四月下旬，依然沒有人知道女神與剛毅的去向。

明月與瑞山難掩心中的焦躁，但是人心惶惶，草木皆兵。要是一個不小心，自己也會落入險境。於是兩人也只能選擇等待。

「同學們，由於校園內不太平靜，我想各位或許難以專心於課業學習。但也正因為如此，我們不是更應該確確實實將學問做好，等待夥伴的歸來嗎？」

因為身為核心人物的剛毅和班上唯一的女生不見了，整間教室氣氛低迷，早坂教授為大家打氣。

「另外，有件事必須通知大家。今年夏天我要回日本了。原本希望能夠指導各位直到畢業為止，但這是國家的決定，我也無可奈何。不過，請各位放心，據說接任的老師是來自大陸的優秀人才。我想，上課方式可能跟過去會有許多不同，但是做學問沒有捷徑。地質學是一門藉由對過去的研究，鑑古知今、通往未來的學問。希望各位不要忘記探求事物、解析真相時的那種感受。剩下的這段時間，我想和大家快樂地共同度過並珍惜每一刻。還請各位多多關照。」

瑞山一拍手，其他人也跟著拍手。

掌心開始發熱。這鼓掌的聲音除了是表達對教授的感謝之意，也是對自己的激勵。

無關乎個人的情緒感受，季節更迭交替。如同一天二十四小時、一週有七天，每個人擁有的時間一律平等，沒有例外。

自三月至四月間侵襲大學校園的風暴漸歇，日子來到了五月天，全身冒汗的日子突然開始變多。某一天，中午時分的教室裡，瑞山和明月正在討論報告內容的當下，一名留著五分頭，自稱姓「簡」的法學院三年級男生出現。

「地質系的瑞山和明月在嗎？」

「我們就是，有什麼事？」

明月語帶警戒，回應道。

「有東西要給你們。」

那人遞了個白色信封過來，什麼也沒說就走了。

沒寫姓名、地址也沒有寄件人的信封裡，只有從筆記本撕下來的一小片紙張。

依然精神奕奕眺望著大石頭嗎？五月十五日一起登上能高山吧。十三日到明月老家集合。大吃大喝一頓再走。也叫了女神。

與大塊頭很不協調，是又圓又小的字體。沒錯。是剛毅寫的。

「完全不顧我們擔心，說什麼要爬山。實在是個任性的傢伙。而且還自作主張把我家當成集合地點，真不像話。」

「你不是應該最了解他的嗎？不過，至少知道平安了。女神也跟剛毅在一起的話就安心了……原來他們都沒事啊……」

相對於明月的憤慨，知道女神平安無事的瑞山鬆了一口氣。

兩人決定，既然要去，乾脆提早一天抵達，於是從臺北出發前往臺中大甲。

距離上次四個人去臺中還不到半年，整個社會局勢的變化已經讓人眼花撩亂。憲兵人數增加，車站與車廂內的戒備比之前更加森嚴。根本搞不清楚有誰會去告密。是一個連玩笑都不能隨便亂開的局面。

「只有我們兩個還真無趣呢。」

瑞山將車窗打開一半，列車奔馳的聲響變大了。

「唉～而且也沒有粽子。說到這個，女神跟你一起到過你們家對吧？你爸爸沒意見吧？」

「喔……沒什麼。」

「是嗎？之前我還有點擔心。因為女神是客家人。我老爸對於家世背景也一樣很囉嗦。如果知道是客家人的話，一定很難讓他點頭的。不過說起來，你爸爸有過內地留學的經驗，或許會比較明事理也說不定。」

「希望如此嘍。」

瑞山冷靜而緩慢地將手放進口袋裡，一副不想再繼續這個話題的模樣。

敞開的車窗吹來一陣陣暖風，脖子和手心都在冒汗。眼前的綠意又更加濃厚了，田裡的稻作像天鵝絨般鋪展開來。藍天上飄浮的雲朵看似悠哉地睡著午覺。

瑞山在這一幕幕悠閒自在的景象之上，疊合了從日本撤回臺灣當時所搭乘的車廂窗外風景。

儘管有些地方比起戰後初期已經復原得相當好，仍有一大片是昏暗、滿目瘡痍的荒蕪景象。每到列車進站停靠，就會有一些用髒衣服擦著鼻涕的小孩擁上前來。面對他們苦苦哀求的眼神，坐在車廂內的臺灣人全都無動於衷。所有人沉浸在回到祖國懷抱的喜悅之中並陷入激烈的論辯。裝設了動力的大鐵塊，承載著被日本劃清界線的臺灣人，以那片通往希望之島的大海為目標，持續加速前進。

東京五月上旬的空氣相當乾燥，一吸入鼻腔深處便感到刺痛，渴求水分。不同於那些希望盡快離開日本的大多數臺灣人，瑞山揮不去細密雜亂的念頭，悶悶不樂。

下車後，在神戶港上了船。抵達基隆港，踏上懷念的故鄉土地，原本應該是無限感傷、淚流滿面，瑞山眼中卻沒有一滴淚水。

在那之後已經兩年。明明回到了故鄉臺灣，瑞山心中的渴望依然未曾得到滿足。

在湖畔

「歡迎歡迎，是基隆藍家少爺吧。時常聽明月提起。看起來一臉聰明相，謝謝你跟明月當好朋友。」

明月母親如此慎重以禮相待，瑞山感到有些惶恐。

明月家裡是大甲數一數二的大地主，日治時期為駐軍提供住所，但是明月對日本兵的印象卻糟透了。據說，甚至曾經和家鄉好友策劃要對他們丟擲手榴彈。

由於藍家與高家同為商賈世家，原本父執輩之間就互有往來，不過這次卻是瑞山第一次拜訪明月家。

宅邸前有一座大湖泊。

「怎麼搞的，你們也提前到了嗎？」

湖畔一名手持釣竿的男子說道。

是剛毅的聲音。帽簷壓低蓋過眼睛，一時之間看不出是誰。仔細一瞧，晒得黝黑、雙頰凹陷又一臉鬍渣，像是個流浪漢。

面對活生生的剛毅，瑞山和明月都不知該說些什麼。

「原來你還活著。」

總算瑞山先開了口，剛毅表示大約一週前就已經來到明月家叨擾。

「怎麼可能這麼一點小事就掛了？我是等著事情稍稍緩和之後才託夥伴送信，一切都照計畫進行。」

對於剛毅一如往常且自信滿滿的口氣感到安心，明月開始向前走去，然而瑞山卻一臉欲言又止的表情，杵在那兒動也不動。

「我先說喔，女神不在這裡。要到山上會合。」

「你少騙人了——」

瑞山情緒激動瞪著剛毅，眼看著就要飛撲過來。

「沒事的。回想一下跟我們一起到野外實習那時候，體力最好的不就是女神嗎？」

剛毅面不改色如此說道，接著跨出一步試圖拉開彼此距離的瞬間，被瑞山揪住了衣領。

看似面無表情的剛毅，雙眼布滿血絲，神色凝重。

不過短短幾秒鐘，與剛毅悄無聲息四目交鋒之後，「是嗎？」瑞山小聲說著，緊咬嘴脣並強忍著豆大的淚水不讓它滑落。

明月也死命握緊雙拳，設法忍住嗚咽聲。

「來吧，已經好嘍。」

三人僵立不動的當下，傳來明月母親的叫喚聲。

送到湖邊的大籃子裡裝著剛蒸好的芋頭，熱呼呼還冒著煙。這是大甲名產，不過產季已經過了，聽說是叫人特別去找來的。

大甲肥沃的沖積土栽培地，主要受惠於大甲溪與大安溪這兩條溪流。產季過後將儲藏的芋頭和蜂蜜一起熬煮、或搗成泥餡去油炸，還是什麼都不加就直接蒸來吃，是只有當地才享受得到的豪奢吃法。芋頭的細緻綿密、恰到好處的甜味和一點點黏稠的口感讓人欲罷不能。

「來這裡之後，每天都吃這個。」

「我才是從小就老是吃這個哩。」

就地坐了下來，瑞山埋頭猛吃，剛毅和明月卻吃得很慢。

「真是讓人頭痛的年輕人。」

明月母親一邊苦笑，走回廚房去準備晚飯。

「你這段時間到底是在做些什麼？」

明月把手搭在剛毅肩上問道。

「一邊靠朋友幫忙，觀察情勢。感覺危險的時候就不斷換地方，然後來到這裡。直到最近，知道我還沒被列入通緝名單才跟你們聯絡。」

「原來是這樣。叫我們確認的那些名冊上的確是沒有你的名字。不過只要黨內有誰把你的名字供了出來，豈不就死路一條了？」

明月一臉憂心地看著剛毅。

「是啊。不過戒律就是到死都不能出賣同志。大家都有相當的覺悟想要革命成功。組織不會那麼容易就潰散的。」

「可是學校裡已經有很多人失蹤了。在還搞不清楚究竟是被捕還是逃脫的狀況下不斷有人犧牲，就連教授也在擔心你的安危。」

「你也想要好好上課吧？教授這個夏天就要回去日本了欸。」

瑞山也跟著幫明月補充了兩句。

「是嗎……就這樣平靜下來的話，回學校應該也是無妨。在教授回日本之前，可得見個面讓他安心才行。只是比起這件事，把你們叫到這裡來最主要的原因是之前在火車上提到的『臺灣人』計畫。」

「我就知道。」

明月和瑞山靜靜地聽剛毅說明。

「我們在三月策劃的騷動對中央政府的打擊似乎比預期還大，讓他們提高了戒心。根據上層的說法，政府會徹底揪出謀反者，毫不留情剷除殆盡。因為國共內戰的影響，國民黨的腐敗速度加劇，自李宗仁代理總統之後，整個局勢已經惡化到難以挽回了。及早察覺的那些共產黨員回到了大陸，那邊的國民黨員則接連逃來臺灣。國民黨宣告失敗只是遲早的問題吧。身為黨員，對於接下來要繼續吸收夥伴、擴大活動這些事早有覺悟。只是，我也希望實現與你們共同約定的夢想。」

「我們也一樣，要為國家、為自己而革命。」

對於剛毅隱含了這段日子見不著面的心情與熱度的這番話，明月也給予強而有力的回應。

「我也有同感。不過是換了一個統治者而已。而且是卑劣的統治者。我們不是應該要自創『臺灣人宣言』，讓臺灣人得以擁有這樣的民族概念與尊嚴嗎？」

「是的，臺灣人宣言——也就是『青色之花』。」

現在的政府很明顯並不把臺灣人當成同胞。再也找不到比我們這種被自己人支配還悲慘的狀況了。瑞山認為如此不平等的感受只會愈來愈強烈，並為此忿忿不平。

雖然已經為他們準備好舒適鬆軟的被褥，但是為了研擬草案，三人來到湖邊散步。

不同於白天，湖畔吹來的晚風帶點濕氣剛剛好，很舒服。

「湖邊這麼安靜，可怕。」瑞山嘴裡嘟囔著，明月馬上笑著回他說，自己因為在這湖邊長大，反倒覺得滔天巨浪更可怕。

「喔～尤其是兩年前在基隆看到的大海，光是回想起來就有點想吐。」

剛毅似乎也和明月同感。

一輪滿月漂浮在湖面上，就像溫柔可愛的女神。

為何我們會生在這個時代？——凝視月光映照下的彼此，將時隱時現的悲哀按捺在心底。

太陽即將由東方的山谷間升起。明月的母親準備了豐盛的早餐，有肉鬆、鹹蛋、香腸、燙青菜等等，是很久沒吃到的家常菜，三個人不禁食指大動。年輕人的稀飯一碗接一碗，明月母親在飯廳與廚房之間進進出出忙個不停。瑞山和剛毅望著那背影，各自找尋自己母親的影子。

「正因為在這種艱困的時代，好朋友更是重要。你們三個都要加油。一定要再來玩唷。」聲音微微顫抖，明月的母親分別給了一人一個包在報紙裡的芋頭。到底是十月懷胎，自己的親骨肉，心裡的話即使沒說出口也能心領神會。

山頂的誓言

下一個目的地，是瑞山親戚所居住的南投埔里。由於在能高山附近，瑞山提議將這裡當成登山之前的住宿點。

南投縣是臺灣唯一的內陸縣，擁有臺灣最大的湖泊——日月潭，埔里就位於中心位置。因為日照充足，早晚溫差大，所以茶樹栽種盛行。瑞山的親戚也是在種植紅茶。

「紅茶什麼的根本不重要。說到埔里，就是酒好喝到讓人受不了。」

愛喝酒的瑞山開始興致勃勃說道。日治時期在擁有優良水質的埔里設立了「埔里製酒株式會社」，釀造獻給日本天皇的「萬壽酒」。

「我終於懂了。原本心想，這個平時不回老家的傢伙說要去親戚家有點奇怪。你這麼熱心邀我們到埔里，原來真正的目的是為了酒？」

「因為明月的媽媽只給了我們芋頭啊。」

瑞山狡黠地笑著。

「六舅，好久不見了。」

「是瑞山？兩年不見啦。你好多了嗎？」

所謂的親戚家，住著瑞山母親的弟弟一家人。

從小，瑞山和母親這邊的親戚常來往，很受疼愛。當初從日本返台，意志消沉，沒去上大學的那段期間就住在這裡，是他最仰賴的親戚。

「累了吧？晚餐之前要不要先去洗個澡？」

簡直像算準了他們洗好澡的時間一樣，晚餐正好都上桌了。圓桌上擺了豬腳、蒸魚、煎蛋、雞湯、炒青菜、醃小黃瓜等等。瓶裝酒也絕對是多過人頭，擺了一整排。

「太豪華了！」

剛毅雙手交叉胸前，發出讚嘆。

「全都看起來好好吃。根本不知道該先吃哪一道菜。」

明月拿起筷子，陷入沉思。

「哎呀，真會說話。做菜我最拿手，想吃什麼儘管說，馬上就做給你。」

六舅的太太，六妗，一邊甩動炒鍋一邊挺起胸膛打包票。

「來，不要客氣，儘量喝，多吃點。既然是瑞山的朋友，想必酒量也很好。這下子一對三，我可要加油不能認輸。」

看到健談的六舅先夾了菜，一口酒、一口菜地吃了起來，他們三人也開動了。美酒下肚，圍著餐桌從大學的話題聊到北投石，還有溫泉，氣氛熱絡。相較於兩年前的落寞，現在見到瑞山帶著大學同學開心談笑的模樣，六舅十分高興。

「原諒你父親吧。回臺灣已經兩年了，你應該也有辦法完全判斷臺灣的現狀才對。」

六舅向瑞山提起家裡的事。

臉上紅通通的瑞山，突然間表情僵硬站起身來，把滿滿的一杯酒給砸在地上。

明月和剛毅嚇一大跳，從左右兩側按住瑞山的肩膀制止他。瑞山回過神來，一邊撿拾地板上的玻璃碎片，一邊開始道歉。

「對不起……六舅。回臺灣之後，愈來愈無法原諒老爸迎合政府與社會的那種行徑。老爸明明就討厭現在的政府，沒辦法接受他們。可是為了發展事業卻毫不猶豫交出金錢和土地，甚至乞求對方允許他以自新的方式重返社會。雖說是陽奉陰違，我卻不認為這是一個正直的成年人該做的事。至少我是不會那樣做。正因為有地位、有名望，我才更希望老爸可以堅持自己的主張。希望他保有尊嚴。他要是乾脆選擇自我了斷，我還不會這麼恨他。老爸淪落成牆頭草……倒不如當個乞丐還好一點。就只是這樣而已……」

六舅拿起酒瓶，盯著蜷縮在地板上的瑞山背後看，然後對著瓶口直接喝了起來。

「……長大了呢。你看著當今這個大環境做出如此判斷，那也是無可奈何。是對是錯，也只能各憑自己的價值觀去決定。悲觀喟嘆當今社會很簡單，但是到了那個地步就完蛋了。命運是可以自己開創的，也能自己尋找理當前往的道路。上次你留在這裡的那本書我讀過了。去尋找你的『青色之花』吧！要繼續保有夢想。為了可以活到『青色之花』綻放的時代，首先，我可得要少喝一點酒才行哩。」

聽了六舅的話，瑞山無法動彈。瑞山眼底泛淚，比酒後的雙頰還要紅，明月和剛毅則靜默在一旁看著他。

出發的時刻終於到來。

三個人連睡覺的時間也沒有，在登山背包裡裝了夾克、冰鎬、睡袋，還有六妗捏好的飯糰，便開始走向能高山。

在臺灣，從南到北都有像大武山、大雪山、合歡山這樣三千公尺等級的高山連綿聳立。最高峰「新高山」（玉山）在日治時期因為比富士山還高而以此為名。其次是「次高山」（雪山），再來就是「能高山」，這三座山並稱「臺灣三高」。

野外實習時早已經習慣行走在山區。他們靠著夜空中的月光邁步前行。

「喂，阿剛，為什麼選了能高山？既然要去就去最高的新高山不好嗎？」

「一開始就去到最高的地方，之後就沒戲唱了。從能高山山頂看得到新高山也看得到次高山，這樣的景色正適合今後要以高峰為目標的我們。」

明月和瑞山都認同剛毅的說法。

從埔里稍稍往東就會進入山區。要到能高山，得先往仁愛鄉的屯原去。位於海拔兩千公尺高處的屯原，正是霧社事件中的主角賽德克族的部落所在。憑藉著水聲沿著眉溪向前去，就是因為戰爭而沒能完工的霧社水庫。

明明出發後已經走了很久，竟然天還沒亮。看到一堆碎石塊，是經常山崩的痕跡。腳下愈來愈險峻。為了在山上能待上幾天而準備的露營裝備，重得像鉛塊一樣垂掛在兩個肩膀上。

「因為喝太多才這麼累嗎？」

真正的山路現在才要開始。明月和剛毅早就氣喘吁吁，口渴的瑞山自顧自地急忙先去找溪水。

瑞山的體力比他們兩個好。野外實習的時候，扛起女神的行李當然不用說，他還協助那些累到癱的同學。

「太慢嘍，這樣下去天都要黑了。」

喝完水，瑞山坐在大石頭上等到不耐煩。

加快腳步溯溪而上，溪水流入登山鞋穿過腳趾間，有點癢。黎明將近，東方漸白。日月交替，主角的交接時刻近了。空中各種氣味瀰漫，蟲子們掩隱聲息，連配角都一起換了班。風，停滯下來，等待新的演出者全員到齊。

臺灣豐饒富足，橫跨熱帶和亞熱帶。只待在平地的話，無法了解它在植物、動物與民族上的多樣性。要登上高聳的山林後才懂得臺灣的奧妙——回想起早坂教授在野外實習課教大家登山時的那番話。

雙手撥開比人還高的箭竹叢一邊往前走，看到了裸露的石塊、陡峭的斷崖和傾倒的樹木。不斷跋山涉水，消耗大量體力，在陡峭的山坡上汗如雨下，身上的貼身衣物突然沉重許多。

途中與一臉陽剛氣、準備去打獵的原住民擦身而過。三個人艱苦奮戰的那些岩石堆，體格強健的他十分輕易就跨了過去，轉瞬間只見得著背影。

明月依然喘著大氣，像條等人餵食的鯉魚一樣張大了嘴在呼吸。

穿過巨大的檜木群之後，視野豁然開朗，見到了能高山的主稜線。眼前一片廣闊草原，如果不說這裡是三千公尺的高山，這個恬靜的角落幾乎讓人誤以為是牛群馬匹自由踱步的牧場。放下行李，仰臥在地上，三人伸開四肢盡情舒展。吹拂草原的風聲在耳邊來來去去。

「多麼寧靜祥和啊。這個島，從遠古地質時代起就一直包覆在綠色衣裳下嗎？」

瑞山無限感慨地盯著天空上的卷雲。

「好想捉住『青色之花』呀。我們的『青色之花』。」

剛毅朝天空伸出雙手，想要捉住雲朵。

「要讓它盛開！『青色之花』。」

明月對著天空大喊，三人之間一陣沉默。

阿瑞，你要幸福唷——剛毅在嘴裡嘟囔著。是女神最後的一句話。

「那一天，女神被逮捕了。因為是麥浪歌詠隊的隊員，被憲兵帶走了。關在臺北監獄牢房裡。那裡同時也收押了很多共產黨員，從那些倖存的黨員口中聽說了她的狀況和最後的遺言。」

據說麥浪歌詠隊某個隊員以她的名字作為交換條件，撿回一條命。

一直忍受殘酷審問的女神被同伴出賣了。女神遭指控叛國的罪名，留下對雙親的感謝還有對瑞山的思念，離開了人間。

淡淡的戀情與崇高的思想在社會毒素侵蝕下，腐朽凋零。

瑞山一臉憤恨難消的模樣站起身來。兩人共賞的那株櫻花樹下，女神高舉纖纖玉手旋轉舞動的身影刻骨銘心，在腦海裡揮之不去。瑞山眼角盡是極度的悲傷。

「幹！當時在老爸面前要是有護著她的話——」

瑞山陷入難以自拔的空虛，握緊拳頭不斷捶打胸口。

草原上殘留的朝露在狂風吹襲下宛如淚珠般灑落大地。空氣中瀰漫著瑰麗的香氣，感受得到女神的氣息。

瑞山從胸前口袋裡的信封拿出一張紙，高舉雙手開始誦讀。

「臺灣人宣言」

我們是臺灣人

臺灣為臺灣人所有

臺灣是……

瑞山讀完之後，將紙和鋼筆一起遞給身旁的剛毅。他把紙擺在手掌上，在左下角簽下「鄭剛毅」。

然後是明月。

從剛毅手中接過那張紙，明月也在左下角簽了「高明月」。

「藍瑞山」——最後簽名的瑞山把紙收進信封裡，在上面標注「青色之花　1949年5月」，小心翼翼放回胸前口袋。

這是三人共創的「臺灣人宣言」。

一定要實現「臺灣人宣言」這朵「青色之花」——一直與大家共同奮鬥的女神，她的死，讓這三人的決心比過去更堅定。

試圖將煩悶惆悵都吞進肚子裡，三個人一語不發，埋頭大口吃著飯糰。接著在一股彷彿來自丹田的熱力驅動下，再度起身邁步向前。

行走在稜線之間的凹陷處，從極度靜謐的巍巍山峰眺望四周，無數個湖泊耀眼閃爍。山麓的褶皺像波浪般綿延不絕。

總算到了呢……

三人耳邊清楚傳來女神自山頂馳騁而來的聲音。

四個人一起來到了海拔三千二百六十二公尺的能高山主峰。

大自然的鬼斧神工讓瑞山看得入迷，因山神的存在而震懾。

為捕捉這瞬間，瑞山拿起相機。

他的相機是德國製徠卡（Leica）IIId。是配備有自拍計時器，全世界只有四百台的稀有型號，價值堪比一棟房子。

三個人很自然地撿起一旁的石頭，剛毅和明月各拿了一個，瑞山則是兩個。他們堆疊石塊，立了一個圓錐形石堆作為「青色之花」的路標。

剛毅和明月站在石堆的左右兩旁，瑞山將相機擺在大岩石上，透過觀景窗開始對焦。試著將鏡頭那端直盯著自己看的剛毅和明月納入畫面中，用力按壓幾次快門之後，把計時器的轉鈕逆時針轉了一百八十度。

嘰——

相機的運轉聲和瑞山奔出的腳步聲在山頂迴盪。瑞山站到正中央的同時，快門啟動。

「咱是臺灣人。」（我們是臺灣人。）

三人肩並肩，默默說出曾經有一天他們對著基隆大海高聲吶喊的那句話。

他們立下約定，即使有人倒下，一定還有人會繼續守護著「青色之花」，然後暫時互相道別。

「首先我要脫離這個黨。為解決這件事，我從原路折返。」

剛毅要往北。

「我往東邊去。我要踏上祖國這片還沒親眼見識過的土地。」

明月指向東方。

「我和女神眺望過這片景色之後，要帶著這個『青色之花』來一趟南峰、光頭山、白石山和安東軍山的大縱走。」

別被發現了——謝過兩人的好意提醒，留在原地的瑞山再次拿起相機捕捉剛毅和明月即將離去的身影。

原以為離開山頂時會陷入悲傷的三個人，如今有一條充滿光明希望的嶄新道路在眼前展開。

我們死後世界永存
名聲與生命足跡理當不復存在
我們尚不存在的過去秩序無二
我們死後的宇宙萬物運轉如常

這山，真是好。

無論任何時刻，始終就在那裡不會改變。

這世間再怎麼樣變化，它依然存在，如實接納一切所有。

瑞山將鏡頭對準了女神揮著手的天空，按下了快門。

傳喚

自那天起，一個月過去了。

到了五月中旬，帶來熱浪的夏天也慢慢接近臺北。

大學校園恢復正常，學生的課業也重新開始。依往年慣例，正是大家為暑假做準備，開始心浮氣躁的時刻。然而臺灣省警備總司令陳誠卻宣告將於二十日午夜零時起在臺灣全島施行「戒嚴令」，引發緊急狀況。

國民黨的監控正如同人類的欲望一般愈演愈烈。

奄奄一息瘦骨嶙峋的流浪狗倒在街邊，人民成了籠中鳥，滿是怨懟的慘狀已經常態化。究竟會惡化到什麼程度、有些什麼樣的改變，誰也不知道。

期末考試結束那週將舉辦早坂教授的歡送會，不過剛毅和瑞山的狀態看來與平時不大相同，讓明月有點納悶。

「喂，你們兩個怎麼搞的？」

「有怎麼樣嗎？」

「沒有怎麼樣啊。」

不論是剛毅還是瑞山的回應都讓他摸不著頭緒，所以明月把兩人找到操場去。

「發生什麼事了？」

「……最近跟我接頭的人沒出現。雖然我已經表明要退黨，卻不知道事情變成怎麼樣了。戒嚴令一頒布，又更是動彈不得。」

「……阿母要我去日本。她哭著說，要是繼續待在臺灣，隨時都可能發生任何事。」

剛毅和瑞山的危機意識愈來愈強。

剛毅要是讓人知道是共產黨員，將成為第一個被處分的對象。瑞山不只是藍家繼承人，他父親的那件事也會有關連。一旦被當成肥羊給盯上，國民黨是不可能放過他們的。即使明月所面臨的危險不像他們兩個那麼急迫，但何時會被冠上莫須有的罪名，沒人能預料。

這一觸即發的狀況，誰也擺脫不了。

「那正好。要聽聽我的想法嗎？」

瑞山開始說起這陣子思考過有關「青色之花」——「臺灣人宣言」的一些想法。

「要不要去香港跟主張臺灣獨立理念的廖文毅會合？他和謝雪紅、蘇新那些人成立了臺灣再解放聯盟，甚至向聯合國提出了獨立的主張。我認為那是個有前途與執行力的組織。如何？要不要賭一把？」

「這件事我也想過。只不過現在我是要退黨的身分，比起仰賴大型組織，我覺得不如以能夠全面貫徹自己想法的少人數行動比較不會被捲入麻煩。革命這件事，背叛就是致命的關鍵。」

「那倒也是。這樣的話，就還是想想我們能做些什麼吧。」

瑞山對剛毅的想法表示贊同。

「乾脆像那些打算暗殺袁世凱的醫學院學生一樣，我們也進到大陸幹掉蔣介石如何？」

對於剛毅大膽的說法，瑞山笑著回應：

「你如果是認真的，策劃暗殺行動的翁俊明、杜聰明，還有蔣渭水那幾位都是我老爸的朋友。失敗為成功之母是吧？只有這種時候我會向我老爸低頭，請他代為引介。以他們失敗的行動為基礎，說不定可以用些比霍亂菌更凶猛的毒藥去執行計畫。」

如同瑞山所說，當初暗殺袁世凱要是成功的話，國民黨肯定也不會來到臺灣胡作非為了。孫文之下也不會有蔣介石與共產黨的崛起，日本應該也不會入侵中國了吧。戰爭的結果會因為一項行動的成敗而有截然不同的局面。

「歷史雖然無法改變，未來卻可以任由我們去描繪。」

瑞山用力拍了拍剛毅的肩膀。

談論著暗殺計畫的他們，看起來就是非常普通的大學生。或許有人認為革命行動像是無以名狀的怪物，然而現實之中，這也許是極為平常的一般人為追求自己生存的權利與意義、對未來有所憧憬的狀況下理所當然會採取的行動。

因為社會原本都很單純，不過是人類使它變得複雜罷了。

「臺灣人宣言」要以誰為對象，如何宣告最具效果——瑞山首先向藍家親戚，也是人權律師的陳逸松請益；此外，還向曾經對臺灣總督安藤利吉要求臺灣獨立，但後來遭受刑罰的許丙；或是向辜振甫、林熊祥等人尋求建言。這些都是與藍家有往來的名門。藍家長子來訪，自然是無條件歡迎，而且毫不吝於指點迷津。

另一方面，長輩們出於好意，「你們家不知人間險惡的瑞山，似乎有些不太安穩的舉動。」還是私底下偷偷告訴了瑞山的父親。

進入迎接期末考的六月。早坂教授的考題可不是讀讀教科書就能回答得出來那麼簡單。所有人正抱頭苦思的當下，教室的門開了。一名陌生男子眼睛橫掃整間教室，然後從容地指著剛毅。

「現在正在考試。」

早坂教授雖然制止了他，但男子只回說有點事想問問，便讓剛毅在一股沉默的壓力下離開了座位。

「你們別拿我的答案卷來作弊唷。拜託了，一定要讓『青色之花』盛開。」

明月和瑞山只能眼睜睜地看著，剛毅對他們用力揮了揮手。

曾經多次千鈞一髮躲過劫難的剛毅已經有所覺悟，他知道這次完蛋了。這幾週以來，黨員接二連三突然消失的傳聞不斷，就連幹部級人物也失去蹤影。被逮的黨員受不了酷刑並且為了保命，透露了自己知道的人名。剛毅因為黨員身分而被出賣也是遲早的事情。

教室的桌上，就那樣留下一張答案卷和一枝削得尖尖的鉛筆。就算鉛筆滾呀滾地掉落在地上，就算放暑假了，它的主人也不會再出現了。

歡送會

「剛毅和女神不在場，實在很遺憾。我想感謝各位同學特別為我辦了這場歡送會。你們目光炯炯有神地聽我上課的那些日子，我不會忘記。地層就是歷史，其中充滿了智慧。即使是絕望的日子裡，也必然有一線曙光。希望各位不要忘記，學問不會背叛我們。雖然再過幾天我必須返回日本，不過有任何困難的時候，隨時都可以找我幫忙。當然，日後如果想來日本從事研究工作，更是再歡迎不過。臺灣的氣候宜人，食物也很美味。要離開這裡，真讓我感到寂寞。還請各位一定要保重。」

早坂教授的歡送會在山水亭舉辦。

位於大稻埕的山水亭是文人聚集的臺灣菜名店。老闆王井泉以疏財仗義，也就是慷慨解囊、樂於助人為座右銘。他籌組了臺灣省藝術建設協會，熱心支持臺灣藝文活動，相當受人敬重。這裡除了餐點美味之外，受王井泉人品吸引而上門的客人天天絡繹不絕。

王井泉與瑞山的父親熟識，也因此，瑞山向來就和吳濁流、呂赫若或張文環那些高談闊論的作家、考古學家國分直一、詩人王白淵、劇作家中山侑等等擁有各種不同思想的文人或是畫家們混在一起，抽菸喝酒。甚至也曾經與帶著女伴的父親碰個正著，場面十分尷尬。

山水亭是一個激發感性、讓憂國憂民的人言詞交鋒的梁山泊。

王井泉來到學生們以早坂教授為中心而環繞的圓桌旁，瑞山站起身來打了個招呼。

王井泉放下酒瓶，說是招待的，然後在瑞山耳邊悄悄地說：「安排好了。」

瑞山的表情嚴肅了起來。

自從女神失蹤、剛毅從教室裡被帶走的那天起，瑞山就一直在思考——只能逃離臺灣了。

「活著才能革命。」

瑞山告知明月，自己可能會離開臺灣，明月也表示贊同。

不過問題在於逃脫的方法，還有他們三人的誓約——「青色之花」。將「青色之花」留在臺灣很危險。從臺灣帶出去雖然更冒險，但是到日本之後暫時藏在某個安全的地方是最理想的。

戰後，從一九四六年二月到五月之間，利用停靠基隆、高雄、花蓮這些大港口的遣返船，開始進行讓日本人撤退回日本的遣返工作。首先以軍人和軍眷為優先，許多日本人都回去了。最後剩下的是從事教育工作、港口相關工作和電力相關工作等等駐留在臺灣的日本人。

一九四九年八月是日本政府遣返行動的最後期限。早坂教授要搭的那艘船，就是返回日本的最後機會。

當然，乘客身分限定日本籍。在無法如同日治時期那樣藉由內台航路自由往返的情況下，臺灣人並沒有合法途徑可以前往日本。喪失日本國籍的瑞山要去日本的唯一方法，只剩下偷渡了。

瑞山的目標是早坂教授的遣返船，他心想，不知能否以船員身分蒙混過關。說是基隆藍家的話，大家都認得，要是老實表明身分去搭船肯定馬上出問題。暗地裡，王井泉和曾經協助朝鮮人遣返事宜的陳逸松為他出主意，替他找到船員的身分證明，還有日本當地提供協助的友人。

早坂教授的歡送會在團體照拍攝完畢後散會，瑞山自己一個人留在山水亭。

「這是你的身分證。」

藍燈振　一九二四年十一月二日

王井泉交給他的紙條上，寫著瑞山的新名字和出生日期。
「一再拜託才拿到的。很幸運，有一名船員同樣姓『藍』。萬一無意中被叫到姓氏而你回了頭也不會顯得奇怪。」
「謝謝您。費用——」
「沒事、沒事。有那個心的話，就平安無事去到日本實現大家的夢想吧。抵達日本之後的事，我也稍微安排了一下，沒問題的。你放心吧。」
雖然是偽造的，但此刻卻是比性命還重要，他將身分證塞進裝了「青色之花」的內側口袋。
王井泉在店門口揮著手，瑞山深深鞠躬致意。
雙方都沒想過這將是最後的道別，心中洋溢著振奮暢快的感覺。
進入八月盛夏，太陽火辣辣毫不留情，一艘大型客輪抵達基隆港。這是早坂教授預計搭乘的船舶。海鷗步履蹣跚地聚集在碼頭岸邊陰涼處，懶洋洋地躲著酷熱。
來送行的地質系師生在碼頭集合，但是沒見到瑞山。那是當然的。因為瑞山早已經穿著全白的船員制服進入了船艙。

知道原委的明月，盯著早坂教授即將搭乘的船在尋找瑞山的身影。

舷梯收起來了。纜繩也從繫船柱上一一鬆開，船錨也往上捲起。

喔喔喔喔喔喔喔……

學生們毫不在意身邊的憲兵，像要蓋過輪船引擎聲似的拉開嗓門用日語大喊：

「老師，請保重！」

「老師，要再來臺灣喔！」

「老師，會去日本找你唷！」

「老師，不要忘了我們！」

嗚——嗚——嗚——

「萬歲！萬歲！萬歲！」

早坂教授站在甲板上，用力揮著手並回應大家。

彷彿配合這三聲「萬歲」，汽笛聲三響，由沉睡中甦醒的船慢慢離開了岸邊。

船速逐漸加快。明月盯著輪船遺留在海面上的波紋，心中默默祈禱——瑞，我們的「青色之花」就拜託你了……我一定會找到剛毅的。

III

第12章 二〇一四年　東京　梅華

妙玲的來信

飛機進入水平飛行。

耳機傳來《波麗露》舞曲的旋律。

這是每次笹要下定決心做些什麼或想要專注的時候會聽的曲子。

一絲不亂的節奏，好幾種樂器像拿破崙千層酥一樣層層疊疊成為樂句，進而迎接終曲的音樂形式令人心曠神怡。

這趟臺灣之行漫長而沉重。閉上眼，將待在臺灣期間所發生的事一幕幕重新播放。

笹離開臺灣已經超過二十年。

如同戰後的日本，臺灣在經濟上也有成長，人們的幸福度和生活水準都提升了。不僅如此，在資訊化、女性的社會參與、性別平等、外籍勞工、半導體製造業、移民政策等方面都領先日本許多，臺灣正努力想要成為世界的典範。

由臺灣的現狀很難想像它的過去吧？其實直到前不久，還是個不公不義的時代。了解那些過去的我們，如今依然在這個社會如此生活著。對於妳爸爸的事，要多給予體諒。

陳女士的想法，與《波麗露》舞曲即將進入終曲的鈸音起了共鳴。

「炕肉飯和海鮮米粉，您要哪一個？」

「炕肉飯，謝謝。」

才剛起飛沒多久，竟已經開始想念八角的香氣了。

正要登機之前，收到一封郵件。

Dear 笹

Hi！我是高妙玲。

昨天妳在臺北玉蘭莊遇見我媽媽了，對吧？

How are you?我們最後一次見面已經是好久以前，幾乎都快想不起來了。

就那短短幾個月，我曾經當過妳的家教，不知是否還記得呢？

我爸也在妳那張相片裡的事，我已經聽說了。

實在沒想到，自己當初擔任家教的小女孩的父親竟然曾經是爸的同學、也是好朋友。

在完全不知情的情況下，受父母之託當了妳的家教。

雖然當時因為可以賺點零用錢而感到開心，不過看起來，似乎是在我爸衷心期盼下我才成為妳的家教呢。

至於為什麼會那樣安排，我媽媽也不知道。

很不可思議吧？Full of mysteries。

我從媽媽那裡聽說了妳來到臺灣調查關於自己父親的事。

事實上，兩年前我爸過世之後，我就一直感到很焦慮。

所以，相信妳跟我是同樣的心情。

明明是自己的爸媽，卻突然被迫要面對一些自己不明白的事，而且想知道的內容一直不斷增加，到最後真不知該怎麼辦才好。就是這樣的感覺。

我因為想了解大學時代的爸，後來知道了跟他一起拍照的鄭剛毅先生有一個女兒。

她叫鄭燕雪，是一名日文譯者。

Oh my gosh!然後接著笹妳也出現了，讓我很吃驚。

一定是我們的父親在天國裡說好了，要讓這三個女兒湊在一起的吧。

By the way，我有爸生前留下的日記，其中有個名字讓我很在意。

瑞　船　前往　青色之花給史明

史明是知名的革命家。

他剛好是在二二八事件到白色恐怖開始的這段期間，從臺灣流亡到日本去的。或許和笹的父親在日本有些什麼樣的淵源也說不定。

妳有沒有想到些什麼呢？如果能夠因此找到了解妳父親的線索，我會覺得很開心。

Anyway，我在臺北開了一間「Jamie Coffee」。雖然是間小店面，不過我們三個人就約在那裡見吧。

Best wishes

高妙玲

笹、妙玲、燕雪——那三個年輕人的女兒，正開始有所連結。

日常

笹回家的第一件事就是先打開收音機。

聽廣播是笹生活的一部分。

從早上醒來到上床睡覺為止就那樣一直開著的情況也很常見。廣播不會過度表現自我意識，對獨居的笹來說，就像個對自己說話很溫柔的家人。

為什麼、為什麼，我們會相遇呢？

現在播放的是之前常跟浩二一起聽的曲子。也不知道是不是因為音樂的關係，笹現在非常想說出自己的感受與想法，指尖直接按下了記憶中的手機號碼。

「是笹嗎？」

「嗯……」

「歡迎回來。是從臺灣回來的對吧？」

令人懷念的聲音。浩二的回應讓笹的呼吸變得急促，說不出話來。

「抱歉，現在正要給我家公主吃我做的咖哩飯，如果不是什麼急事的話，我待會兒再打給妳喔。」

雖然什麼都還沒說就掛斷了，但是沒讓他察覺到自己的軟弱，笹反而鬆了一口氣。即使分手後，兩個人依然像老朋友一樣保持聯絡。浩二在彼此各自開始新生活的兩年後結婚了。雖然笹受邀在婚禮上代表朋友致詞，結果還是婉拒了，只以眾多朋友之一的身分為他祝賀。

婚禮上的浩二身穿燕尾服到各桌點燃賓客桌上蠟燭時臉上堆滿笑容，讀著獻給雙親的一封信時淚流滿面。過去雙方一致認為婚禮浪費時間的那些生活片段究竟算是什麼？

幸福的樣貌因人而異。或許是自己在不知不覺間束縛了浩二，讓他配合自己的價值觀。儘管笹有些失望，卻也對浩二能夠做些平凡且理所當然的事而感到羨慕。

乾爹

回國後的第一個星期天終於到來。

為轉換一下心情並聊聊這趟臺灣行，笹和果穗約在梅華碰面。

櫻花已經完全凋謝，只見一些小小的葉片在枝椏前端活力十足地探出頭來。淡藍色的天空更加襯托出淺綠的清新脫俗。黃金週就快到了。雖說今年的連續假期長達十六天，不過牙科診所是以內部行事曆為準，連假跟他們完全沒關係。也幸好終於到了花粉症緩和下來的季節，讓笹雖然晚了一步但仍能盡情享受這個春天。

「笹醬～食飽未？」（吃飯了嗎？）

施媽媽今天的招呼聲依然元氣十足。

距離和果穗約定的時間還有一個鐘頭。想要在家以外的地方悠閒地坐一會兒，笹往自己最愛的那個固定座位一走去，竟有個熟悉的背影跳入眼中。

「把浩二先生找來了。」

固定座位上已經有人坐了。

「欸，你讓開啦。」

「這什麼口氣啊。妳不是有什麼事要說才打電話的嗎？因為那時候沒辦法聽，我才想說今天來聽妳講嘍。」

完全是一廂情願的說詞。施媽媽也是自作主張，根本不想要她告訴浩二自己會來這裡的事。

「真是……你家公主不要緊嗎？」

浩二比出勝利的手勢。

浩二這種不知該說是機靈還是白目的貼心舉動，一直以來總是讓笹從中得到救贖。移到寬敞的座位上，隨便聊些有的沒有的，不知不覺一個鐘頭已經過去。

「哎呀，會打擾你們嗎？」

「一點也不。」

兩人同時回應了果穗。

「水餃來了。笹，臺灣如何啊？」

施媽媽算準了時間，端了一大盤水餃放在桌上。

「很棒喔！籠罩整個臺灣的那種氛圍和味道……一下飛機的瞬間就感覺到了。讓人很懷念。」

「哇！笹是臺灣人欸。」

「嗯。啊，對了，這是小禮物。因為沒時間，所以是在機場買的，請見諒。」

「哈！令人懷念的臺灣味欸。」

「是我小時候的點心。因為它和日本的點心有點像又不太像，所以很想念。」

「對。像日本的おこし（okoshi，米香），可是那個太硬了。ポン菓子（pongashi，爆米果子）也完全不一樣，味道不行。」

施媽媽津津有味地舔著沾在手指頭上的糖。

「沒錯沒錯，這種柔軟鬆脆的口感很特別，會上癮。因為可以在嘴裡長時間嘗到那種柔和的甜味，我很喜歡。」

「那樣的東西，是口腔衛生師應該推薦的嗎？」

浩二這句吐槽一針見血，連果穗也一面笑著大表贊同。

「所以，臺灣怎麼樣呢？」

在果穗的催促下，笹開始從頭說起這段經過。

拜訪親戚的事、遇上臺大教授的事、爸爸的學籍資料竟然是大家前所未見的，還有過去在臺灣發生的二二八事件、在使用日語的日間照護中心——玉蘭莊得知黑白相片上跟爸爸一起拍照的同學姓名、自己在太陽花學運的感受、在那張跟自己手中一模一樣的相片上留下了訊息，以及從一個自稱曾經是自己家教的人收到的信等等。

藉由述說，笹也整理了自己的情緒並冷靜下來。

笹從記事本取出那張相片，她一放在桌上，施媽媽隨即一臉想起什麼似的衝進廚房，拿了一本小相簿過來。

這個，施媽媽拿起一張相片放在笹的相片旁。

是兩個搭著肩膀的男人。
「是同一個人！」
笹、浩二和果穗異口同聲喊道。
施媽媽的那張相片裡出現了笹的爸爸。
上一次，笹忘在店裡的那張相片——三個年輕人以山為背景的黑白相片——施媽媽看了就一直掛在心上，覺得那個年輕人的臉好像在哪兒見過。之後細想，才找到相簿裡的相片。
施媽媽深吸了一口氣，用一種未曾有過的微妙表情問笹：
「這位，是我的乾爹。為什麼笹的爸爸會在旁邊？」
將手搭在爸爸肩膀上的是一位目光銳利、鼻梁高挺，相當俊俏的美男子。施媽媽說，雖然沒有血緣關係，但他就像自己的親生父親一樣。而笹則一臉困惑，覺得反倒是自己更想知道這是怎麼一回事。
「乾爹是一名革命家、獨立運動家。相片中這家店是位於池袋的中餐館『新珍味』。是乾爹開的。過去，許多以臺灣獨立為理想的臺灣青年會聚集在此。笹的爸爸是什麼來歷？」
「說到這個，爸爸好像和革命家史明是有點關係。只是除此之外……該不會……」
「笹妳在說什麼，這個人就是史明啊。」
一時腦袋轉不過來，笹只能呆呆地看著施媽媽。

施媽媽在笹認真的眼神驅使下，鬆開包在頭上的頭巾，然後用一種分不清是悲傷還是憤怒的語氣開始述說。

革命家

「我老爸因為革命而疲於奔命。他是被臺灣殺死的。」

施媽媽的父親金榮邦出生在嘉義農家。位於南部的嘉義有北回歸線通過，幾乎只要一抬頭就可以看到太陽繞著轉，又亮又熱。由於他出生在戰爭結束前不久，關於戰爭的記憶雖然很模糊，還是會對當時年紀還小的施媽媽不斷說著那一望無際且無聊的田園風景，或是戰後發生的二二八事件。

雖然聽說臺北騷動不安而且擴及各地的傳聞，但村子裡依然是一派悠閒。早晚空氣澄淨、蟲鳴不絕於耳，白天裡夾雜孩童的歡笑聲，水牛也閒散愜意地打著盹。

——那是正要去城裡給媽媽拿藥的時候。

一名陌生男子來到施媽媽祖父金榮耀家的庭院前，向他乞討食物。榮耀連忙讓這名憔悴不堪的異鄉人進到屋裡。

這天傍晚，除了突然出現的訪客之外，和平時並沒有什麼不同。正在煮飯炒菜，殺了後院的雞要請那男子一起吃晚餐時，家裡來了三名警察。男子從容地拿出藏匿的手槍，但警察的動作快了幾秒，男子當場被射殺，金榮躍想要保護他，結果自己背後也中了兩槍，共赴黃泉。

——那隻雞繞著圈不停地跑。一邊大聲啼叫，拍打著翅膀……

鮮血，從金榮躍身上開始向外擴散。那漸漸變得紫黑的血跡外圍，一隻雞異常喧鬧的啼叫聲以及瘋狂繞圈的景象，深深烙印在年幼的金榮邦腦海裡揮之不去。

那名男子是二二八事件中的通緝犯。警察不但沒有道歉，還給喪命的金榮躍安上了「藏匿罪犯」的罪名。剩下的家人從此遭旁人冷眼對待，被迫過著畏畏縮縮的日子。

親眼目睹父親被槍殺的金榮邦，對國民黨的厭惡感日益加深。他試圖突破現狀，投身於體制改革的目標。

「我老爸知道曾經為了臺灣獨立而計畫暗殺蔣介石的史明在日本，就來了。那時我年紀還小。」

金榮邦全家來到日本，決定到史明在池袋經營的中餐館「新珍味」定居與工作。

一九一八年出生的史明，人生跌宕起伏充滿戲劇性。

他在早稻田大學留學期間傾心於左派思想，希望讓臺灣脫離日本的殖民統治而去了中國加入中共。然而在他理解到現實中對領導者的個人崇拜、思想管控、階級主義及恐怖統治與馬克思主義所揭櫫的理想相去甚遠之後，感到失望。

一九四九年史明回到臺灣，對祖國的慘狀忿忿不平，為奪回「臺灣人的臺灣」，甚至大膽策劃暗殺蔣介石的行動。但由於計畫失敗，於是在一九五二年搭乘香蕉運輸船逃亡到日本。

他在八丁堀擺了一個餃子攤，一九五四年一邊籌劃在池袋開設「新珍味」，不時思考著如何解放臺灣人民的問題。

店內開始有一些與史明志同道合的臺灣學生或日本赤軍相關人士進出，像武者小路實篤、開高健、佐藤春夫、志賀直哉等人也都會光顧。史明之所以有人望，不只是因為他的革命志向，更因為他個人的能力與影響力。

「老爸在乾爹那裡賣力工作。不過後來身體變差，沒能實現革命的夢想就走了。後來老媽也去世了。所以乾爹把我收為乾女兒，讓我跟著他原本的姓氏，就姓『施』。」

二二八事件之後，對中國國民黨感到失望與危險的臺灣人逃離臺灣，在日本、香港、美國等地展開臺灣獨立運動。像是廖文毅與吳振南的「台灣民主獨立黨」、林伯仁的「台灣獨立戰線」、邱永漢的「台灣獨立同志社」、林台元的「台灣共和黨」、王育德的「臺灣青年社」、廖明耀的「台灣自由獨立黨」等等，這些推動獨立的新興團體接二連三相繼成立。不過，在日本以獨立為目標的臺灣人之間因為理念不同或謀求己利的問題，分分合合變化多端，於是漸漸開始步調不一。

雖然史明有一段時間曾經與其他組織共同行動，但是在一九六七年成立自己的「台灣獨立連合」，隔年改名為「獨立台灣會」，目前將據點設置在臺灣。

「乾爹一直是黑名單，沒辦法回去臺灣。所以我也回不去。我不會回去。」

施媽媽把涼透了的餃子重新再加熱。

「頭一次吃到這餃子的時候我嚇了一跳。因為這就和爸爸以前時常買給我吃的一模一樣。原來那就是『新珍味』的水餃啊……」

笹將餃子放入口中，掉下眼淚。

「原來，所有一切都與食物的記憶相關連……」

果穗也嘗了水餃。

從熱騰騰的餃子裡流出的肉汁，溫暖了大家的心。

「不過啊，偷渡真的有那麼簡單嗎？」浩二問施媽媽。

金榮邦和史明都是偷渡進入日本。笹在聽說爸爸也是偷渡之後，一直對於他是用什麼方法、在怎麼樣的心情下偷渡感到十分好奇。

「妳有妳爸爸的戶籍謄本、護照、外國人登記證嗎？」

施媽媽說，在她老爸過世後，因為申辦日本與臺灣的繼承手續輾轉得知了偷渡的詳細內容。

大中華地區與日本的這種「記錄」行為，早在影印機和個人電腦普及之前就已經行之有年。我們能夠回顧歷史、了解史實，也都是多虧這一點。此外，日本的「戶籍制度」在全世界也算獨特。因為臺灣的戶籍制度是日治時期由日本人整理規劃的，所以不會錯。

「有！」

「就像我說的，那些沒丟的雜物現在變成寶貝嘍。」

浩二一臉洋洋得意的樣子，讓笹露出苦笑。

原來將那些感覺沒用處的東西拼湊起來，爸爸的人生樣貌就會浮現出來啊。另外，雖然沒能說到爸爸在臺大有個朋友因為嚮往共產主義而被捕的事，但是知道了爸爸和史明之間的關係，平添各種想像。

了解真相，果真是正確的選擇嗎？

「明白自己的根是很重要的。加油！」

彷彿看出笹心中的迷惘，施媽媽也為她打氣。

店裡擺設的法國新藝術運動藝術家埃米爾·加萊（Émile Gallé）那盞燈亮了。照入店內的日光已經完全化為黑影，玻璃燈罩內緩緩投射出的光線取而代之。

第13章 二〇一四年　東京　請求公開

外國人旅居日本

從三軒茶屋搭乘的世田谷線，在東京都內也是少見的路面電車。不同於地下鐵或背後高樓林立、擁擠不堪的電車，它只有短短兩節復古車廂，呈現平穩舒適的氣氛。最高時速四十公里也恰到好處。

為什麼叫三軒茶屋？……是因為過去有三間茶館在這裡而命名的嗎？不過九份也是類似的由來……笹一面望著窗外流轉變換的風景在心裡思索著，然後來到了世田谷區公所。

在施媽媽的提示下，笹把家裡跟爸爸有關的東西都集中在一起。有中華民國普通護照、外國人登記證明書、再入國許可書、中華民國留日僑民登記證、死亡診斷書等等，過去不曾在意的東西，現在成了對笹有幫助的線索，變成了寶物。

「如果是沒有歸化的外國人，就沒有戶籍。」

笹在戶籍課打算申請爸爸的戶籍謄本，第一次知道外國人沒有戶籍這件事，所謂的戶籍，僅供具日本國籍的人持有，藉以證明自出生到死亡為止的親屬關係。其實仔細思考一下便能明白，卻因為太過理所當然而沒有任何人跟笹說明過。

「除了戶籍之外，是否有其他任何與我已經過世的父親相關的證明？」

「如果您母親是日本人的話，只要申請原戶籍資料，應該就會有關於您外國籍父親的婚姻與死亡紀錄。」

於是依照公所人員所說，申請了所謂的原戶籍。

只剩日本、中國與臺灣還留有戶籍制度。聽起來很生疏的原戶籍，其實是改制原戶籍的簡稱。也就是自一九九四年修正後，原本手寫記載在紙張上並加以保管的方式改為電腦存檔，因此原戶籍指的便是改制之前的戶籍。自原戶籍改為現行戶籍時，改制前被除籍的人、收養關係、離婚這類的紀錄會被刪除。笹的爸爸在一九九四年之前已經過世。因此現行戶籍上沒有登記，必須要有原戶籍才行。

笹在填寫申請書的過程中有點苦惱。因為必須填寫用途。駕照、年金、護照、繼承……在這些項目中找不到一個相應的選項。

雖然是為了要知道爸爸偷渡的經過，但是不能那樣寫，所以就先勾選了看起來最不會有問題的「繼承」。

等了十分鐘。比預期更快取得的原戶籍資料上，最前面寫著媽媽的名字。

——與中國國籍藍瑞山登記結婚

這一行字證明了媽媽與爸爸結了婚。

國籍不是「臺灣」而是「中國」。

關於爸爸的紀錄只有這個。

其他沒有任何關於已故外籍人士的線索嗎？詢問負責戶籍的人之後，聽說有一種「外國人登錄原票」（外國人登記證）。

又是第一次聽到的名稱。

所謂的外國人登記證是關於外國居民的紀錄，上面記載了姓名、外國人登錄號碼、國籍、入境許可日、居留資格等等關於個人的資料。據說就相當於日本人的戶籍紀錄。居住地有變更的話，就由新的市區町村單位來管理，所以也兼具住民票的功用。

原來如此。只要看外國人登記證，就可以知道是何時及如何來到日本、曾經在哪裡生活、住過哪些地方——這才是笹一直想要找的東西。

「如果知道已過世父親的外國人登錄號碼，要不要向法務省提出『開示請求』（請求公開）？」

「請求公開？」

二〇一二年七月九日廢除了外國人登錄法，過去由各個市町村管理的資料改由法務省統一管理。由於外國人登記證上記載的內容就相當於官方文書資料，如果不請求公開，就無法得知內容。

「現在的外國人因為有了居留證變得方便多了。不過，還是有義務要隨身攜帶就是了。」公所的人親切地告訴她。

外國人登記證廢除後，制訂了居留管理制度並發放內含晶片的「在留卡」。除了大頭照、姓名、出生年月日之外，還記載了國籍、住址、居留資格、有無就業限制等等最低限度的必要訊息，尺寸大小和駕照差不多。

笹想起很久以前在電視新聞裡看到過，有人因為拒絕在外國人登記證上按壓指紋所引起的風波。外國人的居留時間有所限制，必須定期申辦更新。如果把這些想成是對日本人而言類似駕照或護照的東西，也就沒什麼大問題。不過要在日本生活，就是會被一些繁瑣不便的事纏身。

去了一趟公所，不知道為什麼會感到如此疲累。

笹回到家渾身乏力，提不起勁來做任何事。口腔衛生師的工作反倒還輕鬆一點。睡前擠出最後一絲力氣，填好「已故外國人之外國人登記證相關資料影本核發申請書」。信封裡附上「戶籍謄本」，證明笹和爸爸之間的親屬關係，還有「駕照」，以確認是笹本人提出申請，最後再寫上法務省住址「東京都千代田區霞關1－1－1」。這是個與權力中樞相襯的住址。下筆時讓人有那麼一絲絲緊張感。

除非有什麼特殊理由，否則請求公開的申請應該會通過。只不過人家說公家機關至少都要兩個月才會有結果，急性子的笹盡可能讓自己不去想這件事。

回覆

期待已久的鄭燕雪捎信來了。

笹小姐：

妳好。我是鄭剛毅的女兒，叫燕雪。

實在是太湊巧了。在立法院那張相片上發現妳留言的當天，我收到高妙玲小姐的來信。知道了笹小姐和妙玲小姐的事情後，非常驚訝。而且心中滿是憤慨與遺憾。

竟然與阿爸相片中兩位好朋友的女兒如此取得聯繫，這一天的到來，真是作夢也沒想到。

我的阿爸鄭剛毅已經過世。如果他還健在，能夠和笹小姐、妙玲小姐聊聊的話，不知道會有多高興呢。肯定會一邊興奮地述說往事，懷念與妳們父親共同度過的青春歲月吧。

事情的經過與結果，如果當事人還在就能水落石出，不過這件事無法實現，真叫人萬分無奈。

阿爸過世已經三年了。慚愧的是，至今我仍然無法走出悲傷。阿爸珍愛的小提琴就那樣擺在琴盒裡，沾滿了灰塵。我這個懦弱的女兒，連承認他已經過世的勇氣都沒有。

這一次因為笹小姐、妙玲小姐的出現，我感覺好像得到了一股不可思議的力量。我也想知道關於阿爸的事。

我因為阿爸的影響而喜歡日語，目前從事翻譯和口譯工作。

期待我們三人能早一天見面。

祝福　平安健康

鄭燕雪

燕雪也想了解自己的父親，但似乎沒有特別提及政治犯的事。如果是這樣，自己根據王教授所說而推測的部分——他可能是共產黨員——應該告訴她嗎？沒有確切證據的事無法輕易說出口。究竟該怎麼辦，筂沒有答案。

核發決定

一個月後的某一天，收到法務省寄來的一封普通掛號。信封鼓鼓的，更加令人期待。連忙拆開一看，在「有關外國人登記證相關資料影本核發申請一事」的標題下，寫著「准予核發台端所提出之外國人登記證影本申請」。

太棒了！是爸爸的外國人登記證相關資料。

藍燈振　男　1924年11月2日生
神奈川縣高座郡大和町　中國　橫濱　1943年3月25日　徵召工人

第一次見到的外國人登記證，簡直就像國家機密一樣正式而慎重。

第一張上面寫著陌生人的姓名和出生年月日。這是怎麼一回事？不過再仔細一看，藍燈振的下面有一行姓名生日變更註記，寫著爸爸的名字藍瑞山三個字。

是因為什麼迫切的需要，連姓名、生日都要更改冒充他人？

由於其中有許多專業用語和難以理解的記述內容，於是前往國會圖書館，一邊查閱有關戰後遣返工作的論文、入出境管理法規等等，研究外國人登記證的內容。

將外國人登記證第二張的記述合併來看，爸爸是以生於一九二四年十一月二日的藍燈振的身分，在一九四三年三月二十五日用中國籍徵召工人的資格從橫濱入境日本，然後居住在神奈川縣高座郡大和町。

一九四九年五月十九日遷往東京都町田市田原町，一九五〇年一月二十三日將姓名恢復為本名，同年二月二十四日再遷入新宿區南元町。

上面雖然貼了一九四九年和一九五〇年的兩張大頭照，但是解析度模糊，只能勉強辨別出是爸爸的模樣，無法看出細微的表情。

第三張是一九五二年十一月十二日的紀錄。繫上領帶的大頭照，跟前面的比起來成熟了些。職業是公司職員。公司是位於中央區築地的藍家企業。住址雖然沒變，但生日依然是原來虛構的資料。

第四張、第五張……並沒有什麼特別引人注目的地方，但是第七張，一九五五年六月七日的外國人登記證上，卻發現了與前面的差異點。

藍瑞山　1928年5月15日　學生　門司　1955年5月20日
特別居留許可　4-1-16-3　新宿區南元町　犬養健先生

總算，姓名、出生年月日、職業這些資料和爸爸藍瑞山完全一致了。

不僅如此，除了從門司港入境的資料之外，原本空白的居留資格欄位上出現了「4-1-16-3」這串號碼，居住地東京都新宿區南元町則標注了「犬養健先生」。

然後有幾個地方被塗黑了一大片。

洽詢法務省之後，回覆說外國人登記證上如有出現登記者本人與請求公開對象之外的其他個人訊息，將基於個人資料保護法將該部分塗銷再予以核發。

愈是掩蓋就愈想知道。管真希望它像刮刮卡一樣，只要刮開黑色部分就能看見被隱藏的內容。

居留資格號碼的「4-1-16-3」到底是什麼？

關於外國人居留資格，根據平成元年的入出境管理法修正版（修改了入出境管理與一部分的難民認定法），確立了藝術、投資、研究、留學等名稱。為此，入出境管理法修正之前是依照居留資格規定上的編號來標注。參考了平成元年修正前後的居留資格對照後，才明白爸爸的「4-1-16-3」是「特定居留資格」編號，也就相當於現在所說的「特定活動」項目。

所謂的特定活動，到底是什麼？難道是像間諜一樣身負特殊任務嗎？住所為什麼是在「犬養健先生」那裡？

犬養健是前首相犬養毅的兒子，曾擔任法務大臣。可是想不出他和爸爸之間有任何交集。

不過自己對「犬養」這個罕見的姓氏並不陌生。

說不定——突然想起今年也寄了賀年卡來家裡的那個人。

犬養家與藍家

離伊豆高原車站不遠的一家法式餐廳，笹與一位白髮老人的臉上都堆滿笑容，正享用豪華豐盛的午餐。

讓人聯想起鮮豔花田的伊豆高原蔬菜法式凍派（terrine），味道濃郁的天城鹿肉與無花果肉醬（pâté）、清新爽口的狩野川香魚油封（confit）、美味多汁的伊豆哈密瓜沙拉、充滿海洋香氣的鐵板黑鮑……

桌上裝飾的法國薰衣草看似愜意地享受由窗外照入的陽光。

「歡迎來到瓦朗索爾高原。很棒的避暑勝地是吧？笹醬變漂亮了欸，跟妳媽媽好像。從東京到這裡兩個鐘頭，累不累？」

老人喝了一口杯中的威士忌，將白髮往後梳理了一下，很調皮地眨了眨眼。

真令人懷念。

這位身穿深藍色牛仔褲和白色亞麻夾克的時髦老人，是爸爸就讀學習院時的好朋友犬養康叔叔。爸爸過世後，他會找落寞沮喪的媽媽和笹出來，招待她們吃些好吃的餐點。即使後來笹沒再寄賀年卡了，叔叔的卡片依然按時送達，讓笹感到很失禮。

眼看著人生即將畫上句點。

我把住家處理掉，搬到伊豆高原的安養中心了。

雖然離開那個多年來已經住慣了的地方會感到寂寞，不過也期待在新住處有個嶄新的開始。

歡迎妳來這裡走一趟。

犬養康

撥打了寫在賀年卡上的聯絡電話，立刻安排了這次的會面。

「聽說妳找到一些有趣的資料是嘛，上面沒寫我的壞話嗎？」

雖然康叔叔已經有把年紀，仍然像個馳騁在亂世中瀟灑的新聞記者，饒富機智的應對功力不減當年。

笹翻開外國人登記證上寫了「犬養健先生」的那一頁。

「那是我的住址沒錯。阿瑞在那裡住了很久唷。笹醬妳不知道嗎？雖然阿瑞老是嘀咕著希望早點脫離寄人籬下的生活。」

康叔叔是前首相犬養毅的孫子。笹的爸爸曾經寄住在犬養家。而且據說是從中學時代到出社會為止，一直都和康叔叔他們一起生活。

起初是在戰爭結束前不久。一九四五年五月二十五日東京大空襲，爸爸在麴町的住處全被燒毀，由於康叔叔父親的一句話：「立刻帶他過來。」爸爸便開始了寄居在犬養家的生活。

「我們曾經一起在學徒隊，到岩手縣的深山裡從早到晚進行開墾的工作。」

才不過短短兩個月，因為學徒動員，爸爸就搭上火車搖搖晃晃從東京去到五百公里外的山上。寄居的日子變成了在岩手深山的開墾生活，然後在山裡迎來戰爭的結束。

「阿瑞沉重地說著：『我不再是日本人了。』我什麼話也說不出口。」

爸爸從岩手回到犬養家，臉上的眉毛、睫毛逐漸脫落，頭髮也白了。據說戰爭結束帶給爸爸的衝擊是常人所難以理解的，從某一天開始，他封鎖內心，也不去上學，然後一九四七年就回去臺灣了。

「再見到他，是兩年後的一九四九年。我嚇了一大跳呢。」

完全沒聯絡，就那樣突然出現在犬養家門口。康叔叔說他以為自己見到鬼，嚇得不敢吭聲。然後這次也是在康叔叔的父親犬養健的一句：「你回來啦。」開始第二次的寄居生活。

「為什麼會是在犬養家呢？」

「很奇妙是吧？我也是過了很久之後才知道原因。」

康叔叔在威士忌酒杯中抓起一個溶化的小冰塊放進嘴裡。

犬養家與藍家的交情是從笹阿公那一代開始的。事實上，阿公也和爸爸一樣曾經被送到內地去讀書。他所前往的群馬縣高崎中學的同班同學之中，有一位就是後來的首相福田赳夫。兩個人志同道合，畢業後也情誼深厚，據說阿公還找福田赳夫商量過孩子該送往日本哪裡就讀等事宜。

「雖然有些複雜，不過我想，可能是因為福田赳夫認識我父親，覺得『朋友犬養家也是送去學習院讀書，那裡應該不錯吧。』而決定了阿瑞的學校。」

當時的學習院裡，除了皇室之外還有很多日本的權貴子弟。身為臺灣首屈一指的財閥藍家長子，選擇這樣的學校也是為將來打算。犬養家受到福田家請託，擔任爸爸在日本的保證人。爸爸偷渡回去日本，也是對方事前由阿公那邊收到通知，私下安排準備好。

「剛好那時候，我爸爸擔任法務大臣，所以把阿瑞的事情也處理妥當了。」

「也就是說，讓原本非法居留的爸爸可以合法待在日本……」

「嗯，算是通融一下吧。」

出現在外國人登記證上的「犬養家」和「特定活動」的謎團解開了。如今這世道，像這種要是被人發現肯定會讓大臣下臺的事，竟然敢為了朋友的兒子鼎力相助。

「說真的，我以前很嫉妒妳爸爸。因為不論什麼事，我父親和母親對阿瑞的信任都比對我這個親生兒子還要多。」

說不定，爸爸從犬養家得到的關愛比親生父母給他的更多。

外國人登記證上，一九五八年由學生身分成為公司職員，備註欄上記載了一九五九年從原來寄居在犬養家的新宿區遷往澀谷區松濤，其實只不過是犬養家在澀谷區松濤蓋了新房子，爸爸就住在同一塊建地上的另一間房子裡而已。總之，爸爸在跟媽媽結婚之前一直都是寄居在犬養家。

「在面對是日本人還是臺灣人這個問題之前，讓阿瑞更痛苦的是他跟自己父親的衝突。」

一直以來近距離觀察爸爸的康叔叔如此認為。

「跟我阿公嗎？」

「華人社會裡，不，尤其是像藍家這樣的財閥家中的長子身分，恐怕並不適合阿瑞吧。」

阿公身為藍家第二代家長，順著既定的軌道繼承家業，是了不起的人物。理所當然，他認為之後要由兒子來接棒，因此透過人脈關係讓孩子接受菁英教育。只不過日本意外地戰敗，兒子瑞山失去了自我，甚至演變成自我否定的人格障礙。

原本在這樣的時刻，那個對孩子而言具有絕對權威、最值得信任與尊敬的父親更要伸出援手，卻因為當時負罪逃亡而錯過了那個時機。對瑞山來說，不顧一切尋求生路的父親成了應該鄙視的庸俗之人，而且這個人竟然還對自己頤指氣使，一輩子都難以原諒。

「我一樣是恨我那個身為工作狂、完全不顧家庭的父親，但是阿瑞的怨恨，是伴隨悲傷的那種更深沉的恨。」

說真的，爸爸或許是從來沒有感受過自己父親的愛。以阿公的眼光來看，進入學習院就讀可能就是對孩子的疼愛，但是對爸爸來說，在學習院被灌輸了錯誤的國家觀念，以至於後來因為身分認同的歧異而受盡折磨，不免要為此悲嘆吧。

「我們那個年代的男人啊，一輩子都處在對父親同時具有共鳴與反感這兩種極端感受的批判與糾葛下苦惱、成長。只不過，阿瑞到了最後是只剩下對自己父親的批判就那樣離開人世的吧。換句話說，這說不定也意味著他連自己都無法原諒……」

康叔叔察覺到，爸爸第二次寄居在犬養家之後，似乎對臺灣有些想法並試圖有所行動。只是原本期待爸爸會告訴他這些事，卻始終都沒有透露過。他說爸爸當時會參加一些聚會，像是以研究中國文學家魯迅的竹內好為核心的「火曜會」，或由評論家安田武主導的「以悲留會」（イビル会）等等，也會與哲學家同時也是社會運動家的鶴見俊輔或評論家桑原武夫等人混在一起，話題從戰爭到性愛，喧鬧地展開脣槍舌戰。文人都是酒鬼，無人能及。據說同樣愛喝酒的爸爸儘管還是充滿厭世感，但似乎透過與這些文人以日語交流而獲得了心靈上的平靜和慰藉。

爸爸到內地讀書，一切源自阿公與福田家的緣分。

「如果不是到內地讀書、日本沒有戰敗、沒有那場戰爭的話……我是說如果，爸爸就不會那麼痛苦了吧。」

「嗯，是可以那麼說啦，只是如果沒有這一切，笹醬妳就不會在這裡了唷。然後妳也不會有想要了解爸爸的念頭。換句話說，康叔叔我也沒辦法在這裡吃到好吃的鮑魚了。阿瑞離開了，我也感到相當孤單。我真的迫不及待希望早日見到他，可以再一起喝酒。」

康叔叔再次將威士忌酒杯靠近嘴邊，眨了眨眼睛。

爸爸友人的記憶與那些紀錄串連起來了。

塗黑的官方資料

只不過，外國人登記證上在犬養健的名字出現後，備註欄中被塗黑的文字記載區塊突然變多了，就連幾個按指紋的部分也大面積被塗銷。

一九六〇年後，依次在一九六一年、一九六三年、一九六六年、一九六九年、一九七二年、一九七五年……大約每三年就更新一次登記證，然後每次都會貼上一張新的大頭照。

外國人登記證上也留有出入境紀錄。

戰後，爸爸第一次從羽田機場出國是在一九六三年。前往的地點是不是故鄉臺灣，無法得知。當時的護照也找不到，沒辦法確認。不過從這個時候開始，幾乎每年都留下取得再入境許可並由羽田機場出國的紀錄，資料滿滿一整頁。

可能是因為居留期限的關係，到期之前非得出國一趟不可？

「一些有的沒有的，真麻煩。」

想起爸爸之前不斷掛在嘴邊的那句話。

也許在他人看來好像日子過得悠哉一直往返國內外，但是對他本人而言，這都是因為繁雜的手續而非得經歷的過程，搞不好他反倒羨慕持有日本國籍的媽媽呢。

一九七二年，從原先居住的澀谷區搬到世田谷區。住在澀谷區時，外國人登記證上的國籍是「中國」。到了世田谷區則標注為「韓國」。或許對區公所的人來說，反正不管中國、韓國都算歸類為外國人吧。

在一九七五年，特定居留資格編號「4-1-16-3」變更為永久居民「4-1-14」。

備註欄最後寫了一句「因死亡註銷歸還登記證明書」，然後打一個大大的叉叉，手寫註明「完結」和關閉檔案的戳印。這是爸爸的外國人登記證最後一頁。這代表一個外國人在日本亡故，而外國人登記證也已經完成了它的使命。

不過，難道沒有任何辦法可以看到塗黑的部分嗎？

自己深深了解這件事的難度，在詢問過東京入境管理局之後，得知可以依據行政機關對管轄內個人資訊保護的相關法規第十三條第一項，請求公開管轄內外國人出入境資料之個人資訊。

又是請求公開嗎？……但至少還有一線希望。

於是填寫了申請書，向東京入境管理局請求公開外國人登記、再入境許可、資格外活動許可、居留時間更新、居留資格變更等等感到有疑問的部分。

心想大概得再花上一個月的時間，正打算靜心等候時，居然一星期不到就收到了回覆。是一封薄薄的信。感覺不太妙。果然，回函只有兩張紙，寫了「不予公開」。理由之中提到，有關居留特別許可的紀錄一般只保留十年左右，之後便予以銷毀，因此該單位仍保有資料的可能性微乎其微。

這種不斷言「絕對沒有」而是「微乎其微」的說法，實在很討厭。

笹自己也分不清心裡到底是生氣還是要放棄，然後接到一通東京入境管理局打來的電話。一聽說對方就是寄送回函的承辦人，不由得正襟危坐。出乎意料的是，對方建議笹，請求公開的內容當中有一部分可能是記載於法務省的「外國人入出境主要檔案」之中，可以另外向法務省提出申請。

難纏的入境管理局一下子突然變得像個和善的親人。都已經走到這一步了，所有能用的方法都想試一試。

於是再次將「請求公開管轄內個人資訊申請書」寄給法務省。

一週、兩週過去了，進入第三週。

到了已經打算放棄，剛好是第四週的最後一天，信寄來了。是目前為止收到過的公函中最薄的一封。

行政文書不公開決定通知書

不公開之理由

台端請求公開之行政文書，其存在與否之答覆將與公開本法第5條第1項規定中不應公開之資訊產生同一結果，故依本法第8條之規定拒絕公開。

政府機關打算用玄之又玄的答覆讓笹陷入一團迷霧中。

明明是我爸爸的事，為什麼不能讓我知道？

通知書上蓋了法務大臣的紅色印章，好大一個——彷彿在告訴笹別再多管閒事了。

難道已經束手無策了嗎？

笹重重嘆了一口氣。

第14章 一九九二年　臺北　藍瑞山　重逢

某一天的事

那是在一九九二年七月的某一天。瑞山與明月坐在臺北國賓大飯店咖啡廳的一個角落。臺灣的夏天依舊炎熱。穿過門口走入大廳的每個人一律都是一手擦去額頭上的汗珠，露出鬆了一口氣的表情。鞋跟踩在大理石地磚上的咔咔聲、悠閒貴婦人的高聲談笑、情侶目光交纏的濃情密意，兩位老先生之間瀰漫的一股緊張感彷彿與他們劃清了界線。

然而這緊張感並不惹人厭。那是一種凝望之間即使一語不發也足以彌補流逝的歲月，讓彼此心意相通的親切感受。

兩人像是搭上了奇特的時空膠囊降落在現代的臺北市，心情上既非沉重也不算小題大作，有如浦島太郎似的。

「每次見到穿中山裝的男人就心驚膽跳——」

「當時看到了日本，心想，總算回來了。」

明月回想起數十年前的往事開口這麼一說，瑞山也跟著說道。

「已經幾年了？」

戴著比學生時期更厚重的眼鏡，明月瞇起眼來。

「到底幾年了呢？我們……都老了啊。」

瑞山笑著用手摸了摸已經完全忘記頭髮是什麼觸感的頭頂。

「你相信嗎？李登輝是總統欸。總覺得有點可笑。」

明月那誇張的模樣緩和了瑞山的緊張感。

無論過去發生了什麼，未來一律公平到來。

兩人切實體會到時光飛逝，不知不覺四十年匆匆而過。

一九八七年，臺灣長達三十八年、也是全世界施行最久的戒嚴令終於解除。隔年，隨著蔣經國去世、李登輝就任總統，臺灣民主化一舉躍進。國民黨實際上是放棄收復大陸，廢除了宣稱處於內戰的「動員戡亂時期臨時條款」，使臺灣與中國之間能夠自由往來。

儘管社會轉變，允許公開討論象徵黑暗時代的二二八事件與白色恐怖，臺灣的天空逐漸恢復了色彩，但是心中長期被深植恐懼的人們，仍猶豫著是否要將這些當成陳年往事來追述。

臺灣的舵手已經有所改變。
尚未能真正體會到這一點的明月手中，收到一封蓋了日本郵戳的明信片。

能在臺北見個面嗎？

是來自瑞山的邀約。
無數的痛苦回憶從明月腦海中閃過。與瑞山見面的事不會有誰暗中告密吧？——縱然時代已經改變，仍無法解除對旁人的防備。居然到現在還在猶豫要不要跟瑞山見面，連自己都感到無言。
「你好像結婚了是嗎？」
為避免讓自己顯得不中用，明月刻意顯露出開朗的模樣。
「是啊。對方是日本人，我們生了一個女兒。」
「那太可憐了。如果長得像你，豈不成了一個陰沉的苦瓜臉？」
「這樣說太過分了吧。她可是個漂亮又可愛的孩子呢。你自己呢？」
這麼多年了，明月那擅長活絡氣氛的個性還是沒變。
「我是跟臺灣人結婚。有三個小孩，其中一個是女兒。」

「那才真是可憐。如果像你一樣是個愛狡辯的女生，可就傷腦筋了。」

「沒事的，一點也不像我啦。是個有藝術天分的聰明女孩。阿剛好像也有一個女兒的樣子。」

「是嗎？如果是個脾氣暴躁的女兒可就太悲慘了。」

以前總是焦孟不離的瑞山、明月和剛毅。現在只有他們兩個，談話的節奏似乎有那麼一點對不上，彼此都敏銳地察覺到了。

「你父親過世了，對吧？」

明月提起，不知道是哪一天在報紙上看到大大的標題寫著「藍家第三代、惠賢逝世」。

「是啊，豪華的葬禮。到最後還是盡情地吃喝才安然離世的，很幸福了。」

「你們和好了？」

「算是吧，雖然沒有明說，不過結婚和孫女出生他都很高興。」

「是嘛，那太好了。」

「……我說，阿明……有件事在我還活著的時候無論如何都要親口告訴你。」

瑞山的語氣和剛才不同，變得有些淡漠。

「你說吧。」

配合瑞山認真的表情，明月也壓低了嗓音。

瑞山身為臺灣藍家長子的大半生，不斷與偉大的父親藍惠賢爭鬥。即使他的身影已經從現實世界中消失，卻是一輩子也無法由瑞山心中抹去。

——我跟我老爸就像油和水。現在想想，過去的我太年輕，嚮往幼稚青澀的正義。那個時代的漩渦如同蟻獅地獄，一旦被捲入就動彈不得。愈是掙扎陷得愈深。只是當時自己並不明白。

一九四七年，在日本迎來戰後第二年，我從神戶港搭上了遣返船。

我知道二二八事件，但是誰也不願意告訴我詳情。問起失蹤的弟弟和老爸的下落，我老媽只是很小聲地說：「過一陣子就回來了。」

老媽每天一大早就出門，夜深了才到家。累到面無血色，臉上多了好幾條皺紋，一天比一天深。

幾個星期後，弟弟回家了。

老媽不必再出外奔波，也恢復了生氣，但是戴在耳朵、手指上的翡翠、金飾、珍珠通通都不見了。弟弟忘記了笑容，家中一片死寂，不時有人在啜泣。

酷暑漸消的時節，老爸突然回來了。

記憶中老爸在我去日本留學之前那種意氣風發的模樣已經不見。曾經目光炯炯有神很有威嚴的老爸，變得經常在意人家的一舉一動，老是低著頭。我感覺十分可悲的同時，也被強烈的厭惡感和鬱悶所包圍。

怎麼樣都無法原諒老爸用錢撿回一條命。

我懇求脫離父子關係，但只要一開口，他就不斷說著：「你是長子啊。」讓我實在不知道該怎麼辦才好——

瑞山結束一大段獨白，啜了口咖啡。

「於是你終於下了決心來到臺灣大學？」

明月噗哧一笑。

「對啊。」

「當時那一拳可真夠力啊。」

明月作勢擊出右拳。

是瑞山進入臺灣大學就讀，一九四七年那天的事。

那天瑞山突然赤裸裸展露情緒，揮拳打了明月和剛毅。

「我也很痛欸。」

瑞山也向明月揮出右拳。

「那時候女神送給我們的慰問品可真是嚇壞人哪。」
「別提了，那麼臭的東西還真是一次就夠了。」
瑞山縮回右拳，捏著自己的鼻子。
「在能高山山頂見到的那片景色，真想讓女神也瞧瞧啊。」
「……是呀。」
瑞山將視線大幅度移向窗邊，凝望斜上方飄動的雲朵。

生活在日本的臺灣人

明月也望著窗外流動的白雲，回想起一九四九年的那個夏天。
那一天，目光緊緊追尋湛藍通透的天空裡海鷗飛舞的身影。
大學同學們在基隆港為早坂一郎教授送行，瑞山抱著必死的決心潛入了那艘船。保持沉默的瑞山，再次回想自己穿上船員制服、漸行漸遠的基隆港、海鷗尾隨船隻良久的那些鮮明的記憶。
「對了，我聽說正當我們為了四六事件那些事而慌亂的時候，打算在臺灣開岩波書店的李登輝事實上也找過你……當時的夢想一個接著一個被摧毀……也差不多該說說你去到日本之後的事了。」

瑞山與明月的共同記憶，從船隻離開基隆港的那天起就一片空白了。

「曾經也有……那麼一回事啊……是運氣好吧……往日本……的航程……比想像中……還平順。」

瑞山那獨特的語氣又重現了。

文勝於武，從舊書店發跡的小小岩波書店將文化散播到全日本。在臺灣，也為了效法「書籍改變思想、改變國家」這樣的精神，以戰後從日本返台的何既明醫師為主導，找來同樣由日本返台後在中學任教的陳舜臣，還有臺灣大學農學院的李登輝等等可靠人選，擬定「書店計畫」打算創立書店與出版社。瑞山偶然得知曾在遣返船上遇見的陳舜臣也參與其中，而自己對於創造文化的想法亦有同感，便策劃由藍家提供資金與場地。只不過，其中涉及白色恐怖的成員被槍決，瑞山也決定偷渡到日本，書店計畫就此煙消雲散。

「美好的夢想背後展開血腥的逮捕戲碼，我倖免於難。陳舜臣也一樣，撿回一條命。現在想想，參加計畫的人當中有一位當上總統、一位成了大作家，而我到最後……什麼也不是……」

瑞山雙手交疊在桌上，回溯偷渡到日本的記憶。

「我在親戚陳逸松和山水亭老闆王井泉的安排指點下，取得『藍燈振』這個身分。這是為了假扮船員偷渡去日本。在船上，再次遇上參與書店計畫的陳舜臣。陳舜臣說因為未婚妻在日本等他，所以打消了協助書店計畫的念頭。雖然他愧疚地為自己在提供書籍這個階段就退出而表達歉意，其實我自己也是逃往日本，處境相同。」

同為書呆子的兩個人，為了無法見證臺灣岩波書店的開業而感到惋惜。

「我一直帶在身邊的那本《魯拜集》，其實是陳舜臣在遣返船上的翻譯筆記。不論是收下那本筆記的我，還是將它給了我的陳舜臣，都相信總有一天會在某個地方重逢，但完全沒想過竟然真的在前往日本的船上見到面了……果真是有巧合這回事。幾乎讓我以為陳舜臣就是我命中注定的情人了呢。」

對於瑞山的玩笑話，明月只是揮揮右手一笑置之。

瑞山這個曾在遣返船上為了國家認同而苦惱的年輕人，待在臺灣的短期間內成長非常多。從一個尋找「青色之花」的年輕人轉變為創造「青色之花」的人，精神上變得堅定而強壯了。

即使還沒找到答案，但是瑞山再次以日本為目標，已經有了明確的想法與使命。

瑞山有力的眼神展露出強烈的求生意志，陳舜臣對他顯著而大幅度的變化感到開心。兩人為打破臺灣現實的困境，從《魯拜集》開始到哈桑．沙巴、拉希德、魯迅、老舍、江戶川亂步、野村胡堂、陶淵明等等，每天不斷談論這些對自己有影響的作家與作品。

「抵達神戶港之後，我躲避警察轉搭火車前往東京的犬養家。我突然現身，他們什麼也沒問，一如往常接納了我，實在很感激。」

瑞山在學習院就讀時的好朋友之中，有一位是前首相犬養毅的孫子。犬養家不只是擔任瑞山的保證人，後來當上法務大臣的犬養健還為瑞山安排特別的居留資格，以擺脫偷渡者身分，重新成為可以光明正大在日本生活的「藍瑞山」。

戰後的東京發展速度驚人。雖然每天都為生活而耗費心力，不過大家都是從最惡劣的狀況起步，堅信未來只會正向發展，所有人不顧一切埋頭苦幹。

當然，留在日本的臺灣人也不例外。

日本曾經是臺灣人的故鄉。戰後對祖國感到失望的臺灣人在日本重獲生機，滿懷喜悅。操控池袋、新宿、澀谷一帶進行開發的臺灣華僑，有如奔馳在曠野中的推土機，在整建好的土地上蓋了一棟又一棟宏偉巨大的建築物。

尤其在新宿，風林會館的林再旺、新宿アシベ（ACB）會館的黃江夏、新宿紅磨坊和新宿地球座的林以文等人積極大展身手，燦爛輝煌，成為臺灣人之光。

「當時在日本的臺灣人幾乎都認識我老爸。我也算是從中圖個方便，受到大家關照。史明也很照顧我。」

「在日本也有很多跟我們一樣在追尋『青色之花』的臺灣人吧。」

明月如此問道，眼中重現昔日的光彩。

「是啊，有人嗅到了商機的同時，也有很多人尋求『屬於臺灣人的臺灣』。即使投身於商業經營，與我們追尋『青色之花』的心情完全相同。商人提供相當多資金援助社會運動。當然，來自臺灣的資金也很多。為具體展現商人的心意，我拚命苦鬥。」

日本的臺灣獨立運動始於一九五〇年代，在六〇至七〇年代之間興盛。打頭陣的是在日本創立「台灣共和國臨時政府」的廖文毅。其後，相繼有促成「台灣獨立建國聯盟」的辜寬敏，組織「臺灣青年社」的王育德、黃昭堂、許世楷，成立「獨立台灣會」的史明等等。此外，後來成為作家的邱永漢也曾向聯合國請求託管，並主張藉由公民投票決定臺灣未來的地位，還有政治評論家金美齡加入了臺灣青年社，各自推動著臺灣獨立運動。

金錢、文筆、理念，分別以不同的形式努力讓「青色之花」盛開。

「我單純而強烈的憤怒成了信念不可動搖的原動力。儘管隨著時間改變，彼此的理念主張有了歧異，也有人因此而分道揚鑣，不過大家始終為了臺灣而戰，是無庸置疑的事實——」

「——別忘了，你和阿剛不在的時候，我一個人在臺灣一樣是死命掙扎等待機會。」

明月回想過去憂心國家前途、懷抱革命志向的那些日子，使勁說著。

「啊～怎麼會忘呢。多虧有你還在臺灣，我在日本才能不放棄希望，活到現在。」

「是嘛。我和阿剛都被捉了，你是我們唯一的希望。」

明月露出放心的表情。

「可是，只因為我寄了那張**地圖**給你，就讓你的人生走樣了。」

瑞山迴避了明月的目光，雙手摀著臉。

那張地圖，標注了瑞山冒險帶往日本的「青色之花」藏匿點。

國民黨政權在日本也徹底建立了告密制度。特別是與臺灣獨立運動相關的都被視為反政府勢力，他們派遣職業學生擔任間諜進行監視，試圖軟硬兼施讓這些人瓦解。

瑞山也是，不知不覺間開始覺得身邊經常出現一些奇怪的身影。

「啊啊……可是為什麼會選在那裡？」

要是不見了，三人夢想中的「青色之花」就全部完蛋。以防萬一，瑞山想到了要託付給戰前就一直照顧他的溫泉旅館老闆。

「不論發生什麼事，還有山在。山不會變，即使我們老去、離開人世，山依然會在那裡。」

成功偷渡日本的瑞山稍稍安頓下來之後，在一九五一年將標注「青色之花」所在地的地圖寄給了明月。

不過這張地圖卻演變成一樁難以預料的事件。

「哪想得到你竟然會被逮捕兩次……全都是因為我的想法太天真才會那樣。我對臺灣當時的狀況了解不夠充分。」

瑞山將手放了下來，再度直視明月。

「怎麼樣贖罪都無法彌補我過去的行為，不過我還是想要好好向你謝罪。對不起。」

瑞山在明月腳邊跪了下來。

「你不要這樣。是我自己太笨了，我從來沒有埋怨過你。如果我是你，也會做出一樣的事。我們曾經共度的那些時光更加重要。」

「不只是你。我……也給你的家人帶來一輩子無法治癒的傷口。」

「那種事根本就沒什麼。比起那些，我更不能原諒你的是其他事。」

瑞山抬起頭來。

「你結婚後就回到臺灣生活了，對吧？為什麼不告訴我？我一直在等你，等你來找我。可是你沒有出現。」

明月隔著眼鏡，高姿態地瞪著瑞山。

「你要我用什麼臉去見你……」

「照平常那樣就好。」

「我害你變成了罪犯啊。」

「不要再說這種話！我們是有著共同夢想和祕密的夥伴。」

雖然明月一度拉高了嗓門，卻又立刻摟著瑞山的肩膀開始笑著說：

「我女兒不是去當你女兒的家教了嗎？那是我為了查探你的狀況，故意安排的。我女兒說：『笹醬一叫爸爸，他就開心地笑了。』聽到這樣我就安心了。」

「我知道啊。我一直都意識到你的存在。所以家教課的最後一天，我給了你女兒妙玲一瓶以前我常裝在小酒壺裡喝的那種酒。」

兩人目光交會，羞澀了起來。

「我們真的是很傻啊。」

「我的時間……大概剩下半年左右。」

面對說笑的明月，瑞山語帶含混地說道。

「是喝太多了嗎？」

「嗯。本以為沒有什麼遺憾了，沒想到真到了那個地步，還是害怕。不由得感覺焦慮，拚命想要掙扎。可能的話，真想三個人再一起爬上那座山、一起喝喝酒……」

「……有什麼我能幫忙的嗎？」

明月意識到那並不是玩笑話，硬是設法讓自己冷靜下來。

「我希望你幫我保管兩封給女兒的信。」

「你自己交給她不就好了。」

「就因為沒辦法那樣做才拜託你。」

「啊，不過，希望你先讀一遍。」

明月一點頭，瑞山從口袋裡拿出香菸在桌上輕輕敲了敲，點燃後深吸了一口，像是為故事揭開序幕似的慢慢由口中吐出白煙，再度凝望著窗外的雲朵。

瑞山遞過來的第一封信沒有封口，明月慎重地取出信紙，攤了開來。信封是全新的，不過寫了字的信紙上卻有好幾處蟲蛀的小洞，而且有許多不規則的摺痕。

給女兒的青色之花：

戰後三十七年。

一九八二年八月十五日，是我「自殺」的日子。

什麼時候開始意識到「死亡」這件事，這樣的問題其實已經不具任何意義。可以確定的是，自從一九四五年八月十五日確定日本戰敗的那天起，我一直不斷探求活著的意義。可是不論我怎麼找都找不到答案。為設法活在這個世上，我想盡各種冠冕堂皇的理由活到了今天，不過這已經是極限了。

撤回臺灣之後，遇見了剛毅和明月。懷抱著我們要找回臺灣人尊嚴的夢想，我偷渡到日本。但是剛毅被送去了離島，而我讓明月成了罪犯。所有的一切都進退維谷。

有好幾次努力尋死，沒有成功。不論是生、是死，我一樣是個半吊子。這樣的屈辱前所未有，然而我卻連靠自己擺脫屈辱的力量都沒有，真是惱人。實在不想再活著丟人現眼。

從沒想過，活著這件事竟然伴隨如此的痛苦。

我發現，讓神經浸泡在酒精裡，讓自己的思考麻木是由痛苦中解放的方式。儘管已經如同死去一般，但是身體會違背我的意識，機械式地吸氣、吐氣。

我靜靜觀察每隔一段時間反覆收縮的腹部，將茶褐色液體從口腔內擠入，從咽喉往食道、胃、小腸、大腸送去。周邊的微血管跳動起來，由內臟後方最深處產生一股灼熱感，蔓延到全身。腹部的收縮紊亂。明明已經腐敗的內臟，頑強地賴著不走，開始在體內強烈蠕動。不久，灼熱感侵蝕神經的突觸與突觸之間，切斷我思考的鎖鏈。只會訴說痛苦的那些話語潰散崩壞，徒具形骸。

意識脫離了肉體，被牽引到另一個次元。

俯瞰一切的我，握著慣常使用的登山刀。接下來只要果決地對準手腕橫向劃開就行。

鮮紅的液體從肉體冒了出來，我毫無感覺。沒多久，那液體開始帶有黏性，沾染在各處，停止流動。

斷絕生路，實在是個美妙的行動。

我百般思索該留下什麼樣的遺言才恰當。

——請原諒我的自私。

——請接納我的任性。

——請為我實現最後的願望。

沒有一個令我滿意。終究只是個揮不去煩憂的凡人末日。任何字句都顯得陳腐、虛偽。

只要一息尚存就永無止境的人間地獄裡，咖啡色液體是最合適的。但是，我不願再反覆過著將肉體浸泡其中的日子了。

過去學習的事、說過的話、約定的誓言全都煙消雲散。這世間，屹立不搖的事物瞬間崩塌，是個無依無靠虛空混亂的狀態。有人引導並命令我走上一條沒有盡頭的道路，苦悶煩惱不斷。

從那天起，暗黑陰沉就是我的摯友。

從日本人到臺灣人、當不了臺灣人的日本人、當不了日本人的臺灣人。是祖國還是敵國？是異鄉還是故鄉？

光線何時會照入黑暗中？我在禪學問答般的疑問中受盡折磨，意志消沉。

我被日本人驅逐，回到祖國後再被驅趕，待在臺灣兩年，無疑是我人生中唯一活出真正自我的時光。

沒有哪個偶然不涵蓋必然。

雖然沒有任何確切證據說明我們下一代之間的羈絆，但是我希望他們必然有一天會互相認識彼此。

我相信，只要「青色之花」還在，總有一天會有人挖掘出曾經活在那個時代的三個男人的故事。

好友啊　相遇的時刻
昔日情誼當湧上心頭
美酒斟滿杯若已飲盡
且將酒杯予我　一起乾了它

明月已經讀完信，卻無法抬起頭來，瑞山對他說：

「你現在讀的這封信，是我當初自殺失敗那一次寫下的遺書。」

據說這封遺書是笹剛出生沒多久，瑞山試圖自殺寫下的遺書。明月這才明白，瑞山一直以來承受的痛苦讓他難以忍受到想結束生命。

「我相信，我女兒笹總有一天會跟你聯絡。到時候，請將詳述了事實的這封遺書和最近我寫好的另一封交給她，並告訴她關於我們的事、還有『青色之花』的事……告訴我這個同時擁有臺灣人和日本人血統的女兒……」

「……啊啊，你的女兒，她繼承了我們與我們所經歷過的時代。是應該告訴她，她也有權利知道。不，或許該說是不可不知的宿命。」

明月將信紙放入咖啡色信封，與另一封封了口的遺書一起慎重地收進包包裡。

「沒辦法見到阿剛嗎？」

瑞山委婉問道。

「阿剛從綠島一回來就直接來找我。可是我害怕地叫他：『不要再來！』趕他回家。就再也……」

明月沉默了。

從綠島回來的是政治犯。如果被貼上標籤說是政治犯的朋友，包括家人在內就再也不得安寧。任何人都會與政治犯保持距離，不只是視而不見，根本是避之唯恐不及。

「原來。我曾經從日本聯絡阿剛，他說：『再也不打算見面了。』然後杳無音訊。」

「那傢伙刻意把我們都給忘了……其實根本就沒有。我對他做了過分的事。阿瑞，如今我更是不可能了，你去見見他吧。」

「不，我明白阿剛的想法。那傢伙老早就下定決心這輩子不再跟我們見面了。」下次再見應該就是彼此的告別式了吧，兩人相對無言，瞭然於心。

又是一陣沉默。明月不經意問了瑞山——欸，你知道阿剛的女兒叫什麼名字？

——嗯，是燕雪吧？瑞山很自然地回道。明月隨即眨起一隻眼，咧嘴笑出聲來。

「啊啊，是燕雪。我女兒是……妙玲……然後你女兒是篚。要說是偶然的話，也太巧合了是吧？」

「或許是吧。不過，偶然這種事就像追求女人一樣是可以安排的。」

在明月的笑容感染下，瑞山一面笑著吐出一口細長的煙，用幽默的口吻聳聳肩說道。

「我們三個都打算把『青色之花』託付給女兒呢。」

瑞山沒有熄掉那支菸，而是藉由吐露未實現的夢想將自己拉回現實之中。

「暗殺蔣介石和蔣經國的行動都被人搶先一步了。」

一九五〇年，史明試圖暗殺蔣介石而組織武裝部隊。但是消息走漏，計畫沒有執行。二十年後的一九七〇年，輪到留學美國的臺灣獨立運動者黃文雄採取行動。他趁著蔣介石的兒子蔣經國訪問美國時開槍射擊，同樣也是失敗告終。

「這個時代，或許要像學生聚集在中正紀念堂發起野百合運動那樣，才有力量改變社會吧。阿瑞，我們的『青色之花』還在嗎？」

明月再次提起「青色之花」。

「還是老樣子。至今我依然願意相信我們三個人可以改變世界。相信總有一天一定可以帶阿明和阿剛同行前往妙高。位於妙高燕溫泉的笹屋，那個有『青色之花』沉睡的地方……最後的時刻，希望三人一起去。」

「『青色之花』一定會綻放。」

明月向瑞山伸出右手。

「我們沒有丟掉性命，努力藉著存活在這世上去改變些什麼。即使為了不要前功盡棄，也應該……是吧。」

瑞山以左手回握著明月，手上浮現好幾條細微的青筋。

女神安眠之地

生命有限。年輕的歲月裡，追求真相、為國家設想、思考自我，企圖要頂天立地。

「最後可以再陪我去一個地方嗎？」

明月與瑞山一起搭上計程車，這麼對他說。

「去哪裡？」

「去了你就知道。」

計程車載著兩人離開飯店往南邊去，駛進一條陡峭狹窄的山路。不見臺北市中心四處林立的高樓大廈，眼前接連出現的是鐵皮屋頂的工寮、修理廠等等雜亂的建築物。霸占屋頂的貓兒一臉旁若無人的模樣，正與這顯得寂寞荒涼的景色形成對比。

來到微高的小山丘頂端，計程車停了下來。刻有「臺北市示範公墓」的氣派大門前方，數不清的墓塚順著山丘坡地一整片延伸至遠方。

「要走一小段路，你可以吧？」

明月走在瑞山前面，開始邁出步伐。

「要給誰掃墓嗎？」

明月沒有回應瑞山，繼續走著。

位處沖繩南方的臺灣。正午時分，頭頂上的大太陽將兩人身上的水分都擰了出來。瑞山覺得天空藍到令人討厭，流浪狗對他冷眼旁觀，看似悠閒地邊走邊搖尾巴。偶爾會有機車經過，但路上只有瑞山和明月二人走著。對於不知道要走去哪裡的瑞山來說，感覺是一段漫長的路。

山東、吉林、南京、雲南、陝西……大大小小各式各樣的墓碑上刻著人名和中國各省的地名。這片墓地上，應該也有很多與蔣介石一起從中國來到臺灣的外省人吧。穿過「回教公墓地界」的區域，明月彷彿看準了目標似的飛快向前走去。

「路不好走，小心點。」

走出柏油路面進入草叢。草叢那頭開闊的斜坡上，有好多磚頭般大小的小墓碑立在地面上。模樣與剛才看到的那些區隔圍起的墓地相當不同。

「這是什麼？」

「白色恐怖受難者的墓地。」

小小的墓碑上，差不多只寫得下十幾個字。

楊子學之墓　歿於民國四十年九月十五日

蔡賢正之墓　歿於民國四十二年六月二十日

林彩香之墓　歿於民國四十一年四月二日

墓碑上，用紅字寫著姓名與亡故的日期。

斜坡邊角處的樹蔭下，明月跪了下來。

像是在大樹根環抱下的墓碑，自己一個孤伶伶地立在那裡。

吳翠華之墓　民國三十八年　槍決

「女神……」

瑞山的膝蓋發軟跪在地上。

想忘也忘不了的女神。明明心中早已知道她會有什麼樣的下場，瑞山還是無法接受女神成為這個模樣。

「為了找她，吃過不少苦頭。能夠讓你們見面，我終於可以無牽無掛地去另一個世界了。」

明月說完，拿起一塊放在女神墓碑前的小石頭。

「那是……」

「是的。我們三個一起登的那座山的石頭。」

戒嚴令下的臺灣，有許多人因為莫須有的罪名被處決。據說那些遺體多半在無人認領的情況下葬身海底或埋在山中。隨著民主化的進步，當時的情形水落石出，並確定了遭槍決者的埋葬地點。其中之一就是明月帶瑞山前來的「臺北市示範公墓」中，一般稱為六張犁亂葬崗的這個地方。

「其實之前當我找到女神的墓碑時，就跟今天一樣，看到這裡有人擺了藍色的臺灣連翹和這塊石頭。」

明月指著地上那束臺灣連翹花。

「是阿剛？」

「其他想不到還有誰。」

「……他今天也來過了嗎？終於，可以四個人一起登上能高山了。」

瑞山將明月遞給他的石頭放回女神的墓碑前。

瑞山、明月和剛毅的重逢花了好長一段時間。

雖然各自走著不同的道路，然而所愛的、所信任的都沒有改變。

「阿剛那傢伙，肯定在某個地方一邊摸著他嘴上的鬍鬚，一邊悠哉地望著我們笑吧。」

明月凝視遠處聳立的臺北一〇一大樓。

「又是像我們當初那樣，年輕人要為臺灣而戰了。我要先走一步去和女神對酌嘍。請讓我們盡情享受兩人獨處的時光。我會安然自在地等候，你和阿剛不用急著過來。」

這就是最後一次。

瑞山靜靜佇立，要將眼前可見的景色全都深深烙印在眼底。

IV

第15章
二〇一四年　過去與現在的連結

書信往返

妙玲老師
燕雪小姐

妳們好。

燕雪小姐留在太陽花學運會場上的相片、妙玲老師在日記中發現的相片，還有從臺灣寄來給我的相片。

我們三人的父親出現在同一張相片中，而我們這三個女兒藉此有所連結，實在很開心。

我手中的相片背面，留有爸爸寫下的字句。

一九四九　五　瑞
是否要追尋綻放在地平線盡頭那座山丘上的青色之花，徘徊在無邊無際的世界?!

另外，爸爸留下來的相簿中，還找到下面這樣的訊息。

一九四九年五月
臺灣人　青色之花　去日本
明　瑞　剛

由於對三個年輕人、還有兩邊的訊息都提到「青色之花」這件事有些在意，我展開了一段探索爸爸過往事蹟的旅程。

我到臺灣，知道了藍家與二二八事件的關連，見到曾經在臺灣大學地質系任教的王思亮教授。然後到了玉蘭莊，這個以受過日本教育的人為主要服務對象的日間照護中心，遇上了妙玲老師的母親。

後來我也知道了相片中的年輕人是鄭剛毅和高明月，他們三個人感情非常好。還有他們一起登上能高山的事、爸爸偷渡回日本的事，以及妙玲老師曾經當過我的家教等等。

可是那個時代的一切都是零碎的片段，無法拼湊出完整的畫面。

身為女兒的我們之所以取得聯繫，我總覺得一定是爸爸從另一個世界傳遞了訊息，「希望妳了解我的事」。

可能的話，妳們是否願意協助我，循著戰後爸爸在臺灣的足跡去解開相片背後那些訊息所留下的謎？

笹

雖然是在一天即將結束的深夜裡發出的郵件，但是沒一會兒就收到了妙玲和燕雪的回信。

其實她們兩個也是焦急地在等待笹的回覆。

Dear 笹 &燕雪：

Hi! Thank you for your wonderful letter.

三個人可以聚在一起 so happy。Of course，我很樂意幫忙。

我也跟笹一樣，關於爸的事情有很多都不清楚，正在調查中。我會把目前知道的跟妳們分享。

我爸受的是日本教育，爸媽彼此都用日語溝通，我一直覺得有種距離感。

再加上那個時代的爸是「大男人主義」，that is 日文中的「亭主関白」，他以無人能敵的地位掌管整個家，是個非常可怕的人物。

到現在我都還記得很清楚，當時爸就站在門口，我卻以為是不認識的叔叔所以沒幫他開門。記得那是我還沒上小學的事情。

後來才知道，原來是因為爸曾經有很長一段時間沒回家，可能我年紀小，根本完全忘了他的樣子。

至於為什麼沒回家這個關鍵點，依然還是個未解之謎。

因為只要提起那件事，我媽就會 get hysterical，哥哥們也不想跟我說，我也就不敢再問。

說不定這件事和妳父親偷渡有所關連，我打算再問問家人。

另外，我之所以成為笹的家教，其實好像是妳父親拜託我媽的。

我爸的日記用了中文和日文，我會 check 看起來和妳父親可能相關的部分，請再給我一點時間。

燕雪，因為我的日文不夠好，可以到「Jamie Coffee」來跟我一起讀讀日記嗎？請告訴我方便的日子。

希望我們的解謎行動順利完成！

Best wishes

妙玲

妙玲小姐

笹小姐

關於要面對阿爸的一切，我還沒下定決心做好準備，實在非常佩服妳們的行動力。

從小我就對自己身邊的氛圍有一種不尋常的異樣感覺。阿爸與一般的父親不同。一直有那樣的感覺。

該不會……我一再設想各種狀況又一再推翻。

或許只是因為我自己不想正視那些痛苦與辛酸的事。再加上自從阿爸過世之後忙於照顧阿母和家裡，而且還要工作，幾乎沒有屬於自己的時間，日子就那樣一天天過去了。然而繼續這樣下去，我可能會後悔。一直以來我害怕面對真正的阿爸，完全只停留在自己臆測的空間。但是我想要知道真相。為了解開謎題，我想要跨出那一步。

只是，跟阿爸有關的東西其實幾乎都沒留下來。

我只能去問阿母。即使是一個線索也好，我想要找出來。

對於阿爸，我唯一能做的就是想讓他看見我成為一名成功的譯者，所以我在出版社的個人簡介頁面上用了那張相片。因為我認為相片中就讀臺灣大學時的阿爸是最快樂、最燦爛耀眼的。

也多虧這樣，和妙玲小姐、笹小姐取得了聯繫。

對於妙玲小姐父親所寫的日記，我很有興趣。

為了照顧常需前往醫院的阿母，還有打理孩子的事，我很難有空閒的時間。不過下星期日的話，我可以抽空去一趟「Jamie Coffee」。

祝福　平安健康

鄭燕雪

三個人分別住在臺灣和日本，原本毫無交集，但因為彼此的父親是大學摯友而有了聯繫。無關乎年齡、工作、家庭狀況、信仰、興趣這些小細節，三人共同一致的目標就是想知道關於自己父親的過往，因此很快便敞開心房，互動十分融洽。

透過書信往返，不論是工作還是煩惱等等，就連日常生活的瑣事她們也能夠很自然地聊起來。

燕雪是四個孩子的母親，她在父母嚴厲的教育之下向來壓抑自己，保持資優生形象。如此的一板一眼也顯露在文字表達上。明年她的大女兒要考中學。目前除了孩子讀書的事情之外，她的生活重點放在母親長時間洗腎，還有即將著手新的翻譯工作等等。

有過一段婚姻的妙玲，因為討厭臺北糟糕的空氣，搬到近郊居住。經營「Jamie Coffee」讓她的生活充實快樂，但似乎對固執難搞的房東要漲租這件事積壓了一些不滿。或許是因為曾經到義大利留學，信件中常會夾雜一些英文，別具特色。儘管有粗心冒失的一面，但也確實符合三兄妹中的老么性格，給人一種自由開朗的感覺。

笹則是不擅長表達自我。一開始對於要跟不太熟的人聊起自己的身世感到不知所措，但不知道為什麼，面對她們兩個就變得很坦率，一些古怪的執著點也漸漸消失不見。

信件成為她們埋藏在內心深處那份對已逝父親的情感依歸，讓心靈獲得安定與慰藉。

紅字日記

妙玲和燕雪一起讀她找到的日記之後，三人的解謎行動突然有了很大的進展。她們解讀的時間範圍主要集中在紅筆字跡特別多的一九四八年～一九五一年這四年。在A5大小的筆記本封面上，妙玲的爸爸用英文草寫寫了「Memorandum」和個人簽名「Akira」。

妙玲的爸爸高明月從臺灣大學畢業後，以地質學者身分不斷努力鑽研，樹立了古生物學權威的地位。他也曾經到日本東北大學做研究。回母校之後以教授身分天天熱心指導學生，後來因為心血管疾病而過世。

他的日記以日常生活紀錄為主，簡潔的重點條列式寫法呈現研究人員風格，文中四處夾雜英文、德文、拉丁文，甚至還有中國詩詞，博學多才可見一斑。

日文記述的部分，一律是紅色字跡。

依妙玲和燕雪的推測，日記中表達情緒的部分有極高的傾向是以日文書寫，或許是因為他必須用母語才有辦法吐露真正的想法。

7月13日　11日在太平町山水亭　臺灣大學地質系早坂一郎老師歡送會

瑞　船

剛　逮捕

只剩我　沒出息　混蛋

能高山　希望當個臺灣人

我們的青色之花在酒中凋零

這是一九四九年的日記中讓人特別在意的內容。

想知道「船」和「逮捕」是什麼意思。

翻開一九五一年的日記。突然寫了「**無辜**」兩個大字，還有隻字片語。

冬　瑞　平安　雪山　地圖　笹　燕　青色之花　妙高

這肯定和爸消失蹤影的那件事有關。

接著也是一片紅字。

臺灣大學入學　鄭剛毅　有前途的傢伙
來談場戀愛吧？女神　大學的課程很棒　教授的想法優秀先進　得以學習新知喜悅
更勝於戰爭結束
轉學生　藍瑞山　難以捉摸但有意思的傢伙　與剛三人結伴　趣味的學生生活精彩
可期
剛有危險　涉入過深　太危險
女神的組織不妙　不是讀書的時候
瑞怎麼辦
照這樣下去會逮捕　來真的　頭痛想吐一直好不了
我們的未來何去何從
黨　政府　腐敗　臺灣和臺灣人　只能自己來了
決定了　只能逃嗎？去哪兒　遙遠的地方

四六事件、能高山、女神、讀書會……

笹目前為止所聽過、調查過的內容與日記上的這些紅字連結之後，浮現出一些畫面。

一定是爸爸和鄭剛毅、高明月一樣察覺到身陷危機，才演變成非偷渡去日本不可的狀況。

想知道更多可靠的內容。

笹尋找關鍵字的同時，注意到和自己收到的那張相片背面一樣的字詞。

笹、燕、妙高……

我是……笹。剛毅的女兒是燕雪，明月的女兒是妙玲。

這也太湊巧了，竟然和三個女兒的名字一樣。

雖然還不明白是什麼意思，不過憑直覺，肯定是非常重要的部分。

女兒們的發現——燕雪

受她們兩人的影響，燕雪開始積極問阿母有關阿爸的事。

雖然阿母零零星星說到與阿爸相識、充滿回憶的地點什麼的，卻對阿爸年輕時的事情保持沉默。

然後有一天，當她送完先生和孩子出門後，正準備招呼坐在輪椅上的阿母吃早餐，阿母突然遞給她一卷錄影帶。

標籤上是阿爸那令人懷念的字跡，寫著——阿爸留給燕雪。

這是除了相片之外，唯一剩下與阿爸相關的東西。為什麼在阿母那裡？即使問了也得不到答案，阿母就只是一再說著：「看了就知道。」

阿爸把燕雪這個獨生女當成寶貝，打從心底疼愛。這樣的寵愛不知不覺中成了燕雪的壓力，讓她拚命克制自己的本性去扮演一個乖孩子。阿爸過世後，燕雪本以為自己從壓力中解脫了，卻反而開始責怪自己過去隱藏真正的自我、過著虛偽的人生。

因為和妙玲、筐聯繫上之後，她決定再次重新面對阿爸。

或許能因此而改變自己。早餐過後，燕雪自己一個人在客廳打開錄放影機。

一開頭，畫面上是阿爸每次在客廳坐的那張沙發。阿爸退休後，積極學習如何使用個人電腦、攝影機、手機，並且樂在其中。因為腦袋聰明，個性上又是對任何事都有興趣，學習速度之快，讓孫子們都感到驚訝。當初買攝影機也是為了拍攝兒孫的成長紀錄，到最後連自己用電腦編輯影片都不成問題。

這到底是什麼時候拍的？

在燕雪還沒察覺的當下，阿爸將攝影機鏡頭轉向自己，開始混雜著台語和日語，錄下了龐大的訊息。

阿爸留給燕雪的錄影帶——生平

我的名字是鄭剛毅。現在開始，想說些有關我自己的事。

我是「政治犯」。政治犯是社會的異類。

我的身分證上有個情治單位才懂得辨別的「記號」，有這種記號的人要找工作像海底撈月，是絕無可能的事。

不過，我也總算在這個世界上活到了現在。

結婚、生孩子，連孫子都有了。將這樣的不可能化為可能，唯有感謝時代的改變和家人的支持。

通常這種時候，很多人會回溯到自己祖先那一代開始敘述生平。那種中華民族意識愈強烈的人，愈會鄭重其事搬出族譜，但是意義何在呢？即使知道有血緣關係，活在好幾百年前的人對自己又能有多大的影響？

對我來說，這不過就像些不著邊際的事一樣。

世上的一切全都由眼中可見的物質所構成。因此，與其要從祖先說起，不如花點時間談論與分析「我」這個物質。

我出生在新竹一個再平凡不過的鄉下，地方上都說我是「神童」。

家中環境相對富裕，我老爸娶了小老婆很少回家，是個只會賺錢卻沒品的男人。所以我從父母那裡並沒得到什麼關愛。

我出生於昭和三年，當時臺灣依然在日本統治下。平常說台語，在學校學的是日語。從竹南公學校以第一名成績考進新竹州立新竹中學校時，用的是日本名字「松山剛毅」。

一百五十名新生之中，臺灣人差不多只有二十個。那個時代，會讀書的臺灣人不受重視，凡事以日本人為優先。也許是老師一時心血來潮，我曾經拿過一次第一名，讓我心情爽快、意氣風發。

當然，那次的第一名是絕無僅有。從那以後，都刻意把日本人排在我前面，我在學校裡學到了所謂的「不講理」。

即使是日本國籍，卻再怎麼樣努力也贏不過真正的日本人。無論再怎麼樣努力也當不了真正的日本人。弱勢的二等公民別無選擇，選擇權的大門只為強者敞開。

一九四五年春天，戰爭的局勢開始不太對勁，剛上中學四年級的我收到了學徒警備召集令。所屬的臺灣新竹州新竹學徒特設警備第六大隊第一補充兵，感覺像是去遠足，很輕鬆。

不會看到原本像蚊子一樣在頭頂上盤旋的轟炸機，米糧蔬菜也十分充足。我們每天吃得飽飽的，手拿三八式步槍進入山區唱著歌，大聲吼叫享受山谷回音的樂趣。

一段時間過後，收到調動命令。也許是無所事事的狀況被發現了吧。接下來被分發到通信隊「密碼解讀」單位。解謎要用腦，雖然身體較不疲累，但比起在山裡的生活充實多了。姑且不論戰爭的好壞，能夠最先獲得第一線的資訊，心裡感覺十分滿足。

日本接受無條件投降的要求，我們比「玉音放送」更早截獲消息。依戰況來看，並不是太驚訝。甚至覺得竟然可以撐到這一刻，實在令人有無限的感慨。

一九四五年八月十五日，抬頭仰望天空，像是嘲諷般慶祝日本戰敗似的，晴空萬里，連一片雲都沒有。濕熱的空氣撲鼻而來，平時常見的大型轟炸機B－24在頭頂上方現身，無視於曾經是狩獵目標的我們，像隻吃飽喝足的老鷹在空中悠然飛過，平靜地飄忽盤旋後，消失了蹤影。

戰敗了。

回家吃自己——被放生了。

是高興？是傷心？自己也不知道。只是在那一瞬間，似乎有什麼東西悄無聲息地從這個向來自認為是日本人的軀殼揚長而去。

隔年三月我從學校畢業。來自中國大陸的中國兵比日本兵更加耀武揚威、更腐敗。不知怎麼搞的，我因為意志消沉沒上大學，遊手好閒。

「你清醒一點！」我老爸惱羞成怒地把我痛罵一頓。

無可奈何，正想重拾教科書的時候，二二八事件發生了。因為二二八事件，我被迫置身於一個必須思考國家根本問題的環境下。

我接觸到馬克思、列寧這些人名，到處找書來看。我醉心於魯迅、茅盾的文學作品，沉迷在巴金的《激流三部曲》中，我認為自己存在的意義就是要為了「屬於臺灣人的臺灣」全力以赴去搏鬥。

燕雪啊，接下來是阿爸的傳奇故事。

希望妳了解阿爸過去的另一個樣貌。

如今雖然已經是個幫孫子換尿布、一起洗澡的好阿公，不過阿爸也曾經有過青春與夢想。

我希望燕雪聽一聽阿爸這一生中和摯友三個人共同守護的夢想。

阿爸留給燕雪的錄影帶——組織以及在臺灣大學的相識

我強烈意識到必須靠自己建立國家，不能仰賴他人，於是成為「愛國青年會」的一員。

雖然名為愛國青年會，卻不是在什麼了不起的領導人之下進行組織性活動。這個愛國青年會不過是由分散各地的共產黨信徒所組成。具有強烈愛國心的年輕人自然而然聚集在一起。

我也是不負組織名號，熱愛國家的愛國青年。

我追尋真正有智慧的人。

認識了對國民黨失望而採取行動以謀求臺灣人自立的廖文毅，對我影響頗大。他創刊的《前鋒》雜誌比共產黨地下組織的機關報《光明報》更有看頭，涵蓋了政治、經濟、社會、文化等各方面評論，內容均衡。每次讀了內心激動不已，熱血沸騰。只不過，廖文毅遭指控是二二八事件主謀而被通緝，後來流亡日本，非常可惜。

他要是還在臺灣，我肯定會跟隨他共謀大事。

我是認真開始對政治有興趣，也很努力思考社會主義理論。但是我對當時臺灣共產黨員的知識水準存疑，感覺無論如何都無法斷然將自己的未來與性命託付給他們。

儘管一再有人邀我入黨，我總是持續以曖昧的態度拖延時間。最後，婉拒的藉口都用完了，我終於還是在二二八事件發生前一年左右填寫加入共產黨的個人資料表。

一提出資料，立刻就受到組織控制。從生活樣態到思想、人生規劃等等都受約束，還被要求進入臺灣大學就讀。

黨的目的是為增加在臺灣大學校內活動的黨員人數，我就是受指派進去吸收黨員。

雖然是由黨來決定大學，但系所的選擇權在我。我選擇自己有興趣的自然科學領域中的地質系，於一九四七年進入臺灣大學。

在大學裡，我認識了這一生中最重要的朋友——藍瑞山與高明月。

阿爸的生平……

燕雪透過錄影帶第一次知道這些事，對於自己竟然能夠客觀冷靜地面對感到些許訝異。不，反倒可以說見到阿爸真正的模樣，心中湧現的是喜悅與興奮。

在臺灣大學，他身為一個真正的共產黨員拚命思考著要解放臺灣。

那是個不同於現在的時代。在臺灣，別說民主的萌芽了，就連撒下種子都不被允許。對阿爸來說，共產黨就是唯一的希望。

為臺灣設想的那份心，和現在的人並沒有什麼不同。

然後，與一生摯友共創的「青色之花」沒能綻放，就被捕了。

能高山上，刻畫著阿爸的存在與生命的意義。綿延天際的稜線象徵與自由的連結，柔美而廣闊的草原如同充滿希望的母親一般的祖國，這份永恆的信念令人感受深切。

阿爸留給燕雪的錄影帶——身為罪犯，以及未知的幸福

起初被帶往北署。

兩天後，轉送到離總統府不遠的保密局。到底在保密局待了多久，已經不記得

了，但是那酷熱真讓人刻骨銘心。我出現脫水症狀，被押進車裡，透過蒙眼的布條縫隙瞥見殘餘些許紅漆的鐵門，才知道目的地是由日治時期高砂鐵工所改建的看守所。暑氣漸消之後，這次是把我送往警備總司令部軍法處看守所。是青島東路三號。

如今這裡雖然蓋了臺北喜來登大飯店，過去卻是關押政治犯，供應糙米飯和水煮高麗菜而遭人嘲諷為「青島大飯店」的地方。

這段史實，究竟還有多少人記得呢？

時間很殘酷，卻同時也提供「遺忘」這樣的最佳處方，實在很奇妙。

秋風徐徐的月分裡，又把我從警備總部軍法處送去新店。這次是改建自電影院的「新店戲院看守所」。國民黨可能是捉了太多人，為解決收容所不敷使用的問題，陸陸續續將工廠、電影院、學校等等改建為看守所或監獄。內部就像動物園一樣，無數個狹小的牢房連在一起，關了數不清的人。其中也有認識的黨員。電影院的天花板很高，看守者從二樓或三樓悠閒地俯瞰我們。

在這個電影院裡，我的判決下來了。

判決書上的「黨員」二字，我因此必須服刑十五年，正式被關押在國防部臺灣軍人監獄。

被捕後大約半年。輾轉換了好幾個地方，最後又再回到青島東路三號。

「立刻整理行李，出發了。」

一九五一年清晨，恍惚中我想像著自己的青春就此在臺北結束。我被叫醒之後，兩人一組給銬上了手銬，他們再用繩子把二十個人捆成一團，塞進卡車裡。沒有蒙眼。我清清楚楚看見基隆港，這個日治時期作為內台航路據點，無數人來來去去的地方。

心中早已有了覺悟，判決會被塗改。

已做好準備，會像二二八事件那樣就此被迫沉入大海結束一切。望著洶湧的波濤，我心想——原來到最後，自己的努力非但沒有改變歷史，反倒走了回頭路讓悲劇重現。

不過，我們並沒有被丟進海裡，而是被推進一艘又小又破舊的船。我暈船暈得很厲害。戴著手銬，緊握住發霉長菌絲又硬邦邦的麵包，度過了三天。

是要這樣在海上漂流嗎？還是要就此葬身海底……？

正處於絕望之中，登上了火燒島（綠島）。等待我們的，是收容政治犯的勞改營「新生訓導處」。
同樣被銬上手銬的人，一個接著一個下船到島上。其中也有女性。大家的臉色都很糟。總人數不下一千人。政府火力全開執行紅色獵捕行動，大概安上差不多的罪名，然後處以流放外島的刑罰。
在島上，學習與勞動的日子輪番進行。
十五年之中每天重複一樣的事，然後允許我們每星期寫一次信。本來我很想寫信給在島的那一邊的父母、親人，還有阿明和阿瑞，但又怕一個不小心，可能會讓對方被歸為我的同類而遭到逮捕，還是作罷。
也不知道他們從哪裡查探出來的，其實阿明和阿瑞固定會寫信給我，只是我都告訴看守者是寄錯的，我一封也沒讀就請他們全都銷毀。
有人一年後從島上畢業。有五、六、七年後畢業的。還有十二、十三、十四年的……我一一為他們送行。
一九六五年六月，終於十五年過去。總算輪到我了。
在小漁船上搖搖晃晃，我將手伸進白色浪花裡。沒有手銬，雙手是自由的。也不需要長滿黴菌的麵包。手中緊握自己繪製的火燒島地圖，將逐漸遠去的小島銘記在心。

這是生平踏上火燒島之後，第一次以客觀角度看待它的瞬間。

這個島雖然小卻綠意盎然。我心中的熊熊烈火並未消失，它活下來了。

阿爸在火燒島的十五年並沒有那麼糟糕。

也曾經拉著自己做的小提琴，和同伴們一起享受演奏的樂趣。在戶外的音樂會，海風吹拂真是舒服，星空非常美麗。

可能的話，真希望再跟阿明和阿瑞三個人一起去登能高山。

只是人生一旦偏離了軌道，就沒那麼容易回到正軌。曾經相信十五年過後一些事會獲得解決，殊不知地獄之門是回來之後才真正開啟。

阿爸的身體已經三十五歲，精神依然停留在二十歲。無數的目光盯著我，窮追不捨。每天都綁手綁腳。

厭惡、自卑、否定、壓抑……

不只經常在意他人目光，還變得多疑、有嫉妒心。

學校教授建議我復學。回去日本的早坂教授則表示已經安排好，叫我去日本。

可是阿爸沒辦法欣然接受。因為阿爸所見到的臺灣和十五年歲月流逝之前並沒什麼兩樣。不，說不定變得更糟了。簡直像個無法逃脫的人間地獄。如果接受早坂教授的好意前往日本，我不知道留在臺灣的家人和朋友會變成怎麼樣。

革命家連自我了斷的勇氣都沒有，成了一個不借助出獄同志的力量就難以生存的膽小鬼。從木材、食品到機械等等，只要能賣錢的東西都拿來做生意。愈是忙碌愈能忘記他人的目光，就這樣拚了命工作。

日子一天天過去，竟然也有人願意嫁給這樣的阿爸。

妳阿母完全不過問那十五年的往事，我很感謝她。

燕雪妳的誕生也是個奇蹟。

沒談戀愛沒有娛樂、沒體驗過青春而只是年紀不斷增加的我，成了「丈夫」，被稱為「阿爸」，這樣的現實生活讓我一再感到懷疑。事實上這些該不會全都是幻象？不是在作夢嗎？我總是持續感到不安。

隨著燕雪慢慢長大，阿爸對燕雪的期許就無限膨脹。

鋼琴、小提琴、書法、大學、就業……

看著孫子儘管眼睛模糊卻死命想看清周圍的模樣，我終於意識到，過去所有的一切不是為了燕雪，而是燕雪為了「阿爸」所做的努力。
是阿爸的任性，讓燕雪壓抑自己去扮演乖孩子的角色。
因為阿爸，迫使妳忍耐許多事情，對不起。因為阿爸，讓妳無法過著一般正常的生活，對不起。因為阿爸……
燕雪，謝謝妳成為一個端莊優秀的女兒。謝謝妳成為一個溫順沒有叛逆期的女兒。謝謝妳成為一個溫柔和善的女兒。謝謝妳讓我有孫子可以抱。
讓妳聽我這個即將離開世間的人說這些，真抱歉。
只不過，希望妳不要忘記這個叫作阿爸的男人曾經存在這世上，並為理想而活。被人遺忘是最寂寞的事……
衷心期盼，阿爸追尋的「青色之花」在燕雪的時代能夠盛開。
燕雪，走自己的路吧。我有妳這個女兒，真的很幸福。

都還好嗎……？

燕雪看完阿爸的影片之後，回想起筆記本阿姨和糖果叔叔的模樣。感覺親切和善的那兩人，原來是為了定期監視阿爸出獄後的行動，連女兒都不放過的情治單位人員。

燕雪知道阿爸是政治犯之後，非但沒有因此覺得鬱悶，反而感到豁然開朗。對於信念堅定的阿爸感到自豪。

阿爸……我也很幸福——燕雪打從心底感謝阿爸。

燕雪想知道的、想問的事全都在裡面了。

她決定要確實讓妙玲和笹明白，對阿爸來說，高明月和藍瑞山是何等重要的摯友，還有那張相片的特殊意義。

女兒們的發現——妙玲與笹

燕雪看著錄影帶的同時，妙玲又有了新發現。

Dear 笹 &燕雪

Hi！

Actually，我爸在一九五一年的日記裡藏了一張地圖。

因為我注意到這年的日記本封底有點鼓鼓的，仔細一看，在內頁裡有一張地圖。

不是臺灣的，我想應該是日本的地圖。
Anyway，我附上這張地圖的檔案。
妳們看一下，如果發現到什麼請告訴我。我也會問問我媽。

Best wishes

妙玲

她附上的是一張標注五萬分之一的地形圖一小部分。

以妙高山為中心，畫了大倉山、三田原山、赤倉山和神奈山。從關山到一軒茶屋、關溫泉、燕溫泉的國道則用紅筆畫了線。

燕溫泉的位置上有個打叉的記號，寫了「笹屋」、「臺灣人」幾個大字。

是笹爸爸的筆跡沒錯。

妙高山位於新潟縣，是海拔二千四百五十四公尺的日本百大名山之一。

為什麼會把這張地圖寄給妙玲爸爸？原因不明。更不明白就算寄了這張地圖，為何會讓他因此而被捕？

爸爸與山之間的連結……

想起書架上有「昭和二十四年」、「昭和二十五年」、「昭和二十六年」的山中日記。正是目前在尋找的一九四九年至一九五一年之間的資料。

山中日記已經很老舊，像古書一樣，感覺一不小心就會散掉。笹小心翼翼慢慢翻看。

草津、横手山、澀峠、土樽、上高地、槍見、乘鞍、黑部、高湯、砂川岳、札幌、帶廣、十勝、石狩、襟裳、阿蘇、別府……

三年之中，爸爸從北到南、由東到西，像是每天穿梭攀登日本各地山峰。彷彿被什麼東西追趕似的，也曾經有一整年幾乎都在山裡度過。

昭和二十六年——一九五一年二月的頁面上，潦草的筆跡寫了下面這段話。

Auf die Berge will ich steigen　Wo die stolzen Wolken jagen

青色之花，那件事不能說

在下又是孤單一人

眺望稜線，任由思緒馳騁遠方的能高山，暫且將夢想留在妙高山的燕溫泉

德文部分的意思是「想攀登那座高傲雲朵追逐的山峰」，除此之外沒再寫下其他內容。

妙玲發現的地圖和爸爸有了接點。
笹決定再次前往臺灣，與妙玲、燕雪當面談談。

第16章

二〇一四年　再到臺灣

邂逅——因緣際會的女兒們

明明已經十一月了，臺北還是像夏天一樣熱。

笹走在迪化街上，往妙玲的店「Jamie Coffee」走去。櫻花蝦、筍乾、果乾、乾鮑魚，明明沿路都是些平常最愛的食材，但混雜了熱氣和中藥味卻變成一股難以形容的味道朝笹撲鼻而來。

「……Jamie……是這裡嗎？」

笹用力推開一扇大木門。

店內後方似乎有什麼東西微微在晃動。是柔軟的裙襬像波浪般搖擺，隨著搖曳的步伐依序慢慢看到對方的腳、腹部、胸部再到肩膀，然後來到門前。

「Hi! Sasa～妳到了！Welcome! 歡迎。」

門一開，一名穿著嫩綠色無袖連身長裙的女子現身。頂著娃娃頭，身高大約一百五十公分左右，個子相當嬌小。

感覺像最近在哪裡見過？——念頭在笹腦子裡一閃而過，對方卻突然張開雙臂，眼睛笑到眯成了一條線，整個人撲向笹，讓她快喘不過氣。

「妙玲老師？」

緊抱著笹的這名女子不停點頭。

「Do you remember?」

「……うん！」（嗯！）

「Perfect! 讚！妳還記得中文！厲害！」

「謝謝，Thank you……我……呃……ありがとう。」（謝謝。）

終於見到妙玲了。

知道自己童年的那個人。然後彼此的父親是好朋友。

想起這段期間雙方通信的內容，既感到害羞又心急，這複雜的情緒化成眼淚奪眶而出。

「好開心。」

妙玲也笑中帶淚。

當然，另一位主角——鄭燕雪也已經到了。

今天是三個人頭一次在「Jamie Coffee」見面，是值得紀念的一天。

妙玲今天臨時店休，等候她們來訪。

「Come in. 燕雪，Sasa～到了！」

妙玲開口招呼的同時，一名長髮女子起身回望，感覺一股飄逸的氣息流動。

「是笹桑嗎？我們一直期待妳的到來。」

燕雪說著一口流利的日語。她一回頭，瞪大了雙眼。

「えっ！」（咦！）

兩人都因為太過驚訝，一時說不出話來，杵在那兒。

太陽花學運那時候，笹在會場攤位上看書，用日語跟她搭話的就是燕雪。

「《青色之花》！我真的很期待今天的會面。但是萬萬沒想到我們竟然已經見過面了……這簡直像是在作夢。」

燕雪還是一臉難以置信的表情。

「妳是那時候的……妳日語說得很好，我記得。這狀況真的就像在作夢一樣。」

燕雪和笹互相凝視，握了握手。

「What?! 妳們在哪裡見過面？」

妙玲也滿臉訝異走上前來。

一連串的偶然互相牽動，成為現實。

幾週之前，燕雪第一次來到「Jamie Coffee」那天也出現了同樣的奇蹟。

學運時，擔任志工發放咖啡的「Jamie 醬」就是妙玲。而妙玲拚命在找的人，竟是自己常送咖啡給她的燕雪。

「啊！」

笹聽了妙玲和燕雪之間的巧遇，似乎又想起些什麼。

「我也在會場上拿到一杯咖啡。記得那杯子上確實是寫著『Jamie Coffee』沒錯。」

「那一定是我親手送上的。」

「我們——擦身而過。」

從三月十八日延續到二十三日的那場太陽花學運，臺灣年輕人向全世界展現了行動力。

在日本的笹，因為臺灣未來發展的可能性而深受吸引，至於燕雪和妙玲則是默默地守護一旁。

在那股熱情的牽引下，三人曾經擦身而過。

笹、燕雪和妙玲臉上都掛著微笑，靜靜體會凡事皆有的必然性。

「容我再次自我介紹，我是鄭燕雪。」

燕雪說著一口標準流利的日語，深深行了個禮。儘管語氣溫柔，在字詞的選擇上依然傳達出身為日文譯者的自信與堅定的意志。年紀上雖然和笹應該差不了多少，不過她那雙大眼睛和沉穩的語氣讓人覺得比實際年齡成熟一些。

妙玲端上剛煮好的咖啡給笹和燕雪。藍色的陶瓷咖啡杯上刻有「Jamie Coffee」的字樣。

之前透過郵件互動時明明都暢所欲言，一旦真的面對面，那些要說的話卻都悄無聲息，默默無語。這虛空，被冰箱的馬達聲、冷氣機吹出的風聲、經過店門口的汽車引擎聲、行人的腳步聲，還有遠處來自其他店家的音樂聲等等平時察覺不到的聲音給填補了。

怦怦、怦怦、怦怦……

笹的心跳異常加速，耳邊響起心跳聲。

屋子裡，一整片綠色牆面和現煮咖啡的香氣都無法讓笹放鬆心情。

笹無所適從地伸出雙手握住咖啡杯，這才發現到妙玲和燕雪也是同樣的姿勢。

沉默依舊。

對時間已經失去知覺，只剩下咖啡的餘溫。

「やっと」（總算）「Finally」「終於」——

三人的心情與話語交疊融合。

對父親的思念

咔噠、咔嚓咔嚓、咔鄉——

機器的聲音在屋內迴響，妙玲開了口。

「那時候，真的不知道笹爸爸竟然和我爸是同班同學。實在覺得很奇怪，也不明白為什麼不告訴我。I don't know，真的不知道為什麼。」

「我也是覺得奇怪。明明自己讀就好，根本不需要，但是爸爸卻自作主張找了家庭教師……」

笹爸爸給她找家庭教師，是某一天突然決定的。

「我也是最近才從阿母那裡聽說，阿爸和妙玲爸爸一直都有聯絡。」

燕雪這句話，讓三人再度陷入沉默。

瑞山、剛毅、明月——三個女兒的父親果然是有聯繫的。

肯定是為了有一天他們的女兒能夠相遇而鋪路。

咔噠、咔噠、咔噠——

原本不以為意的時鐘聲響愈來愈大聲。像是為了要蓋過那聲音似的，妙玲再次開口。

「以前我很討厭我爸。Really really. 他一有什麼事馬上就破口大罵，還會動手，真的很可怕。不曾用溫柔的口氣對我說話。可是啊，他不在了以後我卻有一種很……就是很懷念、好想念的感覺……」

「我對身為臺灣人的爸爸一無所知。那些事，也關係到我自己。所以我很想知道。就是想知道事實。」

笹顯露出心意已決的表情。

「以前我最喜歡阿爸了。可是我非常討厭自己。我為什麼會生為他的女兒？就是不知道為什麼。」

燕雪端正了坐姿。

無數封郵件在日本和臺灣之間來回往返。

明明應該已經充分了解彼此的想法，實際見了面，還是震懾於過去父親的存在與自己承受的巨大影響。

「是這張相片召喚了我們。」

笹將相片擺放在桌上，燕雪和妙玲也在一旁放下自己手中的那一張。

三張同樣的相片擺在一起。

「爸爸為什麼沒有完成臺灣大學學業，非得偷渡去日本？……我一直都不明白。明明有那麼重要的朋友在這裡，為什麼……只是我似乎慢慢可以理解，他所經歷克服的是一個比我想像中還艱難的時代……」

笹開始述說她的新發現。

初步的描繪

約定要在「Jamie Coffee」與燕雪和妙玲碰面的兩天前，笹再次來到臺灣。

一下飛機就直接前往臺北市大安區的管轄機關，大安區公所。之所以到大安區，是因為笹小時候和家人的住處就在這裡，爸爸的親戚也多半住在這一區，因此她認為爸爸當時在臺灣的戶籍肯定在這裡。

來到戶政單位，和日本區公所的流程一樣，先抽號碼牌等叫號，再到承辦櫃檯，笹將爸爸的姓名和出生日期告訴對方，請她調閱戶籍資料。

「民國十七年……」

承辦人員嘆了一口氣。很顯然，那嘆氣是因為這個案子麻煩，有點討厭。

笹提供的出生年分是一九二八年，不過以臺灣用的年號來說，是民國十七年。已經相當久遠了。

爸爸出生在日治時期，只會有電子化之前的戶籍資料留存。

——兄弟姊妹很多呢。戶籍一直遷來遷去欸。日文我看不懂唷。會是在這裡嗎？真麻煩……

承辦人員一臉苦惱困惑的表情，勉為其難在電腦上輸入一些需要的資料，然後用旁人也能清楚聽見的聲量自言自語發著牢騷。

從笹被叫到號碼，坐在櫃檯前方的椅子上已經快兩個鐘頭。

雖然早有心理準備要花很多時間，不過午休時間已到，室內燈光暗了一半，現場只剩下眼前這位案件還沒處理完的承辦人員和笹而已。

不知對方是否已經打消跟同事去吃午餐的念頭，打算奉陪到底，開始起勁地打出一堆資料來。

一開始就這樣不是很好嗎……笹在心裡小小抱怨了一下。

臺灣和日本一樣，也有個人資料保護法。承辦人一邊用手遮住不能透露的部分，一邊讓笹確認內容。

只要同戶籍內有人出現異動，戶籍資料就會重新改寫。舊資料因為是用毛筆謄寫，字跡過於潦草的就很難看得懂。另外還有好幾個地方被槓上兩條線，劃掉的部分也極難辨認。所以需要申請好幾份戶籍謄本，而且為整合對照這些資料所花費的工夫，比平常多出好幾倍。

「看過許多戶籍資料，還是第一次看到這麼複雜的。」

雖然挖苦的意味濃厚，不過，好不容易整理齊全的戶籍謄本竟然超過三十張以上。

所謂複雜的戶籍，究竟是長什麼樣子？

入住飯店之後，笹利用隔天一整天的時間一張張仔細閱讀。

戶長

1.居住地　臺北州基隆市壽町二町目十九番地

2.本籍或本國住所　居住地

3.族稱　空白

4.戶長變更年月日及記事　大正十二年二月九日前戶長死亡由本戶長繼承

5.記事　大正十三年十二月因●●地名變更　原居住地欄臺北州基隆郡基隆街變更為臺北州基隆市。昭和六年十月一日

因土地名稱變更　居住地欄臺北州基隆市田寮港十六番
地更正為臺北州基隆市壽町二町目十九番地

6. 種族　福建

7. 種別（階級登記）　以黑墨註銷

8. 吸食鴉片　空白

9. 殘疾　空白

10. 纏足　空白

11. 種痘　二次

12. 稱謂　戶長

13. 父　藍雲年

14. 母　柯氏坫

15. 出生別　長男

16. 與前戶長之關係職業　前戶長藍雲年之長男、礦業主

17. 姓名　藍惠賢

18. 出生年月日　明治三十五年二月五日

第一張是大正十二年的資料，是笹爸爸的爸爸——也就是阿公的戶籍謄本。其中有一些像種族、吸食鴉片、纏足等等具時代象徵的內容。

臺灣戶籍制度是日本統治後的隔年，一八九六年，警察或憲兵為掌握居住地人口而制定的臺灣居民戶籍調查法規。由於原版本來自於日本戶籍，資料上同樣使用日文，方便閱讀。

爸爸是在一九四七年二月二十七日被遷動戶籍。當時戰爭結束，進入中華民國的時代。過去以日文記載的方式消失了，標注鴉片或纏足這類的細項變成了教育程度、行業、職位欄等等。

咦？他不是應該在日本嗎……？

照理說，爸爸當時應該是在日本，他的戶籍卻從基隆遷到了臺北市。而且是在二二八事件發生的前一天，一九四七年二月二十七日。

三月四日，戶籍又再遷移。

那是阿公已經加入二二八事件處理委員會的時候。

爸爸不在臺灣，難道是因為預先設想情勢的混亂，為安全起見才非得遷動他的戶籍嗎？

一九五二年、一九五三年、一九五六年、一九六〇年……

爸爸每隔幾年就會變更地址，戶籍也會更動。而且偷渡去日本明明是一九四九年的事，資料卻顯示他是一九五二年從臺灣移民到日本。

東京新宿區南元町——雖然年分不對，但是住址和在日本申請的那份外國人登記證上所記載的一致。

對照臺灣的戶籍謄本和日本的外國人登記證之後發現，明明是同一個人的資料，卻有很多地方在年分與月分的記載上出現微妙的差異，給人一種刻意安排的感覺。

將爸爸留下的三人合照，還有目前為止蒐集拼湊的枝節片段比對一下，說不定會出現一些什麼樣的線索。

非偷渡去日本不可的原因，最主要是因為二二八事件而被通緝的阿公。至於相片中那兩位——明月和剛毅成了罪犯，或許也有關連？

笹試著提出一種假設。

爸爸為偷渡而取得「藍燈振」這個假名，以臺灣少年工的身分從橫濱港登陸日本。

從一九四二年到戰爭結束前夕，橫跨神奈川縣座間市與海老名市之間有一座製造海軍戰鬥機的「高座海軍工廠」。據說曾經有八千多名少年從臺灣被送往該地工作。

要以臺灣人身分混入日本，這確實是一個好機會。

進入日本之後，爸爸再伺機更正出生日期、住址，還有恢復本名與身分。

爸爸當初用假名過日子，是以什麼作為自己身分認同的依歸呢？
命運遭受日本與臺灣撕裂捉弄的同時，又無法卸下「藍家」這個十字架的爸爸。
結婚後，有了孩子，其實原本可能有更多話想告訴這個女兒？
笹伸出雙手，拚命想抓住這些無法直接從爸爸那裡聽見的想法。

笹、燕雪和妙玲，各自開始描繪自己的父親。
真相的輪廓漸漸浮現。

懺悔——罪惡深重的地圖

在「Jamie Coffee」度過的分分秒秒有如凝結的冰雪一點一滴融化，慢慢地、慢慢地流出，滲入三人的內心深處。

笹繼續述說自己描繪的圖像。

雖然有些內容已經透過信件分享，不過她再次說起關於曾經在臺灣大學教過她們父親的王教授，還有藍家與二二八事件深厚的淵源，以及埔里的事等等。

「沒想到從一張相片竟能聽到這麼多故事。阿爸還在的時候真應該多跟他聊聊，實在很遺憾。」

燕雪雙手緊握已經冷了的咖啡杯。

「Me too.」

妙玲從椅子上站起來，拿了書架上的箱子。

「我爸的日記。每天晚上我都會一點一點慢慢讀。Actually，一開始我以為他要是寫了什麼曾經有過其他喜歡的人啦、另外藏了財產在哪裡之類的驚人祕密，可能會很有趣吧。算是抱著輕鬆的心情去看。結果根本沒那些東西。No way! 早知道就不該有所期待。裡面都是一些開會啊、去了哪裡啊，這種無關緊要的內容。連家人的事都沒寫。說起來，總覺得有些寂寞。完全就是個工作狂，Boring。儘管是自己的爸爸，還是很無言。But……有一天，我的想法突然變了。如果是我，絕對撐不了三天的日記，我爸竟然寫了幾十年欸。這麼一想，過去只覺得他是個頑固的老頭，現在卻改觀了。」

「然後妳從地圖上發現了什麼嗎？」

笹實在對後續發展太好奇，忍不住追問。

「……其實，我發現我爸被捉過兩次。有一次是我爸遭逮捕後終於被放回來，我卻把他關在門外不讓他進來。然後另一次是在一九五一年。在我出生之前，他也曾經被逮捕過。那次……是因為笹的爸爸寄了這張地圖……」

對於摸不著頭緒的兩人，「這個。」妙玲翻開日記上貼了便利貼的那頁，拿出地圖。

地圖上黃漬斑斑，日記上用紅筆寫了「無辜」兩個字。

「給我媽看了地圖、相片和日記，她十分慌張。就算問了哥哥們，也是隨便敷衍我，讓我覺得可能有哪裡不對勁。於是呢，終於知道了真相……」

妙玲一邊往杯裡加了咖啡，望著杯中裊裊升起的熱氣，露出心疼憐愛的眼神。

燕雪的爸爸——剛毅在一九四九年被捕。笹的爸爸——瑞山在同一年偷渡去日本。

妙玲的爸爸——明月獨自留在臺灣大學，畢業後進入中國石油工作，為了地質調查跑遍全臺灣，埋頭研究古生物。

雖然寫了信給被送去綠島的剛毅，卻無法聯絡不知人在日本何處的瑞山。正打算忘了瑞山的時候，一九五一年冬天，收到一張沒寫寄件人姓名和地址的地圖。

「只是，為什麼會因為那張地圖而被捉呢？」

笹皺起眉頭。

不過就是一張地圖。實在難以將它和妙玲爸爸被逮捕的事連結在一起。

「和燕雪的爸爸一樣。Bullshit! 我只能說，因為當時臺灣處於荒誕無稽的時代，才會有這樣的悲劇發生。」

妙玲懊悔地抿著雙唇，另外攤開了一封信。

「這是我爸過世前不久，在二〇一二年寫的信。夾在其他日記本中。」因為事先來不及通知兩人有這封中文信的事，決定當面告訴她們。

給最心愛的女兒　妙玲：

妳的店是否已經上軌道了？

妳是個拚命三郎，我相信絕對是很順利的。

為了妙玲，爸爸打算給妳寫下這第一封也是最後一封信。

雖然家裡每個人都知道爸爸是個記事狂，不過那也只限於做學問的時候。記得我不曾寫過關於家人或自己的事。

不同於做學問，要了解活生生的人很難。

這世上之所以有哲學的存在並討論其意義，或許正因為如此？

年過八十，開始體會到秋天落葉的寂寥。出門與好友辭別的次數愈來愈多。尤其是互動密切的人不在了，很寂寞。

不過，倒也不全都是壞事。留下來的人，因為對此生已完結的人有所關心，會與他人再建立新的關係。

換言之，家人的亡故極有可能關係到個人的身分認同或家人關係的重建。

接下來爸爸要寫的事，雖然不是妙玲人生中不可少的，但希望有一天妳能回想起來。

妙玲還記得嗎？妳小時候喊著遠而不願意去的臺中大甲？

那是爸爸的故鄉。

通往鐵砧山深處的山路一直前行，妳一看到湖突然心情大好，「是海！」就大聲喊著跑了出去呢。對小小的妙玲來說，想必湖看起來就像海一樣遼闊吧？

我們的祖先來自福建省泉州。因為開墾周邊土地挖到了白銀，變成大地主，後來經商成功，蓋了宅院。就是那間寒暑假時妳會跟堂兄弟姊妹玩捉迷藏的大房子。這個中西合併的傳統建築很氣派，有好幾間屋子連在一起。妙玲妳還曾經因為沒人來捉妳，結果自己哭著跑到鬼面前哩。

爸爸和親戚吵架之後，就跟老家完全疏遠了。總覺得自己那麼做，對喜歡那座湖和捉迷藏遊戲的妙玲來說很抱歉。

雖然已經是疏於往來的老家，仍舊留有許多回憶。

我們在臺中也算是小有名氣的地主。戰爭期間曾經提供場所給日本駐軍使用，其中也有人是攜家帶眷。那些小孩年紀跟爸爸差不多，但不知道為什麼卻一副趾高氣揚的樣子，瞧不起我。讓我認知到，明明一樣都是日本人，但是在所謂的內地人和生於臺灣的我之間有一道看不見卻涇渭分明的鴻溝。

然後，我剛進臺中一中沒多久，因為對那些旁若無人在我家閒晃蹓躂的日本兵感到非常惱火，便與朋友一起策劃要去偷手榴彈炸死他們。雖然後來被其他朋友阻止，沒能執行計畫，不過從此很討厭日本人。所以日本戰敗這件事，我打從心底感到開心。

有如眼中釘的日本人消失了，我沉醉於國民黨登陸的喜悅中。

彷彿濃霧散去，未來眼中可見就只那麼一顆燦爛耀眼的太陽，大快人心。

一段時間過後，發生了二二八事件。

遠在一百八十公里外的臺中也知道了臺北的混亂，倉皇不安的腳步聲悄悄逼近。爸爸和媽媽的親戚之中，有人喪命，也有人丟失了大筆財產。

燦爛耀眼的太陽金玉其外。臺灣人成了發不了光的月亮。虛假的太陽不斷剝奪月亮所有的一切。被奪走一切的月亮只能隱身於黑暗中。

思考自己是什麼人，是一件愚蠢的事。

不論是日本人還是中國人，都讓人厭惡。

「That's just unbelievable! 我一直以為我爸討厭我欸……可是……」

過去不曾聽說也不曾問過的爸爸生平，詳述在這裡。而且在他記憶的各個角落充滿對妙玲的關愛。

原本妙玲以為爸爸對自己漠不關心，其實他比任何人都在意。

既然如此，為什麼一直採取令人覺得冷漠的態度？

妙玲認為，是這張相片所述說的大學時代給他帶來的影響。

「看來，我們的父親在大學裡喜歡上同一個女孩了。」

妙玲試圖緩和一下沉重的氣氛，語帶調侃地說道。

儘管氣味相投的三名年輕人有著同樣的想法，那卻是一個連臺灣人在臺灣都難以喘息的時代。他們認為，唯有革命才能改變現狀，於是真摯地為自己也為國家挺身採取行動，試圖改變一切。

接下來就是笹和燕雪想知道的內容，妙玲說著開始讀起那封信。

爸爸們為建立自己心目中理想的臺灣，帶著「青色之花」——「臺灣人宣言」登上了能高山。

不過，阿剛被送去了綠島，而阿瑞偷渡去日本，只剩下爸爸一個人。

我無法得知，阿剛在綠島被迫過著什麼樣的日子、阿瑞是否平安抵達了日本。可是我始終在等待，有朝一日能夠實現我們的理想——「青色之花」。

時光荏苒，從日本寄來了一張登山地圖。

當時爸爸認為世間唯一可信的就只有學問而已。那封信雖然沒有署名，不過我直覺是阿瑞寄來的，而且立刻看懂了地圖上要傳達的訊息——他要我去那裡。

爸爸任職於中國石油，兼任日本共同研究員的隨行通譯，前往各地進行調查。能夠跟日本人說日語，是難得的機會。我給他們看了阿瑞寄來的那張地圖，設想各種狀況。

地圖上的位置，是位於新潟縣海拔二千四百五十四公尺的「妙高山」。

我們的理想肯定就在那裡。雖然不曾攀登過，但是我很確定。

我很想盡快到那裡去，然而臺灣的局勢依然如故。那是一個特務嚴密監控、人們藉由互相檢舉告密來保護自己的詭異世界。

爸爸一邊等待機會、一邊焦急等著阿瑞再跟我聯絡，但是在毫無任何徵兆的情況下，我被逮捕了。

運氣很不好，但說到底還是爸爸的想法太天真。是爸爸太愚蠢。

當時的地圖——尤其是畫有等高線的圖被視為機密文件，是不准帶出公司的。

事實上，爸爸因為想要更貼近「青色之花」，就以阿瑞的地圖為雛型做了一個縮小版隨身攜帶。我希望隨時都能看著它。也因為這樣讓我印象深刻，如今就算閉著眼睛都畫得出來。當然，原版地圖我藏在那些傢伙絕對找不到的地方。只不過，就算是複製的縮小版，對嫉妒我升職的外省同事來說，還是個很好利用的告發題材。

「他隨身帶著奇怪的地圖，一有機會就洩漏消息給日本人。」像這樣被檢舉之後，遭指控疑似匪諜，犯了「叛國」和「洩漏軍事機密」等罪行。

「對不起……」

笹聽完後不知該如何回應，只能道歉。

循著放回桌上那封信上的字一行一行往下看，卻一個字也讀不進去。

雖然知道爸爸曾經寄過地圖給妙玲父親，但作夢也沒想到那張地圖竟然導致這樣的後果。

「這是人為手段要入人於罪。在那個無情的社會裡，無辜不等同於無罪，不是任何人的錯。」

燕雪這句話安慰了笹，不過她依然揮不去那種內疚的感覺。

「That's so stupid! 笹妳不必道歉。Isn't that funny? 就因為一張登山地圖欸。這樣的事竟然也能說得通，妳能想像曾經有過這樣的年代？而且還不是幾百年前喔，是前不久的事。

Totally crazy! 臺灣真是個挺不容易的地方呢。」

妙玲刻意用誇張的手勢說得爽朗直率。

結果，最後在日本研究員一致聲稱這是非法逮捕的狀況下，妙玲的爸爸不到半年之內被釋放出來。

但是妙玲出生後，她爸爸再次因為持有可疑的地圖被內部人士告發。雖然和之前的登山圖事件如出一轍，完全是捏造的，還是以「偽造文書」的罪名入獄將近三年。

這樣一段時間，已經足夠讓一個幼兒忘記自己爸爸的模樣。

好不容易回到家門口，妙玲一邊嚎哭向後退縮的身影，爸爸永遠無法忘記。愚昧的爸爸以革命家自居，在讓家人承受悲傷苦楚、自己遭到心愛的女兒拒於門外之後終於醒悟。

從此以後，與所有一切事物保持距離，遁入學術研究的道路。尤其是跟妙玲的互動讓他感到害怕，便藉由施壓來隱藏脆弱的自己。

妳們看，妙玲從箱子裡拿出一疊資料。

臺灣地方法院　民國四十二年　訴字第九二四號　偽造文書案件

判決正本

被告　高明月

刑事答辯狀　民國四十二年　訴字第九二四號

被告　高明月

臺灣地方法院檢察官起訴書

被告　高明月

被告因民國四十二年度偵字第一五五〇號軍事機密洩漏罪條例等乙案

犯罪事實

被告高明月幼受日本教育，四十一年畢業於臺大地質系。四十一年任職中國石油公司……被告高明月所為，係犯妨害軍機治罪條例……

是關於審判的資料。

到處都畫了紅線，還寫了註記。

「是我爸藏起來的。關於審判的資料全都一張不漏Copy留下來了。」

數量龐大的資料傳達出高明月的悔恨與執著。

包括日記在內，這些絕對都不是為了留給誰看的吧。然而對其他家人來說，這些是用來了解「高明月」這個人的重要資料，就是高明月的化身。

妙玲很感謝爸爸留下這些日記、資料，還有對她表達關愛的文字內容。

靈光乍現

「那個、我阿爸……是政治犯。」

像是在等待恰當的時機似的，燕雪露出心意已決的表情，隨手將頭髮綁成一束。

「……其實，阿爸留了錄影帶給我。看完以後，之前的疑問、想問的事全都明白了。起初心裡還是覺得……不過現在就像濃霧散去，豁然開朗了。」

「Wait! 等一等，妳說有錄影帶，這件事我還是頭一次聽到。」

驚訝的妙玲拉高嗓門，口氣略顯不滿，不過燕雪解釋說，是像平常那樣要帶阿母去醫院的過程中才拿到阿爸生前拍攝的錄影帶。

從阿爸留下的聲音裡，燕雪再一次勾勒父親的模樣。

「其中說到了我們三人的父親以建立自己的臺灣為目標，創造了『青色之花』，試圖發動革命的事。還有在能高山拍照的事情也提到了。」

妙玲和笹對於又再找到一個解謎的線索都感到開心。

「從妳們所說的內容和阿爸的錄影帶，答案已經呼之欲出了呢。笹的爸爸想要跟我阿爸，還有妙玲的爸爸共同實現夢想中的『革命』。要了解這件事，這張地圖或許就是關鍵？」

笹翻開她爸爸的山中日記。

相片、地圖、山中日記。

「青色之花」就在燕溫泉的某處——對於這樣的說法，三人靜默表示同意。這時卻聽見笹的肚子「咕嚕咕嚕」大聲叫了起來。

「腹肚枵（肚子餓）？妳肚子餓了？」

「愛吃這一點倒是沒變呢。旁邊就有一家自助餐的菜很好吃，一起去買吧。Let's go!」

笹被妙玲摸了摸頭，像孩子似的臉都紅了。

臺灣味

在「Jamie Coffee」附近就有一間自助餐店。

炒茭白筍、滷豆腐、焢肉、煎虱目魚肚、豬腳、炒地瓜葉、小魚干炒豆干、龍鬚菜炒破布子、紹興醉雞、菜脯蛋、炒絲瓜、水餃、滷筍絲、番薯粥、豆腐乳、麻辣鴨血……

隨便放眼望去就有三十幾種，每一樣都是笹向來吃慣了的菜色。

這裡有點像日本的「惣菜屋」（熟食店）或「便當店」，但是臺灣自助餐菜色之多絕對更勝一籌，令人羨慕。

「怎麼辦？我全部都想吃。」

笹興奮地揮舞手中的餐夾，「Here，笹，妳喜歡的都放上來吧。」妙玲和燕雪把自己的餐盤也都端到她面前。

店裡的餐點吃過一輪之後，笹還想要來些甜品。

為滿足從日本遠道而來的笹，妙玲和燕雪又跑去買青草茶、柳橙汁、愛玉冰、仙草冰、珍珠奶茶，再回到「Jamie Coffee」。

「每一樣都是令我懷念的好滋味，好吃！」

「笹，妳不用做菜還是什麼的給老公吃嗎？」

看著笹開心的模樣，妙玲問道。

說起來，倒是很少聽笹提起現在的生活。

燕雪也一直感到好奇，笹的另一半是日本人嗎？有沒有小孩呢？

「唉唷，妳經營咖啡店，才是真正很會煮菜的吧？」

笹快速轉移話題，避免成為問題的焦點。

「No！我幾乎不做菜的。因為我是離過一次婚、沒小孩，輕鬆又自在的單身女郎喲。」

「為什麼會離婚呢？」

燕雪雖然說得很客氣，卻問得有點直接。

「當女人是不是很麻煩？我一心一意想讓我爸對我刮目相看，就跟當時正在交往但不是特別喜歡的對象結了婚。會有那樣的結果也是必然的。」

「要是我也能離婚的話，是不是會變得更自由呢？」

沒想到燕雪突然問了個意想不到的問題。

「我離婚之後真是輕鬆多了。也不用再承受被問到『還不生嗎？』這樣的壓力。可以盡情在自己喜歡的時間做喜歡的事。即使洗完澡全身光溜溜在家裡走著也不會怎樣嘍。」

那可就……我覺得就算離了婚也絕對不會那樣做，燕雪一臉害臊地用手捂著臉。

「妳要離婚嗎？」

知道有四個孩子的燕雪考慮離婚的事，反而讓笹比較擔心。

「What will be, will be. 結婚不是天天陽光普照。有時會遇上狂風暴雨、打雷閃電，有時還會下起大小冰雹。那種時候如果能機靈地撐好傘躲過去就好，但是天氣變幻多端。因為沒辦法百分之百預測，所以很不簡單。我會為妳加油！」

「Que sera, sera（順其自然），是吧。」

對於妙玲所說的，笹也表示同意。

「過去的我，想讓阿爸見到我代替他過著『平凡幸福的日子』。僅僅如此而已。」

燕雪將苦悶埋藏在心底。阿爸已經不在，繼續扮演這個角色還有意義嗎？

「那麼笹妳呢？」燕雪主導了話題，話鋒又繞回來。

笹猝不及防，不小心脫口而出：「我跟同居很久的人分手了。」

「Sorry!我原本以為笹會是過著普通婚姻生活的那種個性。」

妙玲這句話像根針扎進了笹的心。

「普通……說到底，普通還是讓人感覺最安心的吧？那個人跟我分手之後馬上就結婚了，現在是兩個孩子的爸爸。明明我們在一起的時候一致認為『沒有孩子會更加幸福自由』。難道是我的想法錯了……」

笹心中積壓到快炸開的不滿、疑問和後悔一口氣全都浮上檯面。

「沒那回事。笹妳是對的。下一個啦、下一個！而且妳有一技之長，不必擔心。」

妙玲試圖給笹加油打氣，做了一個握拳表示勝利的手勢。

「我……要是離了婚，……想要跟日本人交往看看。笹妳要不要考慮跟臺灣男生交往？」

「好主意欸。我也來找個 Japan Boy 再婚好了。」

燕雪和妙玲兀自開始幻想未來的伴侶，作起夢來。

大學時代的爸爸們也像這樣開心地聊著各種話題嗎？——笹克制不住內心激動，眼淚奪眶而出。

「對父親來說，女兒究竟是什麼樣的存在啊？」

燕雪再次回想起，打從有記憶以來總是不斷被第三者監視的那段過去。

「我很感謝我先生。我也知道照顧阿母是我的責任。不過等事情告一段落之後，我認為像笹或妙玲這樣為自己而活、過著海闊天空的日子也不錯。」

燕雪與她們兩人相遇之後，打算摘下一直以來扮演「乖乖」形象的面具。

「對了對了，知道跟史明之間的關係了嗎？」

針對妙玲的提問，笹連忙取出夾在資料夾中的一張明信片。

史明先生

協子女士

二位安康無恙。

遲至今日才向您報告，小生終於成家了。對方是日本人。

女兒出生後，取名為「笹」。有了家室、成為父親，這才覺得自己總算長大成人。

小生受的是日本教育，即使身上的血肉、基因是臺灣人，但是價值觀、想法、言行舉止都無法由日本人的身分抽離。說來也挺沒出息，無論對革命奉獻多少熱忱，始終難以擺脫日本。

內人雖遠遠不及協子女士，不過善於體察小生的心思，深感慶幸。

擇日再攜妻小拜訪二位。

史明先生的革命志業一日不停歇，小生視臺灣為故鄉的心意便與同在日本的同胞別無二致。

臺灣人四百年史之中的「志向」只有一個。

還請多保重身體。祝一切安好。

藍瑞山

即使經歷過無數次偶然，史明和笹爸爸之間有所關連的證據就在眼前，妙玲和燕雪還是難掩心中的訝異。

水餃

笹曾經拜託施媽媽，希望能與史明會面。

年近百歲的史明，至今仍在臺灣各地忙碌奔波。

這一天，他來到自己創立的「獨立台灣會」在中山堂主辦的座談會場。

大家要奮鬥！臺灣萬歲！謝謝！

從眉毛、鬍鬚到及肩的長髮雖然已經全白，但面對那些聚集的學生，史明坐著輪椅在台上慷慨激昂演說的模樣，儼然是英勇革命家的化身。

跟阿瑞真像啊——這是史明向來場聽眾致意完畢後，對笹說的第一句話。

「我聽說了，日本那個乾女兒跟我說過。阿瑞是個熱血青年。如同那個時代的年輕人，對臺灣充滿熱忱。」

過去懷抱崇高志向、以史明為依歸並登門造訪的青年無數。笹的爸爸不過是其中之一，但是史明對他依然印象深刻。

「跟阿瑞認識，是一九五三年我剛到日本不久，在中野的『サキガケ莊』（sakigake）。那天的蟬鳴格外嘈雜喧鬧。」

偷渡到日本的爸爸，當時前往中野投靠身為臺灣同鄉會幹部的親戚。

「サキガケ莊」是一棟兩層樓的木造建築，入口處是泥漿砌成的半圓形拱門，二樓是個開口寬敞的大陽台。據說是受到大正民主影響的現代集合住宅的代表之一。

「サキガケ莊」像個祕密基地，據說爸爸的親戚不只提供資金給聚集在此的臺灣人，也供應餐點。

一樓有菜攤、魚販和酒鋪，二樓西邊的屋子會不斷飄來五香、八角、花椒和蒜頭那些令人食指大動的中華料理香氣。甚至有很多臺灣人是為了美食才搬來「サキガケ莊」居住。

史明懂得水餃和豬腳的作法之後，開始擺路邊攤，然後開了「新珍味」這家中餐館。

史明將手伸進西裝外套的內袋，但好像有什麼東西卡住似的，拿不出來。他將輪椅的椅背轉向笹，由笹代為伸手取出，是一張對折的泛黃明信片。

正面印了綠色的二十日圓郵票。郵戳已經模糊，不知道是不是沾到水，寫了地址的地方有好幾處都暈開了，一翻開來，是爸爸的筆跡寫了滿滿一整面。

「阿瑞，他只是擺脫不了同時擁有臺灣和日本這兩個祖國的悲哀罷了。」

這張明信片留存在史明身邊的時間，等同於笹的年紀。

笹握著史明粗糙厚實的大手，「水餃很好吃。」眼眶泛淚。

父親的枷鎖

透過施媽媽聯繫到史明，也明白了他與爸爸的關係。

「我們的父親試圖發動革命。對我們而言，如今的臺灣到底是什麼樣的存在……」

燕雪將明信片拿得近一些，陷入思考。

「我們是徹底被灌輸『三民主義』的世代。凡事都以『反攻大陸、統一中國』、『實現三民主義、發揚革命精神』為前提，想著有一天要回去中國這個祖國，是吧？而且在學校只教我們中國的歷史和地理。」

昔人已乘黃鶴去　此地空餘黃鶴樓
黃鶴一去不復返　白雲千載空悠悠
晴川歷歷漢陽樹　芳草萋萋鸚鵡洲
日暮鄉關何處是　煙波江上使人愁

妙玲一背誦崔顥的詩作〈黃鶴樓〉，燕雪也回應了一首王之渙的〈登鸛鵲樓〉。

白日依山盡
黃河入海流

欲窮千里目
更上一層樓

「Boring!明明只認得淡水河或紅毛城，卻硬是要我們背那些連見都沒見過的中國景物，真是個荒謬的時代。」

「我……很怕黑。爸爸時常會變成一個我不認識的模樣，讓我很害怕。前一天還一起吃飯、洗澡、看電視的爸爸，在一個黑漆漆的房間裡躺著。什麼也不做，就只是那樣躺著。可是身邊的每個人仍然像平常一樣彷彿若無其事，讓我覺得不該多問些什麼。」

笹再次端正坐姿，對妙玲和燕雪吐露自己過去以來拚命壓抑的感受。

「那種心情我很了解。我沒做過什麼壞事。可是……我想問，為什麼不是出生在一般家庭，而是成為阿爸的女兒。不過，要是說出口，會讓阿爸傷心。我一直覺得，阿爸會因此消失不見。」

燕雪帶著怒氣，緊握雙手。

「我……有點不太一樣。我始終不斷頂撞我爸，『為什麼只有我』、『我討厭你』。可是，那不過是我內心最表層的情緒，真正的感受正好相反。我在結了婚、離婚、我爸過世之後才開始想要知道他為什麼對我那麼嚴厲，想要去了解他。原來全都是為了我。我爸被逮捕後，內心變得脆弱、膽小。真的很難堪。但是我故意裝作不知道，不斷反抗他。所以，我好想在他還健在的時候對他說：『我很愛你、謝謝你。』只是已經沒機會了。明明是一件簡單的事，為什麼自己就不能坦率一點？對他的反抗其實是在撒嬌。我的人生中，總有很多事讓我覺得『如果當初那樣做就好了』……」

妙玲痛苦地說著，聳起肩膀用力呼吸。

對三個女兒而言，父親的存在遠比她們所想像的還要有分量。父親的存在限制了她們的內心與行動，讓她們揹著枷鎖過日子。不過，這一切說不定也只是她們一廂情願的想法，然後自以為是地扛了下來。

「欸，笹，可以問妳一件事嗎？」

妙玲站在燕雪旁邊，臉上露出戲謔的笑容問道。

「我們是臺灣人，這件事別無選擇。但是笹，妳是臺灣人，還是日本人？」

突如其來被這麼一問，笹雖然略顯困惑，不過看了桌上那幾張相片後，笑著回答說——是臺灣人，也是日本人！

「笹桑，妳已經查出這麼多事，了解妳爸爸了，不必再懼怕黑暗。」

妙玲笑彎了腰，直說笹很狡猾。一旁的燕雪咧嘴露出白牙。

我們的臺灣已經不再黑暗——三人有著同樣的感受。

第17章 二〇一五年　妙高　燕溫泉

通往真相的道路

新的一年又到來。

梅花經歷寒冬滋養了花苞，陽光日漸暖和，櫻花的季節也過了。山坡在五月萌芽的嫩葉覆蓋下，感覺像天鵝絨毯般的柔軟，積雪厚重的深山從睡夢中甦醒，彷彿迫不及待要迎接眾人到訪。

三個女兒在「Jamie Coffee」會面後，已經過了半年。

笹依照爸爸當初寄給阿明的地圖，展開探索「青色之花」之旅。

從東京車站搭上北陸新幹線，抵達大約二百八十公里遠的上越妙高車站。

月台上寒風颯颯呼嘯而過。笹不禁打了個哆嗦，縮起肩膀。一整排木頭長板椅，看起來冷冰冰。貓頭鷹木雕和熊的裝置藝術顯得討人喜愛。

驗票口附近，跟笹同樣一身登山裝束、揹著後背包的觀光客鬧哄哄的。

透過車站玻璃窗望去，山巒殘雪依舊，視野遼闊雄偉壯觀。前排有跨越上越市與妙高市的籠町南葉山和青田難波山，橫亙後方的是婀娜優雅的妙高山與黑姬山。

完成租車手續，緩緩驅車前行。行駛二十分鐘左右，見到關．燕溫泉的標誌。地面上染成了磚紅色，微開的車窗外飄來一股鐵鏽的味道。

沿著縣道開去，最先抵達的關溫泉因為泉水中含有大量的鐵質，一接觸空氣就會變紅，整個街區都籠罩在鐵鏽味之下。

行經街道上十多間旅館後，進入了燕溫泉。

道路兩旁的積雪愈堆愈高，正足以證明海拔高度隨著車輛前行不斷增加。

在路邊停好車，開始步行。

燕溫泉位於妙高山登山口，短短五百公尺不到的主要道路兩旁，一整排住宿點、民宅和商店。

杳無人煙的空虛景象，與其說是溫泉街，倒不如用深山盡頭的村落來形容還貼切一點。雖然有幾間看似旅館的建築物，卻不知是否仍在營業。

滴答、滴答、滴答——

嘩啦、嘩啦、嘩啦——

正中午太陽高掛，白雪融化，充沛的水流在腳邊流淌，鐵皮屋頂上的滴水聲迴盪在無人的街道上。

鼻腔深處彷彿嗅到些許硫磺味。

找到一間掛著「花村旅館」旗幟的店，走進去瞧瞧。

「有人在嗎？」

笹拉開嗓門用最大的聲量喊道，回應她的只有門口的流水聲。

正打算放棄要往外走，聽見屋子後方傳來小孩的聲音。

「誰～啊？」

面對眼前的陌生人，年幼的兄妹倆露出困惑的表情。

「阿嬤～是不論素（認識）的人～」

頂著香菇頭的小女孩呼喚的同時，老婦人出現了。

「您要住宿嗎？很不湊巧，最近我們只接待熟客，真是不好意思。」

原來是旅館老闆娘。

據說幾年前溫泉街後方的滑雪場關閉後，來自外縣市的溫泉旅客突然大幅減少。白天，小兄妹的父母到鎮上工作，旅館就處於開門但不營業的狀態。

笹的目的並不是住宿。

只不過因為這家旅館看起來有點歷史了，抱著姑且一試的心情，直接開口詢問老闆娘。

「其實，我在找一間戰前開始就在這附近營業的旅館。您是否聽說過，從前有些臺灣學生來到這裡？」

老闆娘直盯著笹看。笹正期待對方有所回應，結果旅館內電話響起。「抱歉，事情有點多。」老闆娘說著，牽起孫兒們的手往後方走去，不見蹤影。

笹想知道的是超過半個世紀前的事。

雖然從沒打算可以輕易就找到，還是覺得那個高掛在空中笑看一切的太陽真可恨。

花村旅館之後，接著又去了某間立有招牌的民宿，還有招牌上字跡幾乎快看不見的旅社和擺了腳踏車的民宅等等。都沒人在。

村子盡頭，見到一面「蕎麥」的旗幟迎風飄揚。

是一家門口設有手打麵製麵餐檯，正宗的蕎麥麵店。

雖然是間小店，一進到店裡，漆喰（Shikkui）灰泥牆面搭配陶器和繪畫裝飾，展現絕佳品味。是一間與庸俗溫泉街格格不入的雅緻店家。

「歡迎光臨。」

出現一位老先生。

黝黑的皮膚、結實健壯的身材，一身深藍色工作服和頭巾與他十分相襯。他說過去長年在東京工作，趁著退休回家鄉開起了蕎麥麵店。

他引以為豪的十割蕎麥麵（純蕎麥粉製作）味道相當令人驚豔。蕎麥的香氣濃郁，舌尖上略帶顆粒的口感清爽。用飛魚高湯調製的醬汁醇厚、鹹味柔和，與蕎麥麵完美融合，只點一份根本意猶未盡。

雖說是為當地人而開的愜意悠閒小店，不過笹在那道地的滋味感動之下，又加點了一份。

「您是來觀光的嗎？」

「喔，不是，只是……來找些東西。」

到底來這種地方找些什麼？面對老闆一臉疑惑的表情，笹展開地圖。

「這個……是這裡，是妙高山的地圖啊。而且，笹屋是我老家經營的旅館。就蓋在花村旅館對面。」

老先生突如其來的回應，讓笹大吃一驚，「真的假的！」不禁喊道。

自稱笹本的老先生是這附近的大地主「笹本家」後代。笹本家從戰前開始就在這個白雪皚皚的地方經營「笹屋」這家氣派的旅館。只不過，老先生說旅館在他父親那代已經歇業，如今面目全非。

「臺灣人……請問小姐用這張地圖是想找些什麼呢？」

對於老先生的提問，笹開始說明自己的父親是臺灣人，年輕時曾經來過妙高山，現在是追尋他的足跡等等。

老先生聽完這一番話，若有所思地從製麵餐檯處提了一個竹編的盒子過來。

「這裡呢，一到夏天冰雪融化的時節就會有岩燕四處穿梭飛舞，所以被稱為燕溫泉。從前『笹屋』這棟氣派的兩層樓建築的茅草屋頂下，可以見到無數個岩燕所築的巢。到了冬天，則變成一頂巨大的雪帽，與山中景色融為一體。徹夜燃燒的地爐爐火搖曳，彷彿飄浮在一片漆黑裡，如夢似幻的景象深深烙印在旅客心中難以忘懷。真的很美……笹屋寬敞的地面上總有數不清的鞋子排在那裡，至於待在後方客廳中央位置坐鎮的，則是我的祖父笹本定雄。」

老先生回溯兒時記憶，溫柔地說著。

笹本定雄同時也是滑雪高手，由於他的身影酷似高山滑雪之父漢內斯・施奈德（Hannes Schneider），又被稱為日本施奈德。尤其是學習院和早稻田的學生會來這裡舉辦滑雪集訓活動。

「我是後來才聽我父親說的……事實上，祖父在年輕時曾有一段時間倡導理想中的共產主義，笹屋似乎也因此成為他們的祕密基地。不過，我父親和祖父都厭惡暴力行為，所以會聚集在這裡的都是一些聰明人，似乎也有不少人後來在社會上也頗有成就。」

笹確信爸爸曾經來過笹屋，與此同時，老先生掀開竹盒子的蓋子，取出裡面的東西。

「原來是妳啊……這個，是我父親要我保管的東西。父親說，這是祖父交代下來的。他說將來有一天，需要這個東西的人會出現。」

是一個圓形的餅乾罐。微微生鏽的蓋子上用奇異筆寫著小小的──「青色之花」。

正是自己一直在尋找的東西。是六十多年前，爸爸冒著生命危險從臺灣帶過來的。

笹幾乎緊張到忘了呼吸。不知該不該伸手去碰它，儘管心裡很想高聲歡呼，卻發不出聲音來。

笹目瞪口呆，老先生悄悄遞上一杯溫熱的蕎麥茶給她。

「妳是瑞山叔叔的千金吧。瑞山叔叔確實是在一九五〇年前後來到笹屋。而且待了很長一段時間。他總是手裡拿根菸，邊喝酒邊和我祖父開心地聊著天。瑞山叔叔教過我滑雪。他是一個連對待我這樣的孩子都很溫柔、心胸開闊的人。只是某一天起，他突然消失蹤影，我父親也擔心他不知出了什麼事。瑞山叔叔託付的東西能像這樣親手交給妳，我也很高興。」

老先生將罐子塞進笹手裡。那罐子比原先所想的還要重。

原以為觸感冰涼的罐子上，還留有老先生手上的餘溫。笹終於回過神來，道了聲謝，向他行禮致意。

燕溫泉的回憶

花村旅館前面，剛才那對小兄妹拿著粉筆在路上畫畫。

「不好意思啊，剛剛一陣慌亂。您遠道而來，這深山裡雖然無法提供什麼很高級的服務，不嫌棄的話，在此留宿如何？」

正在晾毛巾的老闆娘，對再次經過這裡的笹說道。

「這對面就是笹屋嗎？」

回應笹所問，老闆娘指向正前方的灌木叢點點頭。

枯乾的藤蔓纏繞，彷彿要將那兩層樓建築給吞沒似的，向上捲起的屋頂處有一整排鳥巢。耳邊傳來貓咪慵懶的叫聲。

是久違的住宿客。

紅點鮭生魚片、炸楤木芽、醋味噌拌獨活、涼拌蜂斗菜、炒莢果蕨……「都是些粗俗的菜色。」老闆娘一邊說著，為笹準備以當季野菜食材製作的餐點。

與老闆娘共進晚餐時，她還聊了些關於笹屋的故事。

「上上一代的大老闆是個有品味、有魅力的人。他擅長滑雪，打從心底熱愛山林。許多懷抱夢想與希望的年輕人因為他慕名而來，不絕於耳的歡笑聲曾經在這個小鎮裡迴盪。」

大老闆多年前去世了，接任的下一代也早逝。

究竟爸爸當時一邊喝酒、一邊和笹屋的大老闆聊了些什麼呢？積雪的時候，可能是去滑雪，或是換上傳統雪鞋去登山吧。雪融了，想必是凝望著空中穿梭飛翔的岩燕，思念遠在大海那端的臺灣吧。

浸泡在這個寂寞盡頭所在地「燕溫泉」的泉水中，笹仰望天空。

雖然燕溫泉昔日的繁華不再，依然充滿溫馨。

靜下來傾聽，什麼也聽不見。只有月亮和星辰主宰的夜空璀璨耀眼。汩汩流出的乳白色泉水中，漂浮著大量的湯之花（溫泉中沉澱的礦物）。湯之花的個性各有不同。有的逆勢衝撞混沌的泉水，有的向下沉落又再浮起，有的則是隨波逐流。

試圖要抓住它，每一個都極輕易便由手指間溜走。即使抓住了，也是碎裂不完整。宛如相片中三名年輕人的人生寫照。

青色之花

隔天一早，濃霧籠罩下的燕溫泉幻化成飄浮在雲海中的仙境。

包圍笹屋的灌木叢上，只見露珠在朝陽照射下熠熠生輝。

爸爸在地圖上畫的紅線，從燕溫泉一直延伸到妙高山北峰。

不去到山頂的話，無法完成拼圖——笹帶著笹本先生給的那個罐子，開始行動。

在積雪高過膝蓋的地方，有好幾次都踩穿陷入雪中，差點跌倒。

見到釘在岩石上的「陡坡危險」標誌。

原來這裡開始就是陡坡了。相當陡峭，還裝設有繩索。開始喘了起來，額頭也在冒汗。

眼前映照在池水中的藍天雖然很療癒，但沒多久就來到最艱難的關卡「鎖場」（需仰賴繩索及鎖鏈才能通行的危險地段）。

再加把勁，就要到了。

只要過了這關，就會抵達爸爸曾經到過的地方。

在山頂的一塊平地上坐了下來。環繞四周的山峰積雪有如好幾條白色稜線，引人注目。

緊抱著爸爸拚了命帶來的「青色之花」，一股按捺不住的興奮與喜悅貫穿全身。

終於到了。用凍僵的手指慢慢移開蓋子。

山頂的寒風與罐內封存的空氣交會，一封信和一本書——《青色之花》現身了。

三個父親的夢想一直在罐子裡沉睡，笹彷彿要輕柔喚醒它似的揭了開來，張口念道。

「臺灣人宣言」

我們是臺灣人
臺灣為臺灣人所有
臺灣是……

她的聲音沙啞，眼淚奪眶而出，字已模糊。

悲傷、憤怒、喜悅、不安、興奮、焦躁……所有情緒錯綜複雜，擾亂笹的心，讓她像洪水潰堤般淚流滿面。

在那之後，臺灣有了巨大的轉變。

一九九六年，李登輝透過第一次總統直選當選為領導人。二〇〇〇年總統選舉，民進黨的陳水扁打敗國民黨候選人，當選為總統，終於讓國民黨的一黨專政畫下休止符。

二〇一四年「太陽花學生運動」阻擋了與中國之間的關係進一步強化。民主化的腳步不停歇，持續提升臺灣在世界的存在感。

亞洲首位女性總統也在此誕生。

驟然一陣風吹過，殘留的雪花紛飛落在笹臉頰上。

將「青色之花」高舉在空中，心裡吶喊著——爸爸、剛毅叔叔、明月叔叔……你們看到了嗎？臺灣的「青色之花」盛開了喲。

笹回到旅館，在老闆娘安排打點之下，讓她斟了當地美酒「妙高山」獨自在露天溫泉舉杯慶祝。

現在是彼一天，勇敢的臺灣人～（現在就是那一天，勇敢的臺灣人！）

想起了太陽花學運中創作的那首歌。

學生高喊著：「守護臺灣民主！」

讓自己置身於爸爸踏過的足跡，想像通往未來的道路。

做妳自己喜歡的事，要獨立——這是爸爸臨終前說的話。

當時才十幾歲的笹還不明白這句話的分量。

爸爸活著的那個時代，國家對個人而言，其分量遠比現在沉重得多。

在日本、臺灣與中國之間，因為身分認同被撕裂拉扯，意識形態剝奪了他們學習的機會，更失去了夥伴。

年輕人迷失方向，沉淪在虛無主義之中。

他一定是想要告訴女兒，希望她不要像自己一樣經歷那種感受。

星空好美。這些星星，不論過去或未來都一樣光輝閃耀。

笹終於領略到沉睡於內心深處對臺灣的認同。

尾聲

二〇一九年　前往基隆

此生如此的剎那　不如隨時飄蕩
此生如此的殘酷　不如隨機順走
此生如此的迷糊　不如隨情相逢
此生如此的荒謬　不如隨意宿醉

晚風溫柔輕拂笹的秀髮。

神戶港塔的燈光亮起，浮現出女性般柔美的輪廓。徹夜不眠的海鷗精神抖擻拍動翅膀，認真做著暖身運動。

神戶是個對臺灣人來說有些特別的地方。

日治時期，神戶港是日台航線的門戶。許多日本人與臺灣人搭乘高砂丸、高千穗丸、扶桑丸等等船隻來來去去；一九二四年，孫文曾經在此演講「大亞洲主義」。

有許多華僑聚集在神戶這個水資源豐富的地區。

神戶的華僑歷史與一八六八年神戶港開港同時起步，他們以通譯或貿易商的身分開疆闢土，創建了神戶中華街這個區域。正如神戶以華僑居住地、還有南京町知名肉包子為代表一樣，這些華僑是神戶發展過程中重要的一環。

對偷渡的爸爸來說，從神戶港到東京的路途上似乎不如在船上那樣方便舒適。過程中，除了必須叫賣香蕉、擦皮鞋之外，甚至曾經因為涉嫌走私毒品而被關在拘留所內。

解謎仍在進行中。

笹站在甲板上，耳邊傳來響徹大海的鳴笛聲。這是五萬噸級的客輪，即將由神戶港出發前往基隆的信號。

由船隻尾端遠去的陸地漸漸變小，一股哀傷油然生起。是因為切實感受到即將離開祖國了嗎？儘管不是此生的訣別，惜別之情依然湧上心頭，笹緊緊握住欄杆。

夜色漸暗，一片寂靜籠罩船隻。

尾隨在後像是來送行的兩隻海鷗，不知何時也已不見蹤影。憑藉頭上的月光眺望四周，全是一樣的景色。

在陸地上有山、房屋、學校、鐵路、汽車、花草樹木可以用來確認自己的所在，大海上卻找不到任何指標。此刻就連平時街道上惱人的喧囂、蟲鳴聲都突然讓人感覺好懷念。

引擎聲與風聲、海浪聲相抗衡，有如棲息海底的怪物所發出的低沉怒吼。

黑暗……依然令人害怕。

離開「Jamie Coffee」時，妙玲交給笹一封信。

是爸爸託妙玲父親保管的那封遺書。

不知反覆讀過了多少遍。

深信有一天必定送達笹手中的這封信，裝滿爸爸對女兒的愛。

過去笹對於始終無法擺脫黑暗的爸爸充滿疑惑。輕蔑地認定他是個逃避一切的懦夫。

偷渡到日本去的膽小鬼爸爸。

丟棄身為家長應盡責任的爸爸。

那個一無是處的爸爸讓笹了解到——愈是黑暗處，愈看得見微小的光芒。

身為追求理想的革命家，在綠島監獄度過十五年歲月的鄭剛毅。

持續守護託付了夢想的地圖，曾兩度被指控罪行的高明月。

他們兩位，對女兒來說也都是英雄。

夢中見到的爸爸，不論是什麼模樣，最後一定反覆說著同樣的話。一遍、又一遍……反覆。

事物的真相只有一個
去追逐燕子吧
任由笹（竹葉）的聲響引你前行
青色之花就在那裡

人，不過是憑藉記憶才得以成為個體。
也許只是一種小小的自我滿足，在船上，夢中的爸爸笑著說了句：「謝謝。」
叛逆、情結、抗拒、自卑感、猶豫、自我保護、忍耐、退縮、孤單、猜忌……
笹、妙玲、燕雪與父親的影子搏鬥，釋放了心靈的枷鎖。

黎明

由大海那端渲染開來的茜紅色柔和漸層開始慢慢消退。
朝陽的輪廓逐漸清晰。

一陣風吹過，空中的浮雲隨之散去，太陽光輝耀眼。

船隻前方是一片大地。是當年葡萄牙人在航海途中發現後大喊「美麗島」（Ilha Formosa）的臺灣。臺灣像一隻大鯨魚優雅地橫臥，在深綠色包覆下十分美麗，籠罩著一層神祕的面紗。

是臺灣。

碼頭上一整排橋式起重機忙碌地吊起貨櫃，不斷搬運堆疊到船上。

排列得整整齊齊的這些貨櫃從哪裡來、又將運往何處？

當年戰爭一結束，許多撤退的日本人就像貨櫃一樣沒有自主權，被迫搭上遣返船。從日本返回的臺灣人，也是在同樣的心境下搭了船。

現在不一樣了。

人們有自己選擇上、下船的自由。

穿過貨櫃區和防波堤，見到彷彿匍匐在山坡上的建築，還有三面環山、對大海張開大口的基隆港。

下船的旅客所要前往的地方，過去曾經是內台航線出發與抵達的據點。碼頭邊的水面上，一整排櫻花花瓣掉落，宛如一艘小木筏，將水面染成豔麗的粉紅色。

「笹桑！」

「Hi! Sasa～」

妙玲和燕雪揮著手。

懷抱著「青色之花」的笹，緩緩踏上了這片土地。

好友啊　相遇的時刻
昔日情誼當湧上心頭
美酒斟滿杯若已飲盡
且將酒杯予我　一起乾了它

作者後記

我的身體裡，流著臺灣人與日本人這兩個民族的血液。

然而在出生後的四十多年之間，我對這項重要的事實毫無自覺。關於台日的歷史，也同樣是一無所知。

我父親是在臺灣近代史上留下深遠足跡的顏家的長子。他與來自石川縣、身為日本人的母親結婚後，養育了我和妹妹二人。不過，在我們踏入社會之前，父母親便已相繼離世。我認為絕大部分是因為沒能以成人的角色從父母那裡傾聽他們的過往。即使是父親的家族，我也只知道「似乎在臺灣很有名」。至於父母親何以相識結縭，我更是一無所悉。

彷彿在為那樣的自己贖罪似的，大約在四十歲過後，我開始瘋狂投入並寫下有關家族的文章。根據偶然在家中找到的父母親相關資料，我出版了《我的箱子》和《日本媽媽的臺菜物語》這兩本紀實散文。它們被拍成電影，也編成了舞臺劇，以作品來說相當地幸運。但是我渴望知道更多的心情並未停歇，我持續不斷查尋、探索與思考。史料與證詞接連不斷累積堆疊。可得再寫一本書才行。儘管心裡那麼想，卻遲遲無法動筆。

最主要的原因，是我對於像《我的箱子》那種紀實散文的寫法已經感受到自己的極限。我並非歷史學者，雖然手中掌握大量史料，但如果只是逐一羅列，不過算是一般的事實記載罷了。我想要知道的，是父親、母親在那個時代究竟抱持著什麼想法、如何忍受苦難、深切並細細品味喜悅，度過那每一個日子。我想要刻畫出有血有肉的他們。然而，他們都早已不在人世。了解他們生命軌跡的人也幾乎都走了。既然如此，我也只能以事實為據，憑藉想像力來補足了。

不久之後，彷彿被牽引似的，我選擇了虛構、也就是小說的寫作形式。不過，小說這條陌生的創作之路並不好走，我花了五年以上的時間。由此所完成的這本《青色之花》，成為我的第一部小說作品。

如今，若有人問起臺灣與日本的關係，不論在臺灣或日本，「關係如同兄弟一般」、「臺灣人最喜歡的國家是日本」、「相互疼惜」、「互相扶持的夥伴」、「最值得信賴的對象」等等，會如此回答的人占絕大多數。毫無疑問，包括我在內，大多數人都認為台日之間有著牢不可破的情誼。

然而，要發展至此的那條歷史道路絕非坦途。這當中，曾有一些臺灣人希望成為日本國民卻未能如願。我父親也是其中之一。

小說能輕易地穿越時空，肆無忌憚將想像轉化為現實。書中出現的三個女兒——笹、燕雪、妙玲，都是我的分身；而三位父親——瑞山、剛毅、明月，也全部是我父親的化身。父親與我的意念，委由他們，還有她們代為傳達。書中所有角色，就是臺灣與日本的縮影。我想，正因為這一個個人物的生命歷程，才得以構築今日的台日關係。

書中內容哪些是真實、哪些是虛構，我想交由各位讀者自行評斷。不過，確實有些部分是現實中既存的素材。

我父親極為鍾愛波斯詩人奧瑪．開儼的《魯拜集》。那是吟詠今生無常與來世未明的四行詩集。故事中解謎的契機，就是從理解父親沉迷於《魯拜集》的心境來展開。

此外，父親留下的一張在能高山山頂拍攝的黑白照片，背面寫著：「是否要追尋綻放在地平線盡頭那座山丘上的青色之花，徘徊在無邊無際的世界?!」這句話，是本書的故事主軸與骨幹，也是書名的由來。「青色之花」象徵著浪漫主義文學的核心理念——對一切理想、永恆事物的憧憬。即使時代變遷，青色之花的意義亙古不變。

活在此生，承襲了父親的意念，我願盡一己之力，讓「青色之花」繼續在台日關係中綻放，並將此心意寄予本書。

小說精選

青色之花

2025年7月初版　　　　定價：新臺幣550元

有著作權・翻印必究
Printed in Taiwan.

著者	一青妙
譯者	葉小燕
叢書主編	孟繁珍
校對	黃薇霓
	葉懿慧
台文校對	陳柏宇
內文排版	張靜怡
封面設計	陳宜楓

出版者	聯經出版事業股份有限公司
地址	新北市汐止區大同路一段369號1樓
叢書編輯電話	(02)86925588轉5318
台北聯經書房	台北市新生南路三段94號
電話	(02)23620308
郵政劃撥	帳戶第0100559-3號
郵撥電話	(02)23620308
印刷者	文聯彩色製版印刷有限公司
總經銷	聯合發行股份有限公司
發行所	新北市新店區寶橋路235巷6弄6號2樓
電話	(02)29178022

編務總監	陳逸華
副總經理	王聰威
總經理	陳芝宇
社長	羅國俊
發行人	林載爵

行政院新聞局出版事業登記證局版臺業字第0130號

本書如有缺頁，破損，倒裝請寄回台北聯經書房更換。　ISBN 978-957-08-7731-1 (平裝)
電子信箱：linking@udngroup.com

國家圖書館出版品預行編目資料

青色之花/一青妙著．葉小燕譯．初版．新北市．聯經．
2025年7月．400面．14.8×21公分（小說精選）
ISBN 978-957-08-7731-1（平裝）

861.57 114007871